btb

Aus Freude am Lesen

Ein Tag in einem Dorf irgendwo im winterlichen Europa. Ein Mann gräbt auf einem Feld ein großes Loch, ein anderer wacht über ihn. Der Schnee fällt, Soldaten marschieren vorbei, Lastwagen karren Dorfbewohner an den Waldrand. Während rings umher ein Bürgerkrieg tobt, beginnen die beiden Männer miteinander zu reden … Im Laufe weniger Stunden offenbart sich nicht nur, warum die beiden sich an diesem Ort, in dieser Situation befinden, sondern auch, dass die Geschichte der Menschheit und der Zivilisation untrennbar verbunden ist mit der Geschichte der Gewalt.

GERARD DONOVAN wurde 1959 in Wexford, Irland, geboren und lebt heute im Staat New York. Er studierte Philosophie und Germanistik in Irland, arbeitete in einer bayerischen Käsefabrik, studierte klassische Gitarre in Dublin und trat als Musiker mit Schwerpunkt J. S. Bach auf. Er veröffentlichte drei Gedichtbände, Shortstorys und drei Romane. »Ein bitterkalter Nachmittag« wurde mit dem Kerry Group Irish Fiction Award ausgezeichnet und stand auf der Longlist des Man Booker Prize 2003. »Winter in Maine« war »Buch des Jahres 2008« der englischen Tageszeitung »The Guardian«.

GERARD DONOVAN BEI BTB
Winter in Maine. Roman (74224)

Gerard Donovan

Ein bitterkalter Nachmittag

Roman

Aus dem Englischen
von Thomas Gunkel

btb

Die Originalausgabe erschien 2003 unter dem Titel »Schopenhauer's Telescope« bei Scribner, London.

Quellen: C. Valerius Catullus, *Carmina* (Artemis & Winkler, Düsseldorf 2009, D. v. Niklas Holzberg). John Donne, *Alchimie der Liebe* (Henssel, Berlin 1986, D. v. Werner von Koppenfels). Francesco Petrarca, *Aus dem Canzionere* (Renner, München 1990, D. v. Karlheinz Stierle). Sunzi, *Die Kunst des Krieges* (Insel, Frankfurt / M. 2009, D. v. Volker Klöpsch).

FSC® www.fsc.org
MIX
Papier aus verantwortungsvollen Quellen
FSC® C083411

Verlagsgruppe Random House FSC-DEU-0100
Das für dieses Buch verwendete FSC®-zertifizierte Papier *Lux Cream* liefert Stora Enso, Finnland.

1. Auflage
Genehmigte Taschenbuchausgabe September 2012
btb Verlag in der Verlagsgruppe Random House GmbH, München

Umschlaggestaltung: semper smile München, nach einem Umschlagentwurf von R·M·E, Roland Eschlbeck
Umschlagmotiv: © plainpicture/wildcard
Satz: Greiner & Reichel, Köln
Druck und Einband: CPI – Clausen & Bosse, Leck
CP · Herstellung: BB
Printed in Germany
ISBN 978-3-442-74395-7

www.btb-verlag.de
Besuchen Sie auch unseren LiteraturBlog www.transatlantik.de.

Für Mary

Was ist dein Stoff, woraus schuf dich Natur,
Daß sich Millionen Schatten um dich reihn?

WILLIAM SHAKESPEARE
Sonett 53

ERSTER TEIL

Mittag

UNTERWEGS ZUM FELD

Wie so oft, wenn Schnee fällt, war es ein milder Morgen, doch gegen elf frischte der Wind auf, Schnee und Eis trafen zusammen, und die Temperatur sank unter null. Als sie kamen, hatten sie mir zwar nicht genug Zeit gelassen, etwas mitzunehmen, doch ich bereute, dass ich mir nicht meine Kappe mit den Pelzohrenschützern geschnappt hatte, die an dem Kleiderbügel neben der Haustür hing. Ich hätte einfach nur zugreifen müssen, es hätte nicht länger als eine Sekunde gedauert. Jetzt waren meine Ohren wund und geschwollen, und ich hatte alle Zeit der Welt, es zu spüren.

Als es auf Mittag zuging, wurde der Schnee dichter. Er blieb auf dem Weg liegen, während ich, gefolgt von einem anderen Mann und zwei Soldaten, zum Feld marschierte. Wir stapften dahin, als würden wir einen Winterspaziergang machen, unsere Stiefel schnitten in den Schnee. Ich trat in eine Kuhle, wobei mein Absatz über Erdklumpen glitt und sich unter meinem Fuß kaltes Wasser sammelte. Wir gingen unter Kiefern hindurch, unter deren Zweigen das Grün leuchtete wie farbiges Licht unter einem weißen Lampenschirm. Vermutlich hätte ich sagen können, dass es ein schöner Tag war, doch wir sprachen nicht miteinander.

Der Mann holte mich ein, zündete ein Streichholz und damit seine Zigarette an, steckte die freie Hand rasch wieder in die Manteltasche und zog mit gekrümmten Schultern an der Zigarette, bis sie glühte.

Allmählich fühlten sich meine Ohren taub an, doch sie taten

gleichzeitig weh, und dieser Schmerz drang in mich ein; ich fühlte mich leblos. Das Knirschen der Schritte hätte mein Herz sein können. Ich blickte mich zu den Soldaten um. Drei Schritte hinter mir. Vielleicht konnte ich wegrennen. Den ganzen Schlamassel hinter mir lassen, bis zum Wald und dann in die Freiheit gelangen. Während ich tief Luft holte und mich bereit machte, stiegen von meinen Lippen Dampfwölkchen auf. Doch meine Füße weigerten sich zu laufen. Meine Beine zitterten.

Ich würde es sowieso nicht schaffen. Sie würden meinen Fluchtversuch bemerken, das würde sie aus ihrer eigenen Trübsal reißen, und dann würden sie die Gewehre von den Schultern ziehen und auf mich feuern, bis ich in den Schnee fiele und verblutete.

So hoch im Norden können sich die Tage manchmal nicht über den Horizont erheben, können nicht an die Tür kommen, um sie dem Sonnenschein zu öffnen. Seit dem Morgengrauen war kaum noch Licht durch die Wolken gesickert, doch der Schnee warf die wenigen Strahlen zurück. Die Tageszeit war vollkommen verschleiert. Sonnenaufgang? Morgen? Mittag? Manche Tage kommen einfach nicht richtig in Gang.

Das Feld lag ungefähr hundert Meter vor uns. Ich kannte es gut, denn als Kind hatte ich dort gespielt. Elf Morgen flaches Gras, ein kleines Bauernhaus und in der Ecke eine Scheune, in der zwei Ponys untergebracht waren. Der Besitzer war tot, das Land wegen einer Steuerschuld in städtischen Besitz überführt. Auf drei Seiten war es von einem Fichtenwald umschlossen, auf der vierten zog sich eine Mauer den Weg entlang. Ich roch den Wald, spürte in der Luft den scharfen Geschmack der Rinde.

Als wir das erste von zwei Toren durchquerten, hörte ich jemanden hinter mir murmeln und drehte mich um. Einer der beiden Soldaten hatte die Hand gehoben, und ich blickte zu der Stelle, auf die er deutete. Ich nickte, stapfte zum zweiten

Tor und wartete, während der Mann zur Seite trat. Der jüngere Soldat stieß das Tor auf und winkte mich hinein.

Wir betraten das Feld, ich zuerst, der Mann direkt hinter mir und dann die Soldaten. Die beiden setzten sich hinter eine Geschützstellung. Der Mann und ich begaben uns in die Mitte des Feldes, wo der Schnee ungefähr einen Meter tief in eine rechteckige Grube fiel, etwa sechs mal zwei Meter groß. Ich merkte, dass der Mann auf halbem Weg stehen blieb, denn seine Stiefel knirschten nicht mehr im Schnee. Das letzte Stück musste ich allein gehen.

Plötzlich sah ich eine Spitzhacke durch die Luft fliegen. Sie landete ein, zwei Meter vor meinen Füßen. Einer der Soldaten warf eine Schaufel herüber, die zu Boden fiel und zwischen uns schlitterte. Ich hob sie auf und ging zum Rand des Loches, holte tief Luft, schaute mich noch mal um und stieg hinein.

DAS LOCH

Ich bin in Sichtweite dieses Feldes aufgewachsen. Als Kind spielte ich hier auf dem Heimweg von der Schule, wenn auch meistens allein, denn aus Gründen, die ich inzwischen verstehe, war ich nie besonders beliebt. Ich hatte den Drang, mich abzusondern, und als ich sechzehn wurde, spielte ich gar nicht mehr mit den anderen Schuljungen, nicht mal Fußball, nicht mal bei warmem Wetter. Stattdessen las ich an der Mauer oder unter dem Baum dort drüben Bücher. Das Feld fiel nach Süden hin ab, und bei starkem Regen bildete sich am unteren Ende eine Wasserlache, an der im Herbst die nach Süden ziehenden Gänse landeten, um sich auszuruhen. Sie schnatterten so laut, dass das Feld lebendig zu sein schien. Im Sommer weichte der Boden vom Regen auf und fühlte sich an wie braunes Fleisch, dessen Haut aus Gras bestand, parfümiert mit all den Blumen, die aus der Erde gesprossen waren. Im Winter jedoch war es ein hartes Feld, das weder aus Fleisch noch aus etwas anderem bestand, außer der Härte, die den Stiefel davon abhält, für immer im Schnee zu versinken, einer Härte, die nichts anderes sagt als *Boden*.

Unter dem desinteressierten Blick des Mannes, der sechs Meter entfernt stand, nahm ich die Schaufel und schippte den Schnee, der in das noch unfertige Loch gefallen war, zur Seite. Der Mann zog eine weitere Zigarette aus einem Silberetui, klopfte sie leicht darauf, und ohne den Blick von mir zu wenden, die linke Hand in der warmen Tasche, steckte er sie sich zwischen die Lippen.

Kein Tag für bedeutsame Ereignisse, und alles, was über diesen Tag im Buch der Geschichte geschrieben stand, wurde bestimmt von den dicken grauen Wolken gelöscht, die allüberall – auf den Kiefern, auf den Laternen und Türmen der Stadt, die anderthalb Kilometer entfernt im trüben Licht schimmerte – kalte Schneekristalle verstreuten. Es war ein Tag, an dem man alles verbergen konnte. Der böige Wind fand jeden Fußabdruck, füllte ihn aus, die Richtung verschleiernd, in die er zeigte, und unsere Anwesenheit auf dem Feld würde kaum Spuren und noch weniger Beweise hinterlassen. Tatsächlich bot jener 25. November den menschlichen Sinnen nichts, das ihn unterschieden hätte von irgendeinem anderen Wintertag, an dem sich die Erde drehte und die Luft durch jegliche Lunge oder unter jegliches Flügelpaar strich. Doch jeder weiß, dass sich alles irgendwann zutragen muss.

Obwohl ich von Beruf Bäcker war, musste ich an diesem Tag graben. Ich schaufelte vielleicht zwanzig Minuten lang und griff immer wieder zur Spitzhacke, um den harten Lehm aufzubrechen. Ein guter Rhythmus. Der Mann rauchte derweil drei Zigaretten. Da ich es nicht eilig hatte, kratzte ich mit jedem Schaufelschwung eine dünne Schneeschicht vom Boden und warf alles hoch in die Luft, um Masse vorzutäuschen und länger beschäftigt zu sein. Als ich auf Lehm stieß, machte ich es genauso. Der Mann nahm an meiner Arbeitsweise offenbar keinen Anstoß, falls ihm das Ganze überhaupt auffiel. Bei jedem Anheben der Schaufel nahm ich die Umgebung ins Visier. Im Scheunentor stand ein Traktor, an dessen Rädern gefrorener Schlamm klebte, an einem Balken hingen Mistgabeln, und seit vorgestern, dem Tag, an dem die Soldaten in die Stadt eingefallen waren, war erstmals der Stall für die Ponys zu sehen. Schnee auf dem Scheunendach, auf dem Zaun, der die Scheune umgab, Schnee, der im anschwellenden Wind von den Zweigen fiel.

Ich schaufelte, um mich warm zu halten, schaufelte, damit mein Herz weiterschlug, ja, damit mein Herz schlug. Im Takt mit dem Graben und dem Schwingen der Schaufel sagte ich immer wieder dieselben Worte: *Eis, Schnee und Wind. Eis, Schnee und Wind. Du darfst nicht sterben. Du darfst nicht sterben.*

Wir befanden uns am Ende der Welt, in einem Schneesturm, der langsam stärker wurde, und trotz meiner Bemühungen, Zeit zu schinden, war das Loch bereits einen Meter tief.

WENN FREUNDLICHE MÄNNER KOMMEN

Es ist erstaunlich, wie schnell man in Schwierigkeiten geraten kann.

Der Krieg war innerhalb von zwei Tagen in unsere Stadt eingezogen und wieder verschwunden. Von den zerschossenen Gebäuden stieg immer noch Rauch auf; ansonsten war die Luft von ungeheurer Stille erfüllt. Der Schlachtlärm der vorangegangenen Tage war verhallt. Vermutlich waren inzwischen die Bewohner der fünfzehn Kilometer entfernten Nachbarstadt von den Kämpfen betroffen. Sie würden sterben wie die meisten Leute, in panischer Angst, eine Hand um ihre Kinder geschlungen, die andere zu ihrem Gott erhoben, falls sie an einen glaubten, oder bis zum Schluss kämpfend, falls nicht.

Als der schnelle Kampf um die Stadt beendet war und die rauchgeschwärzten Soldaten weitergezogen, im Lazarett oder begraben waren, hatte ich gesehen, wie andersartige Männer von der Hauptzufahrtsstraße in die Stadt einsickerten. Sie trugen Pullover und Mützen, einer von ihnen rauchte Pfeife. Es hätte eine Jagdgesellschaft oder eine Gruppe von Golfspielern sein können. Anfangs waren es nur wenige, die durch die Stadt gingen und auf wichtige Gebäude deuteten oder aus unauffälligen Autos stiegen. Doch ein paar Stunden später kamen weitere, besser gekleidete Männer. Sie richteten in der Schenke ihr Hauptquartier ein. Diese Männer waren freundlich. Ich hörte, dass sie gern Wein tranken und im örtlichen Restaurant speisten. Mit einem Sonderkommando grün uniformierter Soldaten, die ihnen in Jeeps oder zu Fuß folgten, sichteten sie die städtischen Akten, prüften Steuerbelege und Grundbücher.

Um acht Uhr abends hatten sie eine Liste erstellt, angeblich mit Bleistift und in Blockschrift geschrieben. Mein Name hat wohl auf dieser Liste ziemlich weit oben gestanden, denn an jenem Abend kamen sie direkt aus der Schenke zu meinem Haus.

DER LEHRER

Als ich den Mann bemerkte, war es bereits zu spät. Er stand schon direkt über mir. Hatte mich überrumpelt, während ich grub. Er trat an den Rand der Grube und blickte in das Loch im winterlichen Feld, nicht weit vom dichten Wald und einer Mauer entfernt, die sich wie das planlose Gekritzel eines Kindes über die kalte Klinge jenes Novembertages zog.

Ich ließ die Schaufel fallen, spie einen glasigen Spuckfaden auf meine Handschuhe und rieb sie in dem vergeblichen Versuch aneinander, meine Hände zu wärmen, wie ich es an manchem kühlem Frühlingsmorgen getan hatte, als ich noch Stadtbäcker war und die Tür hinter mir zuzog, während über den Dächern hinter meiner Bäckerei der Tag anbrach. Dort konnte ich in Ruhe, allein, wie ich es gewohnt war, inmitten der leeren Backöfen arbeiten, die für den Teig aus Mehl, Wasser und Öl aufgereiht waren. Damals konnte ich noch in Ruhe arbeiten, weil man mir nicht so viel Beachtung schenkte wie jetzt.

Meine Hände froren an der Schaufel fest. Ich dachte, jetzt könnte nichts meine Finger wärmen, nicht mal ein Feuer. Da der Mann keine Anstalten machte, mich zu begrüßen oder mir die Hand zu schütteln, sondern bloß am Rand der Grube stand, betrachtete ich ihn aus den Augenwinkeln. Sein langer Mantel saß wie angegossen, anscheinend Tweed mit Fischgrätmuster, aber zu dünn für dieses Wetter, der Hut teuer, vermutlich Maßanfertigung. Sein Handschuh zog zwei Zigaretten aus einem Silberetui, das er geschickt aufgeklappt hatte.

Das Rauchen würde ihn noch umbringen.

Ich zündete ihm in seinen hohlen Händen ein Streichholz an und hielt es auch an meine Zigarette. Die Stoppeln an seinem kantigen Kinn arbeiteten, während er einen tiefen Lungenzug nahm. Durch den Rauch trafen sich unsere Blicke.

Ich habe immer geglaubt, dass ein gutgekleideter Mensch auch gebildet ist. Das kann man in jedem Kleidergeschäft, in jeder Bibliothek sehen. Man wählt und trägt seine Kleidung auf dieselbe kluge Weise, mit der man sich ein Buch aussucht und die darin enthaltenen Wörter liest. Ein glattgebügeltes Baumwollhemd sollte den Blick auf eine gute Tweedhose lenken, so wie ein kunstvoll gebauter Satz in einen zweiten Gedanken mündet, während er noch den ersten zu Ende führt.

Ich habe stets viel gelesen. Wenn man keine Freunde hat, ergibt sich das so. Anfangs tut es weh, aber von Büchern wird man nicht enttäuscht. Ich habe aus Büchern vieles gelernt. Der Mann hatte noch kein Wort gesagt, doch ihn umgab die Aura des Lernens. Gebildete Menschen können besser schweigen als die meisten anderen. Das kann ich an ihnen nicht ausstehen. Der kleine Schuljunge in mir würde sie am liebsten mit all den Wörtern, die ich kenne und benutzen kann, bis zur Besinnungslosigkeit bombardieren, bloß damit ich allein sein kann.

Ich musterte ihn noch eine Weile, um etwas zu entdecken, das ihn verriet. Ja, jetzt, wo ich ihn richtig betrachtete, war ich mir ziemlich sicher, dass ich ihn schon mal in der Stadt gesehen hatte. Ja, sogar schon oft, doch damals hatte er besser auf sein Äußeres geachtet. Ich erkannte ihn an seiner Haltung. Inzwischen war ich ganz sicher, dass ich ihn kannte, obwohl ich sein Gesicht noch nicht zuordnen konnte. Ich paffte an meiner Zigarette. (Ich habe gelernt, in solchen Momenten zu schweigen. Soll doch der andere den ersten Schritt tun, sage ich immer. Ich habe wahrlich oft bereut, dass ich den ersten Schritt getan habe.)

Schließlich deutete er mit seiner Zigarette auf das Loch und sagte: »Sind Sie damit fertig?«

Ich blickte auf die Stelle vor meinen Füßen, auf die er zeigte.

»Fertig womit? Mit was?«

»Mit dem Loch. Sind Sie damit fertig?«

Zitternd schlug er seinen Kragen hoch und zog wieder an seiner Zigarette. Ich starrte das Loch an und trat dann einen Schritt auf ihn zu. Er hatte eine gute Frage gestellt, sachlich, aber nicht zu simpel. Er betrachtete die mit Schneeflocken getüpfelte Schaufel.

Noch ein bisschen näher. Ich kannte ihn.

»Ich könnte wetten, dass Sie der Lehrer sind, der Geschichtslehrer«, sagte ich.

»Stimmt.« Er warf mir ein kurzes Lächeln zu und zog eine Braue nach oben. »Was ist jetzt mit dem Loch?«

»Das ist eine gute Frage«, erwiderte ich. »Natürlich fragen Sie das, denn Sie sind Lehrer. Wann ist man je mit einem Loch fertig?«

Ich nahm die Schaufel und schlug sie gegen einen Stein, damit das Eis absplitterte. Der Lehrer verzog keine Miene. Ich hatte den Verdacht, dass er mich nicht mochte, dass er dachte, mein Benehmen entspreche nicht meinem gesellschaftlichen Stand, weil ich so mit ihm redete, statt meinem höhergestellten Mitbürger eine rasche Antwort zu geben und höflich an meine Mütze zu tippen. Doch dafür war es an diesem Tag zu kalt, und ich hatte emsig gegraben, war schneller gewesen als ein ganzer Himmel voll unerbittlichem Schnee samt einer Wolkenschar, die sich bis zum Rand meines Blickfelds erstreckte. Tut mir leid, heute keine Höflichkeiten, kommen Sie morgen wieder, dann sehen wir weiter. Er spürte meine Wut, und es tat ihm wohl leid, oder ich tat ihm leid, denn er sprach wieder ruhiger.

»An so einem Tag ein Loch zu graben ist so ähnlich, als

müsste man mit Erdnüssen einen Deich abdichten«, sagte er. »Es lässt sich nicht bewerkstelligen. Sie sind heute Sisyphus.«

Ich stieg aus der Grube und nahm die zweite herausgeschnippte Zigarette. Er blickte ins Loch und schien es mit der kleinen Rauchfahne auszumessen, zog mit dem Finger die Seitenlinien nach, bis er zu dem Haufen schneebedecktem Lehm am Rand gelangte. Er war ein Mensch mit vielen Gedanken, auf sein Thema konzentriert. Er hatte meinen Bruder an der örtlichen Schule unterrichtet, und mein Bruder hatte mir, wenn er nach Hause kam, oft die Geschichten anvertraut, die der ziemlich nervöse Lehrer seinen Schülern erzählt hatte, um seine Theorie zu beweisen, dass Geschichte ein ewiger Kreislauf sei. Trotz der grimmigen Kälte hätte ich den Lehrer jetzt am liebsten gefragt, was Süßifurz sei, ob irgendein Zustand oder ein Ehrentitel. Es klang nicht besonders gut. Es klang nach einer Ausdünstung, einem unangenehmen Geruch wie von einer Krankheit oder Wunde. Und mir gefiel nicht, wie er mir das Wort einfach hingeworfen hatte, als müsste ich es kennen, ein kleines Rätsel mitten in einem Schneesturm. Er würde meine Antwort in eine Nadel verwandeln, mit der er mich stechen konnte. Ich nahm die Schaufel, sprang wieder in die Grube und hackte auf dem Boden nach einer klugen Antwort, die ich ihm in die Gurgel stoßen könnte. Beim Graben war ich auf Augenhöhe mit seinen Schenkeln. Er rührte sich nicht vom Fleck, während ich die Schaufel wie ein Pendel schwang.

In einem wissenschaftlichen Buch habe ich mal gelesen, dass man, wenn man besorgt ist, besser aus den Augenwinkeln sieht als mit geradeaus gerichtetem Blick. Deshalb kann man in diesem Zustand nicht richtig lesen. Durch unzählige Hinterhalte hat der Körper gelernt, dass ein Angriff meistens von der Seite, aus dem Schutz der Bäume oder aus hohem Gras erfolgt. Wie wahr: Die Schaufel und die Spitzhacke verschwammen, während sich mein Sehvermögen in den Augenwinkeln bündelte, und ich beobachtete, wie der Rhythmus seines Atems aus seinem geöffneten Mund nach oben waberte, ein Herpesbläschen an seiner Unterlippe, beobachtete das Ganze mit erstaunlicher Klarheit.

Er trat nach dem Schnee.

»So, mein Freund. Hier sind wir, Sie und ich. Ja, wirklich. Ein schönes Loch, das Sie da gegraben haben. Ich bin sicher, die Vorsokraten könnten unser Problem mit dem Loch lösen.«

Er blickte zu mir herunter und sagte: »Die Philosophen. Kennen Sie die? Die Theorien vom Aufbau des Universums?«

Mein Herz pochte heftig, doch ich antwortete ihm unverzüglich. »Ich bin Bäcker. Ich baue Brote zusammen. Benutzen Sie eine Sprache, die ich verstehen kann.« Das war eine spontane Erwiderung, der Versuch, eine witzige Bemerkung zu machen. Ich platzte damit heraus, obwohl ich es eigentlich gar nicht wollte. Plötzlich war ich wieder der verletzliche Schuljunge, über den die anderen spotteten oder tuschelten, und genau wie damals blaffte ich einfach zurück. Stimmt, ich hatte Angst, aber es war am besten, klug und gewitzt zu reagieren, als würde ich mich nicht fürchten. Man würde es schätzen, wenn ich nicht klein beigab.

»Betrachten Sie es mal so: Ist das Loch die Vertiefung, die Sie gegraben haben, oder besteht es aus dem herausgeschaufelten Lehm und Schnee?«, fuhr der Lehrer fort.

Ich schaufelte schneller, verzweifelt bemüht, gelassen zu wirken.

Seine Zigarette zeichnete die rote Linie seiner Gedanken in die Luft.

»Nietzsche lag natürlich richtig. Die wahre philosophische Fragestellung endete mit dem Auftreten Platons.«

Ich trat mit dem Fuß aufs Schaufelblatt. »Warum?«

»Weil Platon behauptete, die Antworten lägen woanders, nämlich im Himmel. Man solle dem, was man sehe, nicht trauen. Das war der Anfang der großen Lüge.« Er kicherte. »Es ist offenkundig. Und dann hat man den Himmel, der nur ein Loch in unserem Denken ist.«

Er beschrieb mit den Armen einen Bogen, und ich sah seine Halsadern schwellen, während er in den schneebeladenen Himmel aufblickte. »Schauen Sie ihn sich an«, sagte er. »Lächerlich, ein Ort voller Engel, an dem ein bisschen Milch und Honig fließen. Steht es nicht so in der Bibel geschrieben? Was für ein grauenhafter Ort für das ewige Leben.«

Plötzlich glaubte ich, er leide vielleicht an Wahnvorstellungen. Es war einer jener Gedanken, die einen unvermittelt anspringen, ohne dass man weiß, wo sie herkommen oder wie weit sie ins Gedächtnis der Zeit und des Überlebens zurückreichen. Doch man lernt, ihnen zuzuhören. *O ja, das lernt man.*

Er hielt seinen Mantel fest, der von einem heftigen Windstoß, so schmerzhaft wie tausend Messerspitzen, ergriffen wurde. Ich duckte mich, und das Loch bot mir Schutz; die Bö fegte über mich hinweg.

»Wie weit sind wir von der Stadt entfernt?«, brüllte er in den Wind. »Ich habe in diesem Chaos die Orientierung verloren.« Seine Worte klapperten vor Kälte.

»Einen guten Kilometer, genau wie immer.« Sinnlos zurückzugehen.

In den Mantel gehüllt, nahm er sich wieder zusammen und schlug sich mit beiden Fäusten in die Seiten. »Wussten Sie, dass sich die Menschen im Frühmittelalter kaum einmal weiter als eine Tagereise von ihrem Dorf entfernten? Haben Sie das gewusst?«, fragte er lächelnd.

Ich grub tiefer und arbeitete mich mit gewaltigen Hieben weiter in Eis und Erde vor. Jetzt, wo der Mann sich aufgewärmt hatte, erwartete mich vermutlich ein ziemlicher Wortschwall.

»Überall riesige Wälder«, fuhr er fort. »Die Dorfbewohner konnten sich leicht verlaufen. Und wenn sie in den Krieg zogen und am Leben blieben, fanden sie hinterher oft nicht mehr nach Hause. Hunderte, Tausende von Männern, die sich im Dunkeln verirrten. Das war damals nichts Ungewöhnliches.«

Ich stieß nach einer widerspenstigen Wurzel. »Worauf wollen Sie hinaus?«, fragte ich.

»Ich kenne mich gewissermaßen nicht mehr in meinem Heimatort aus«, sagte er und blickte sich fröstelnd um, »dabei bin ich mir sicher, dass ich an einem klaren Tag meinen Schornstein sehen könnte. Stellen Sie sich vor, all das wäre dichter Wald. Hunderte von Kilometern keine Sonne, keine Wege, abgesehen von ein paar Pfaden. So war Europa. Die meisten Leute wussten kaum, in welchem Jahrzehnt sie lebten, geschweige denn, wie viel Uhr es war. Aber ich bin in dieser Stadt aufgewachsen. Ich müsste eigentlich wissen, wo ich mich befinde.«

»Kommt jetzt eine Prüfung?«, fragte ich. »So was wie ein Geschichtstest?«

Er bückte sich lachend, um mir auf die Schulter zu klopfen. Ich zuckte vor der Vertraulichkeit zurück.

»Sehr gut. Keine Prüfung, heute nicht. Graben Sie ruhig weiter.«

»Mach ich.«

Und das tat ich auch. Ich hatte ihm die Stirn geboten und war noch immer am Leben.

DIE SCHLACHT

Vor zwei Tagen war der Krieg in unsere Stadt eingezogen.

Die Spannungen an der Grenze mündeten in Zusammenstöße und schließlich zwangsläufig in eine Schlacht und einen Krieg. Nach menschlichen Konflikten kann man die Uhr stellen. Sie sind auf die Sekunde genau auf den Eigennutz abgestimmt.

Eine Woche lang blieben die Schießereien auf die Grenze beschränkt. Die von dort eintreffenden Berichte deuteten auf ein ausgeglichenes Kräfteverhältnis und ein mögliches Friedensabkommen hin. Doch die Kämpfe wollten nicht enden. In meinem Schlafzimmer konnte ich den Geschützdonner hören und Lichtblitze über die Wand zucken sehen. Eines Nachts erwachte ich, als sich der Hintergrundlärm immer mehr in den Vordergrund schob, die Schüsse immer lauter wurden und schon von der Straße, die aus der Grenzstadt herführte, herüberzudringen schienen. Offenbar hatte es einen Durchbruch gegeben. Unsere Leute hatten den Feind nicht aufhalten können.

Dann die Explosionen. Die bebende Erde.

Der Tag war kaum richtig angebrochen. Ich stieg aus dem Bett, kroch auf dem Bauch zum Fenster und spähte aus der unteren Ecke hinaus. Mir blieb vor Angst fast das Herz stehen, und dann pochte es heftig, um sich von meinem Blut zu befreien. Statt eines rhythmischen di-dam, di-dam sagte es: *Hau ab, hau ab*.

Die Schüsse wurden lauter, drangen durchs Dach, und der Krieg stellte sich mit nicht mehr als einem kurzen Kopfnicken vor. Plötzlich rannten die in schwarze Uniformen gekleideten

Soldaten der Verteidigungskräfte durch die Stadt und nahmen alle Gewehre mit, die sie schleppen konnten. Das Gefecht dauerte fünf, höchstens zehn Minuten. Die schwarz uniformierten Soldaten zogen sich so schnell zurück, dass sie die Stadt nicht verteidigen konnten. Vermutlich wurden sie von dem Angriff überrascht.

Sie rannten, drehten sich um und feuerten einen Schuss ab. Rannten, drehten sich um und feuerten. Sie hatten es nicht geschafft, in Stellung zu gehen. Wie metallisch die Gewehre klangen! Mir kam es vor, als würde das ganze Gefecht nur aus Hitze und Stahl statt aus menschlichen Geräuschen bestehen. Nichts dergleichen. Genauso gut hätte es ein Kampf zwischen Robotern sein können. Keinerlei Schreie oder Rufe. Kordit, Öl, der Kohlgeruch aus einer umgestürzten Mülltonne, an der eine Katze sich nicht entscheiden konnte, ob sie fressen oder flüchten sollte, um sich schließlich in der Tonne zu verkriechen, als die Kugeln in einem wilden Stepptanz aufstiebender Funken durch die Straße pfiffen. Das war alles, was ich von den Soldaten hörte. Dunkle Schemen rannten umher, Flammen loderten wie Lötlampen in der Dunkelheit auf.

Plötzlich klang es, als würde ein Drehorgelspieler auf leere Kanister einschlagen.

Ein Panzer.

Rasselnd bog er um die Ecke und bremste quietschend auf dem Marktplatz. Sein dröhnender Lärm erschütterte mein Haus in den Grundfesten. Was für ein schreckliches Rumpeln. Urplötzlich war mein Haus aus Papier, meine Haut aus Wasser, mein Leben durchscheinend. Ich dachte: *Jetzt muss ich sterben.*

Sie lassen keinen am Leben.

Die Schwarzuniformierten drehten sich um und beschossen den Panzer, doch die Leuchtspurgeschosse prallten von seinem Rumpf ab und zerschrammten stattdessen die Häuser. Knarrend hob sich die Kanone des Panzers und spuckte gelben

Rauch: Zweihundert Meter entfernt büßte ein Turm in einer dumpfen Explosion brauner Ziegelsteine sein oberes Drittel ein. Der Panzerturm schwang herum, und das vordere Maschinengewehr feuerte kurze Salven ab. Und dann marschierten auf einmal Männer in grünen Uniformen rings um den Panzer auf, als wären sie aus seinem Bauch hervorgekrochen. Ihre Gewehre feuerten auf die schwarzen Uniformen. Einer der Angreifer verzichtete, vielleicht weil er blind auf den Panzer vertraute, auf jegliche Deckung, statt sich an Mauern und Häusern entlangzudrücken, doch plötzlich traf ihn ein Leuchtspurgeschoss, und er ließ das Gewehr fallen, sank auf die Knie, stürzte in den Schlamm und blieb reglos liegen.

Wie ein Regenschauer im Frühling peitschte der Kampf durch die Stadt. Die metallischen Explosionen verhallten und klangen allmählich immer hohler und schwächer. Dann herrschte ungefähr eine Stunde lang Stille. Niemand wagte, auf die Straße hinauszutreten. Die Sonne ging auf. Schließlich kamen Lastwagen mit noch mehr grün uniformierten Soldaten, die besser gekleidet und noch nicht so kampfmüde waren – aber vielleicht sahen sie auch nur besser aus, weil das Licht ihre Haut rosiger färbte. Und sie nicht mehr wie Gespenster aussahen. Sie waren noch am Leben, und die Sonne schien. Unter solchen Umständen sieht niemand aus wie ein Gespenst. Doch als die Sonne höher stieg, sah ich drei weitere Tote, einer hatte das Bein in die Luft gestreckt, und sein Fuß baumelte nur noch an einem Sehnenstrang. Die beiden anderen hätten genauso gut nach der Erntearbeit ein Nickerchen halten können. Der Anblick meiner ersten Kriegstoten enttäuschte mich.

Die grünen Soldaten vergeudeten keine Zeit. Sie gingen von Haus zu Haus und vertrieben alle Bewohner.

Sie kamen auch zu mir.

WINTER

Eins lernt man über eisige Kälte: Sie hat einen Cousin namens Stille, der ihr auf dem Fuße folgt, wenn sie zu Besuch kommt. Nicht mal wenn eine Schaufel gegen Steine stößt, überdauert das die Kälte besonders lange. Genauso wenig wie alles andere. Der Atem gefriert zu einer Skulptur, sobald er aus dem Mund strömt, die Rede fällt auseinander, kaum dass sie die Kehle verlässt, die Worte brechen den Kokon der Sätze auf.

Während der erbarmungslose Wind über das Feld peitschte, senkte sich mein Kopf, und mein Mund schloss sich fest. Meine Lippen pressten sich aufeinander, meine Zunge war kalt und blau. Der Schnee legte sich auf meine Schultern, wehte in meine Lunge, bildete eine dünne Schicht auf meinem Herzen, eine meterdicke auf meinen Augen, stieß seine Messer zwischen meine Zehen, drang massenweise in meine Poren, strömte als eiskaltes Tauwasser meinen verschwitzten Rücken hinab.

Wie ein vollendeter Parasit ist der Schnee ein geniales Hemmnis, ein fester Druck auf den Willen; egal, wie ausgeglichen man ist, wenn man sich auf den Weg macht, der Schnee bricht jeglichen Widerstand und bringt einen zum Fluchen. Saugt einem durch die Stiefelsohlen jegliche Energie aus. So ist hier der Winter. Er lässt sich nicht ignorieren. Nicht bekämpfen. Nicht mit Stöcken verjagen. Er kommt Ende Oktober, mit gebleckten Zähnen. Fünf Monate lang beugt man sich ihm. Und wenn er gegangen ist, erholt man sich wieder.

Das ist meine Philosophie des Winters.

Aus leicht ersichtlichen Gründen hatte ich die linke Hand des Lehrers genau im Auge behalten. Als er sie aus der Tasche zog, rechnete ich mit einer Handfeuerwaffe, einem uralten Stück als einer Art symbolischen Geste, einem Derringer, einem Webley, einer Mauser. Nichts dergleichen. Die Zigarettenhand zog sich von seinem Mund zurück, und die feingliedrige Linke führte einen Flachmann an seine Lippen. Er prostete mir damit zu.

»Guter Whisky.«

Die Spitzhacke hieb Funken aus einem Stein und grub sich in den festen Lehm.

»Ich trinke nicht«, sagte ich.

Er lächelte. »Sie wissen gar nicht, was Sie versäumen.«

»Wie spät ist es?«, fragte ich.

»Sie graben seit fünfunddreißig, vierzig Minuten. Dann dürfte es zwanzig vor eins sein.«

Die linke Hand glitt wieder in die Tasche. *Was steckte sonst noch darin?*

»Wollen Sie einen Schluck Wasser?«

Ich schenkte ihm keine Beachtung. Dann konnte er mich nicht mit weiteren Fragen drangsalieren. Und außerdem stellte sich mir ein logistisches Problem mit dem Loch. Es war jetzt gut einen Meter tief und musste tiefer und breiter werden. Sollte ich zuerst irgendwo bis zur endgültigen Tiefe graben und es danach verbreitern? Dann wäre ich eine Weile vor dem Wind geschützt. Doch nach kurzem Nachdenken beschloss ich, das Loch zu verbreitern und mich dann gleichmäßig nach unten vorzuarbeiten. So konnte ich stetig und gleichmäßig weitergraben und hatte den Lehrer und die Soldaten hinter ihm länger im Blick.

Wenn es so weit war, wollte ich der Situation ins Auge sehen.

Gegen ein Uhr verdunkelte sich der Himmel. Das Loch war nicht tiefer geworden, doch ich hatte die richtige Länge und Breite erreicht und obendrein mit dem Lehm und dem Schnee auf der Seite einen guten Windschutz errichtet.

Der Lehrer, der sich kein einziges Mal vom Fleck gerührt hatte, fragte mich, ob ich eine Pause einlegen wolle.

»Möchten Sie darüber reden, warum Sie hier sind?«, fragte er.

Darauf fiel ich nicht herein. Keine Geständnisse, keine offenen Aussprachen von Mann zu Mann.

»Sie wissen, dass es noch schlimmer wird«, sagte er.

Ich erstarrte.

»Ich meine das Wetter. Vielleicht sind wir noch ein paar Stunden hier, da sollten wir wirklich miteinander reden, während Sie arbeiten.«

Er drehte den Kopf zu den Soldaten an der Geschützstellung.

»Die beiden wären nicht die richtige Gesellschaft für mich. Aber Sie dürften einiges zu sagen haben, das mich sehr interessiert.«

Ohne aufzublicken, erwiderte ich: »Ich bin von Beruf Bäcker. Wenn Sie wollen, können wir übers Bäckergewerbe reden. Ansonsten hätte ich weder Ihnen noch jemand anderem viel zu sagen.«

Meine Antwort gefiel ihm nicht, und er trat ein paar Schritte zurück und drehte sich um. Doch ob man es glauben will oder nicht, plötzlich änderte der Wind die Richtung, und kalte Luft fegte unter einer schwarzen Wolke heran. Ich verfluchte die kalte Luft, verfluchte den nutzlosen Windschutz und grub schneller, wobei ich zitterte und zugleich schwitzte. Ich befand mich jetzt in einem Wettrennen mit dem Wetter und meinen Feinden und konnte nur Zeit gewinnen, indem ich mich tiefer in ein Loch im Boden grub.

DIE STADT

Mit der Spitzhacke löste ich die nächste Schicht Erde. So tief unten stieß ich auf Steine, die sich nicht zertrümmern ließen, deshalb stemmte ich sie aus dem Boden und schaufelte oder warf sie dann aus dem Loch. Keine Hilfe vom Lehrer; er setzte sich auf einen der größeren Steine, die ich hinaufgehievt hatte. Zündete sich natürlich eine weitere Zigarette an. *Besaß der Mann überhaupt noch eine Lunge?*

Bei der Arbeit fiel mir ein, dass sich mein Bruder, während er an der örtlichen Schule die Klasse des Lehrers besuchte, über den ernsten Mann mit den großen Geschichten und den seltsamen Theorien, über die vielen Bücher, die sie bei ihm lesen, über die Reden, die sie in der Rolle dieses oder jenes Führers halten mussten, zu Hause oft beklagt hatte.

Er ließ sie sogar klassische lateinische Dichtung und mittelalterliche Kriegsepen lesen, sagte, wenn es nach ihm ginge, würden alle seine Schüler fechten und Schach spielen lernen, und Dichtung gehöre ebenso zur Geschichte wie Fakten und Jahreszahlen. Meinem Bruder zufolge war der Lehrer der einzige Mensch in der Schule, der so redete. Sogar seine Kollegen sagten, er sei »ein bisschen anders, aber das ist schon in Ordnung«.

Und jetzt betrachtete mich ebendieser Mann in einem Loch an den verlassenen Rändern der Stadt. Der Tag war anstrengender als nötig.

Mein Bruder hatte erzählt, eines Morgens habe der Lehrer die Klasse mit den Worten betreten: »Wir schreiben den 13. Februar.«

Doch es sei weder der Dreizehnte noch Februar gewesen, sondern Oktober. Niemand habe einen Schimmer gehabt, wovon er redete. Mit seinem Datum habe er um acht Monate danebengelegen. Der Lehrer habe in seltsamem Ton gesprochen, und was als Nächstes passierte, weiß ich hauptsächlich von meinem Bruder. Das Übrige reimte ich mir zusammen, um mich beim Wegschaufeln von Schnee und Erde gedanklich zu beschäftigen.

(Erkenne deinen Feind. *Und kannst du ihn nicht erkennen, dann stell ihn dir vor.*)

»Heute ist der 13. Februar«, sagte der Lehrer und stellte seine Aktentasche auf den Tisch. »An diesem Tag sind es noch zwölf Wochen bis zum Ende eines Krieges. Der Ort: eine ungeschützte mittelalterliche Stadt mit Parks, einem Zoo, einem Chor, Puppen und Porzellan, berühmt für ihre Architektur. In der Stadt wird Porzellan hergestellt, in den neunzehn Krankenhäusern sind Kriegsverletzte untergebracht. Die Stadt hat keinen militärischen Wert. Die männlichen Bewohner kämpfen irgendwo an der Front. Die Lektion: gezieltes Flächenbombardement. Ich werde nur dreimal Atem holen, einmal für jede Bomberwelle.«

Dreimal? Ein Flüstern ging durch die Klasse. Der Lehrer hatte den Verstand verloren. Vielleicht sollte jemand ins Sekretariat laufen und dem Direktor sagen, der Geschichtslehrer wolle sich umbringen. Ein Kissen auf den Kopf, nur ohne das Kissen. Ersticken durch Reden. Die Schüler saßen schweigend hinter ihren Tischen und warteten. (Inzwischen weiß ich, dass die meisten Umstehenden bei einem Notfall sowieso nichts unternehmen.)

Der Lehrer stellte sich vor die Klasse und schloss die Augen.

»Ich werde jeweils nur so lange reden, wie ein Atemzug reicht, denn wer in der Stadt nicht verbrannte, der erstickte, und das müssen wir heute zum Gedenken an diese Menschen noch einmal durchleben, damit wir wissen, was für ein Gefühl es ist.«

Mein Bruder sagte, er habe sich dabei ertappt, wie er den Atem anhielt und sich vorzustellen versuchte, wie schlimm es war, doch es habe nicht lange geklappt, weil sein Herz zu schnell pochte, und er habe den Atem ausströmen lassen und versucht, nicht wieder einzuatmen, dann aber schnell aufgegeben und gehofft, dass es keiner gesehen hatte.

An jenem Morgen schloss der Lehrer in der Klasse die Augen, holte tief Luft und ließ ein eintöniges Gemurmel ertönen. Mein Bruder kann sich noch an das Meiste erinnern, weil er in der ersten Reihe saß: Es habe geklungen wie Flugzeuglärm, wie noch ungeformte Wörter. Die Jungen fragten sich, was als Nächstes komme, saßen unbehaglich auf ihren Plätzen, und die Eindringlichkeit des ruhigen, monotonen Gemurmels nahm sie gefangen. Plötzlich verwandelte es sich in Wörter, und der Lehrer sprach schneller, jedes Wort Teil des Gemurmels und doch eigenständig und deutlich.

»Frauen, Kinder, über eine Million Menschen, die Hälfte von ihnen Flüchtlinge aus dem Osten, vor den Russen fliehend, die nur noch fünfundneunzig Kilometer von der Stadt entfernt sein sollten. Der Bahnhof voller Flüchtlinge, Leute, die auf den eiskalten Straßen schliefen und hungrig und erschöpft waren. Es war Faschingsdienstag, ein paar Mädchen zogen kostümiert durch die Straßen, und der Zirkus in der Stadt spielte vor vollem Haus. Viele Leute gingen im großen Park spazieren.

Die Angreifer hatten vor, überall in der Stadt Brandbomben abzuwerfen und an strategisch wichtigen Punkten Hunderte von Bränden zu entfachen. Theoretisch sollten sich die Brände vereinigen und die Stadt niederbrennen. Die erste Welle, die kurz nach 22:00 Uhr eintraf, bestand aus zweihundertfünfzig Bombern. Die zweite Welle ein paar Stunden später setzte sich aus fünfhundert Bombern zusammen und überraschte die Löschtrupps und Überlebenden im Freien. Die zweihundert ›Fliegenden Festungen‹ der dritten Welle tauchten am folgenden Vormittag gegen halb zwölf auf, begleitet von Kampfflugzeugen, die die Straßen rings um die Stadt beschossen. Und jetzt fange ich an.«

»Wir dachten, das hätten Sie schon«, sagte einer der Jungen.

Der Lehrer holte tief Luft.

»Die Kampfflugzeuge markierten das Stadtgebiet mit grünen Leuchtraketen. Bei der Bombardierung des Bahnhofs verbrannten dreitausend Menschen. Mehrere Bomben fielen allein auf den Zirkus. Die Fachwerkhäuser in der Altstadt gingen in Flammen auf, und die brennend heiße Luft wirbelte in den Himmel hinauf und erzeugte einen Sog. Es entstand ein Feuersturm, der so heftig war, dass er der Luft jeglichen Sauerstoff entzog, ja sogar Autos, Gebäude und Bäume wurden von den Flammen verschluckt. Von der Druckwelle platzten schwangeren Frauen die Bäuche auf, und die Ungeborenen barsten hervor. In den Straßen rissen sich die Menschen die brennende Kleidung vom Leib, verloren wegen des Sauerstoffmangels das Bewusstsein und verbrannten, bis ihre verkohlten Leichen nur noch so groß wie Babys waren.«

Mein Bruder sagte, auch die robustesten Jungen hätten geschluckt, während sich die angespannte Stimme des Lehrers bis zum Ende des ersten Atemzugs schleppte.

»Die zweite Welle betrachtete die Stadt aus achtzig Kilometern Entfernung, ein Brandfleck im Nachthimmel. Die Bomber flogen so tief, dass die Crews die Gesichter der Leute in den Straßen erkennen konnten und sahen, wie manche von ihnen schreiend durch die Luft flogen und in die Flammen stürzten. Die Flugzeuge warfen ihre Bomben ab und lösten Hunderte kleiner Brände aus. Von dem Feuersturm in der Mitte angesogen, überzogen die Brände die ganze Stadt. In den Kellern verkochten die Menschen und verwandelten sich in Flüssigkeit. Im großen Park rasten die Flammen übers Gras und verschlangen Tausende, die dort Schutz gesucht hatten.«

An dieser Stelle habe der Lehrer innegehalten, kurz eingeatmet und die Luft angehalten.

»Als die zweite Welle vorüber war, erstickten auch diejenigen, die in den Kellern überlebt hatten, denn der Feuersturm fraß den ganzen Sauerstoff auf. Wer auf die Straße lief, bekam keine Luft. Manche schrien, als der schaurige Feuerofen sie in das Flammenmeer zog. Hoch oben kreisten die Flugzeuge in der flimmernden Luft, und die Crews beschirmten die Augen. Weit unten, im Inferno der Stadt, stand ein Zoo in Flammen. In Todesangst flohen die Affen, Bisons und Rotbüffel. Sie liefen neben den Bewohnern her, die vor den Flammen flüchteten, und griffen einige von ihnen an. Die Geier flogen in alle Richtungen davon, kehrten aber am folgenden Morgen zur Fütterungszeit zum Zoogelände zurück.«

Die Jungen waren sich einig, dass der Lehrer für die zweite Welle mehr als einen Atemzug benötigt hatte. Sie konnten sich nicht vorstellen, wie er das sonst hätte schaffen sollen. Doch darüber sprachen sie erst später, viel später. Vorläufig sagten sie nichts. Ihre Gesichter waren kreidebleich geworden.

Der Lehrer stützte sich auf einen Tisch, starrte zu Boden und holte tief Luft.

»Das Krankenhauspersonal schleppte die überlebenden Patienten zum Fluss und legte sie ans Ufer. Dort wurden sie von der dritten Welle überrascht, und die Kampfflugzeuge bestrichen auch die Verwundeten im Park und auf den Ausfallstraßen der Stadt und brachten Tausende um. Im Zoo töteten sie die verbliebenen Tiere. Die Menschen rannten, irre geworden, das Haar in Flammen. Hundertfünfunddreißigtausend Tote, und ich kann nicht …«

Mein Bruder sagte, plötzlich sei der Lehrer ganz blau im Gesicht geworden, und seine Augen seien aus den Höhlen getreten. Er sei vornübergesackt, habe über seinen Büchern auf dem Schreibpult nach Luft geschnappt, unterdrückte Verzweiflung im Gesicht. Er habe die Luft in sich hineingesogen wie ein kühles Glas Wasser. Und dann habe er aufgeblickt.

»Es soll hundertfünfzigtausend Tote gegeben haben. Vielleicht noch mehr.«

Stille. Alle hielten den Atem an. Stille. Wie das Geräusch, das Tote machen. Später sagte jemand: »Ja, noch leiser als Stille.« Irgendwer lachte schrill. Der Lehrer nahm seine Tasche und verließ das Klassenzimmer, ohne ein weiteres Wort zu sagen oder irgendwen anzusehen.

Am nächsten Tag schrieb er kommentarlos an die Tafel: DIE LEUTE IN DER STADT BETETEN ZU GOTT, DOCH IHNEN ANTWORTETE DER TEUFEL. »Schreibt dazu einen Aufsatz mit fünfhundert Wörtern.«

Ich grub.

Als mein Bruder nach Hause kam, sagte er, die Leute in der Stadt mussten noch länger als drei Atemzüge gelebt haben, schon allein da liege der Lehrer falsch. Und beim Zählen habe er sowieso geschummelt. Außerdem sagte mein Bruder, der Lehrer habe nicht in jener Stadt gewohnt, und was sei schon dabei, wenn ein paar Tiere und Menschen stürben? Es sei Krieg gewesen, im Krieg komme so was vor. Wir pflichteten ihm alle bei. Krieg ist Krieg. Im Krieg ist der Tod normal. Wenn das oft genug vorkam, würde man sich dran gewöhnen, und es hielte einen nicht davon ab, danach gut zu frühstücken.

Ich grub.

»Es ist Viertel nach eins«, sagte der Lehrer und setzte sich auf dem Stein anders hin. Er paffte an Nummer fünf.

»Ich hab nicht gefragt, wie spät es ist.«

»Sieht nicht so aus, als wären Sie in der letzten Viertelstunde vorangekommen.« Er deutete auf seine Armbanduhr. »Und ich habe nicht den ganzen Tag Zeit. Um drei wird es schon bald dunkel. Bis dahin müssen Sie fertig sein.«

»Vielen Dank für die Belehrung.«

»Sie müssen vor drei fertig sein.«

»Das klappt schon, keine Sorge«, erwiderte ich.

»Ich bin nicht besorgt, Bäcker. Ich habe nichts zu verbergen.«

Diese Bemerkung saß. Na schön. Solange er mich nicht für dumm hielt, bloß weil er Lehrer und ich Bäcker war. Das Schlimmste, was jemand tun kann, ist, mich zu unterschätzen. Das hat schon mancher getan, aber ich bin immer noch da.

Die Stadt, in der ich lebe, ist mit vielen anderen über diese Halbinsel verstreut, von der man im Winter auf kalte schiefergraue Brecher und im Sommer auf ein türkisfarbenes Meer blickt. Die größte Stadt liegt ein paar Kilometer nördlich, direkt an der Küste mit ihren Häfen und den laut kreischenden Möwen. Dort ist es sogar im Juli kühl, schleimiger Seetang auf dem strahlend blauen Salzwasser, das nördlichen Breiten eigen ist. Auch in heißen Sommern schwimmt dort kein Mensch, denn fünfundsechzig Kilometer entfernt war ein Atomkraftwerk in

Betrieb, das inzwischen abgeschaltet ist. In dem flachen, aber breiten Tal, in dem unsere Stadt liegt, wärmt die Sonne die Luft besser. Auf einem heißen grünen Feld schmeckt man im Wind das Meer.

Doch im Winter ist man allein.

Das habe ich als kleiner Junge gelernt. Und ich habe auch gelernt, dass man nicht bloß im Winter allein ist. Man ist in allem allein. In der Schule schienen alle mehr zu wissen als ich. Sie kannten Leute, die ich nicht kannte. Sie hatten eine bessere Familie als ich. Von Geburt an verflucht, das war ich. Ausgeschlossen von den wichtigsten Momenten der großen Pause, von den Diskussionen in der Klasse. Bemerkungen über meine Redeweise, mein Aussehen. Damals glaubte ich, es würde immer so weitergehen.

Doch plötzlich fand ich Freunde, die ein bisschen älter und viel klüger waren als meine Mitschüler. Diese Freunde lebten zwischen den Buchdeckeln in der Bücherei, und die meisten gaben mir sehr interessante Informationen. Halfen mir voranzukommen. Sie baten mich, nicht preiszugeben, dass ich all diese Informationen besaß. Na ja, sie baten eigentlich nicht darum, aber so sehe ich das Ganze. Die Bücher waren meine besten und einzigen Freunde. Ich hielt einfach den Kopf gesenkt, kümmerte mich um meine eigenen Sachen und wartete auf die Gelegenheit, das Gelesene anzuwenden.

Eine gute Gelegenheit bot sich eine Woche nach meinem zwanzigsten Geburtstag. Doch zunächst etwas anderes: Vielleicht wollen viele Leute irgendwann wissen, woher ich so viel wusste. Aus welchem Grund? Ich musste mir meiner Sache sicher sein, in so vielen Bereichen wie möglich. Durfte keinen Zweifel mehr haben.

Unten in der Grube beschäftigte ich mich mit der Frage, warum ich auf vielen Gebieten so viel wusste.

Vor meinem Aufstieg zur Gewissheit hatte ich gar nichts gewusst. Ich verstand jeden klugen Witz, jede kurze Anspielung als Letzter, ich lachte immer nur, weil die anderen lachten. Da mich Gruppen nervös machten, war sogar ein zwangloser Abend in einer Bar für mich eine Strafe. Ich nickte, wenn die anderen zustimmten. Ich murmelte kopfschüttelnd vor mich hin, wenn die anderen ihre Missbilligung zum Ausdruck brachten. Ich lebte ständig in der Angst, jemand würde mich nach meiner Meinung fragen, bevor ich den Standpunkt der anderen einschätzen konnte, geriet in Panik bei der Vorstellung, selbst der Maßstab zu sein, schämte mich, weil ich mit Sicherheit schweigen würde, während man auf meine Antwort wartete.

Doch meine Bücher halfen mir. Ich gewann den Einblick aller Außenseiter: Ich begriff, wie Macht funktioniert. Macht wächst nicht sprunghaft, sondern in kleinen Schritten, Hüpfern und Wendungen. Wenn zum Beispiel Jungen aus dem Ort, die nicht klüger waren als ich, bei Einstellungsgesprächen die richtigen Namen erwähnten, im richtigen Moment unwichtige Leute begrüßten oder die Hand über eine Menschenmenge streckten, um die Hand einer bedeutenden Person zu schütteln. Ich sah, dass es manche Frauen zu bestimmten Männern hinzog, manchmal weil der Mann eine gute Arbeit hatte, manchmal weil er die Frau nicht beachtete.

Ich kaufte mir ein gutes Wörterbuch und beschäftigte mich mit Phonetik, damit ich ohne Akzent sprechen, ein Bürger jedweden Landes sein konnte. Ich lieh mir in der Bücherei Musik aus, die Brandenburgischen Konzerte, die Wassermusik, Finlandia, dirigierte in meinem Bad und korrigierte kleinere Fehler, wobei die Lautsprecher zwecks besserer Akustik in der Badewanne standen. Ich las eine Geschichte der Erfindungen. Ich verschlang ein Buch über Generäle und ihre Siege und Niederlagen. Ich las eingehend *Die Kunst des Krieges*. Wie man eine Schlacht gewinnt, wie man einem hoffnungslosen Kampf aus dem Weg geht.

Und es vergingen Monate und schließlich Jahre, bis ich nach vielem Lernen zu dem ungeheuren Schluss kam, dass ich nicht mehr in allem völlig unwissend war; im Gegenteil, ich beschloss mein Wissen mit anderen Worten zu beschreiben: *vielleicht, möglicherweise, manchmal.* Ich las, dass sehr kluge Leute jene Wörter bevorzugten. Also benutzte ich sie. Jetzt glaubte ich, dass ich *vielleicht* der Einzige in der Stadt war, der von keiner Frau geliebt wurde. Dass jene Jungen *vielleicht* über mich lachten. Dass mich das Schicksal in der Schule und zu Hause *möglicherweise* mir selbst überlassen hatte, mich wie ein frei umherlaufendes Tierjunges in der Wildnis auf eigene Faust entdecken ließ, wie gleichgültig sich die Welt zeigt, wenn man wenig mitbringt, was sie gebrauchen kann. Nicht gut aussehend, nicht klug, kein einflussreicher Vater. Ich dachte in Vielleichts, Eventuells und Womöglichs. (Bei mir konnte kaum etwas der Macht des Konditionals entkommen, was auch die Möglichkeitsform eines Verbs bezeichnet, wie ich beim Lesen herausgefunden habe.)

In meiner frühen Jugend ging ich noch in die Kirche, doch wenn die anderen lasen oder sangen, befasste ich mich mit der Gottesfrage und kam zu dem Schluss, dass Gott vermutlich existierte; warum sollten sonst all diese Leute hier sitzen? So viele Menschen konnte niemand täuschen! Und während die Jungen, mit denen ich nach der Schulzeit nichts mehr zu tun haben würde, ausdruckslos vor sich hin starrten und an Mädchen dachten, starrte ich den Balken mit dem Mann an und kam zu dem Schluss, dass Grausamkeit vielleicht zum Leben dazugehörte. *Entspann dich, entspann dich*, sagte ich mir. Ich bin mir sicher, irgendwo gelesen zu haben, dass man lernen muss, die Muskeln zu entspannen, die fürs Stirnrunzeln verantwortlich sind, und zugleich bewusst nach einer Haltung zu suchen, die einem guttut. Ich habe noch mehr gelesen. Ich habe die historischen Gesetzmäßigkeiten gesehen und mir überlegt, dass der Mensch wahrscheinlich zu achtzig Prozent aus Chemie, zu achtzehn Prozent aus seiner Vergangenheit und zu zwei Prozent aus Gefühl besteht, ein Gewohnheitstier. Das macht Psychiater eigentlich zu Apothekern, die länger zuhören müssen.

Doch ich musste noch viel darüber lernen, wie der Mensch funktioniert.

Ich dachte oft, meine Verschlossenheit gegenüber den anderen entspringe meinem Innern. Ich stand am Rande des Nebels, der mich umgab, beobachtete, wie alle Menschen auf der Welt das Leben genossen, und überlegte, wie ich durch die Plastikfolie hindurchgelangen könnte, die mich alles sehen, aber nichts berühren ließ, nein, mich zwar alles berühren ließ, doch nur mit diesem knitterigen Material zwischen meiner Haut und dem strahlendsten Sonnenschein, dem breitesten Lächeln, dem tiefsten Blau, der glänzendsten Birne, der lieblichsten Stimme, dem spitzesten Nadelstich, dem kürzesten Augenblick, dem tiefsten Schlaf. Normale Freude sagt man wohl dazu, Gelächter, Ungezwungenheit, solche Wörter und all die anderen, die man in so eine Liste aufnehmen könnte.

Und als ich eines schönen Tages allein zur Arbeit ging, dachte ich, ich könnte die Menschen vielleicht benutzen und mich dadurch schützen. Diesen Gedanken bettete ich in einen speziellen Winkel meines Kopfes und fütterte ihn jeden Tag.

Man kann sich nicht richtig bewegen, wenn man von durchsichtiger Plastikfolie überspannt wird wie von einem Regenschirm. Ich musste herausfinden, wie sie vorgingen. Mit einer Uhr stoppen, wie lange sie brauchten. So wie die Löwenmutter ihren Jungen zeigt, wie man jagt und frisst. Wie viele Schritte zum Kaffee, um Arbeit zu bekommen, ein Darlehen zu erhalten, den Tauben Brotkrümel hinzuwerfen, ein Auto zu waschen, samstagmorgens beim Bauernmarkt allein über den Platz zu schlendern und den Leuten mit hinter dem Rücken verschränkten Händen zuzunicken. Um zu lernen, wie ein Mensch geht oder spricht.

Bürgerwache, so nannte ich mich. *Bürger, seid wachsam.*

Aus einem der Bücher lernte ich Yoga, sog die Luft tief in den Bauch und weitete erst dann die Brust. Ich lernte sorgfältig die verschiedenen Stellungen, jeden Monat eine. Seltsam, wie der Körper eine bestimmte Haltung einnimmt und man sein Denken ändert; man wird leistungsfähiger. Ich trank Yoga statt Bier, denn es gab mir Selbstbeherrschung. Ich füllte meinen Bauch mit Luft, ließ jegliche Spannung aus meinem Kopf entweichen und damit auch all meine Ansichten, ließ die ganze Luft in meine Eingeweide sinken. Ein Blähbauch stört mich nicht. Gut, die Eingeweide zu dehnen, die Organe ein bisschen in Bewegung zu bringen. Nicht die Brust rausstrecken, denn da gibt es nur wenig zu dehnen. Doch die Namen der Stellungen waren unglaublich lang. Ließen sich kaum aussprechen. Vielleicht braucht man eine bestimmte Mundstellung, wenn man den Namen der Stellung sagt. *Vala* was auch immer oder *Tukandra. Vindra*undnocheinpaarSilben. (Was ist überhaupt ein Mund? Ist es die Zunge, das Zahnfleisch, sind es die Zähne, die Lippen, die Gaumenplatten oder was? Und noch eine Frage: Was ist ein Mund?)

Mir gefallen die westlichen Namen für die Yoga-Stellungen besser, zum Beispiel *Die Kobra*. Ja, man legt sich auf den Bauch, schiebt die Hände unter die Schultern, wölbt den Rücken nach oben, die Schenkel locker auf dem Boden, und legt den Kopf in den Nacken. Und dann muss man beißen! Ja, man muss jeden beißen, der einem nahe kommt. Das ist meine Lebensphilosophie. Wenn dir jemand nahe kommt, halte ihn auf, stoße ihn wieder die Leiter hinunter. Lächle ihn an und stich ihm in den

Rücken. So. Wo bin ich? Wo war ich? Von welcher Stellung hab ich gesprochen?

Ich habe menschliche Posen erlernt. Ich wurde ein Mensch, indem ich andere Menschen nachahmte. Wenn jemand glücklich war, sah ich, dass er die Lippen öffnete und die Zähne entblößte; doch ich sah auch, dass entblößte Zähne Wut ausdrücken konnten. Aber ich löste dieses Problem. Ich achtete genau auf die Augen und, was noch wichtiger war, ahmte jede Handbewegung präzise nach, wie beim Händeschütteln oder Umarmen (natürlich alles in meinem Zimmer; ich fasste niemanden an). Dabei benutzte man oft dieselben Worte, zumeist in derselben Reihenfolge. Ich prägte mir alles ein. *Hallo. Guten Tag. Hallo, Schatz. Bis morgen. Schön, Sie wiederzusehen. Wie geht es Ihnen? Was machen die Kinder? Wie läuft es beruflich? Haben Sie schon gehört, dass Soundso gestorben ist/geheiratet hat/ein Kind bekommen hat/umgezogen ist? Sie sehen gut/müde/besorgt/glücklich/entspannt aus.*

Beim Üben fiel mir auf, dass derjenige, mit dem ich sprach, entspannter wirkte, als wenn ich mich ganz normal benahm (also schwieg und ein finsteres Gesicht machte oder ausdruckslos vor mich hin starrte). Die Leute schienen öfter meine Gesellschaft zu suchen. Daraus ergab sich zwangsläufig die Schlussfolgerung, dass ich jetzt ein besserer Mensch war, dass es mir besser gelang, ein Mensch zu sein.

Ich lernte, dass jeder alles, was er weiß, durch Nachahmung lernt. Es gibt keine einzige Fertigkeit, die er nicht nachahmt. Seine Mutter bringt ihm bei zu gehen, zu reden, zu essen, die Schule bringt ihm das Lesen und Schreiben durch Nachahmung bei, die Älteren bringen ihm bei, an die Wahrheit zu glauben, woran man sie erkennt, wo man sie findet und was man damit anfängt. Gelb ist etwas an einer Bananenschale. Durch Berührung lernt er, was heiß ist, was weich ist. Über Sex liest er in Büchern, überrascht seine Eltern dabei oder beobachtet heimlich die Nachbarn. Er äfft alles nach. Er lernt, dass die Zukunft hinter und die Vergangenheit vor einem liegt statt andersrum, denn er kann die Zukunft nicht mit den Augen sehen. Doch die Vergangenheit ist sichtbar, weil sie sich schon ereignet hat, deshalb liegt sie vor einem.

Die Liste meiner Kenntnisse wuchs. Ich ging zu gewisseren Wörtern über wie *jeder, immer, alle*. Jeder Krieg wird von beiden Seiten verloren. Jeder Mensch handelt immer und jederzeit in seinem eigenen Interesse. Alle Kriege werden durch Menschen ausgelöst, die etwas zu gewinnen haben. Jede Liebesaffäre beginnt mit Eigennutz und endet auch so. Natürlich machte ich solche Aussagen nur im Stillen, gewöhnlich in meinem Schlafzimmer oder in Gedanken, wegen des Grenzkonflikts: Eine Äußerung barg stets die unausgesprochene Angst, auf der falschen Seite zu stehen, falls das Ganze schlimm ausging.

Und es geht immer schlimm aus.

In der Zeit, als sich der Konflikt noch auf die Grenze beschränkte, fielen meist nur vereinzelte Schüsse über die Zäune, oder eine Artilleriegranate setzte eine gelbe Wolke frei, die manche Leute für chemischen Kampfstoff hielten. Dementi allerorten. Politiker mit Krawatten schüttelten vor der Kamera den Kopf und deuteten auf Verträge. Irgendwann wurden die Schießereien heftiger, und die Leute begriffen, dass sie ums Leben kommen könnten. Als sich die Stimmung in der Stadt verschlechterte und alle von Möglichkeiten, Wahrscheinlichkeiten und Ungewissheiten sprachen, war ich zur Gewissheit übergegangen. Ich wusste jederzeit, wo ich zu stehen hatte.

Ich würde nicht in der Menge stehen.

DER BÄCKERLEHRLING

Mein Leben änderte sich kurz nach meinem zwanzigsten Geburtstag, als ich mich auf die Stellenanzeige für einen Bäckerlehrling meldete, die in krakeliger Handschrift am Schaufenster eines Ladens hing. Der Mann am Tresen wirkte zu alt, um noch arbeiten zu können. Runde Brille, rundes Gesicht, runder Bauch, runder Kopf.

»Hallo«, sagte er mit rundem Lächeln. »Was wünschen Sie?«

»Die Stelle als Lehrling«, erwiderte ich und deutete auf das Fenster.

Er begab sich ans Ende des Tresens, streckte seine runde Pranke aus, um mir die Hand zu schütteln, und sagte: »Aber sind Sie nicht … schon ein bisschen zu alt dafür?«

»Ist die Stelle noch frei?«

»Ja. Und ich würde mich natürlich freuen, wenn Sie hier arbeiten würden.« Er zog eine große, runde Zigarre hervor und zündete sie mit großer Flamme an.

Aus dem hinteren Raum, wo vermutlich gebacken wurde, betrat ein Mädchen den Laden und legte frische Brote auf den Tresen. Still, in meinem Alter. Auch sie lächelte mich an. Ich wandte den Blick ab, weil ich den Leuten nicht gern in die Augen sehe. Der alte Bäcker fasste sie an der Schulter und sagte: »Das ist meine Tochter. Der Laden wird einmal ihr gehören.«

Ihre Zähne waren so weiß wie das Mehl unter seinen Fingernägeln.

Am nächsten Tag kam ich wieder. Zumindest schaute ich dem alten Bäcker zu, denn das war alles, was er mich tun ließ. »Schau zu und lerne, schau zu und lerne, trink Tee, entspann dich«, sagte er immer wieder. Er war sorgfältig, das muss man ihm lassen.

Nach ein paar Wochen, in denen mich der Alte nur zuschauen, aber nichts anfassen ließ, durfte ich schließlich den Teig zubereiten. Unter seinem Blick und einem gelegentlich korrigierenden Finger lernte ich das Vorteig-Verfahren. Er ging langsam vor, zeigte mir immer wieder jeden einzelnen Schritt und sagte: »So geht das, so wird's gemacht.«

Ich vermischte Weizenmehl, Wasser und Hefe zu einem Vorteig und fügte Salz hinzu, um die Fermentation zu kontrollieren. Ich gab den Vorteig in einen Mixer, wo die waagerechten Stäbe seine Fasern und seine Struktur entwickelten. Dann kippte ich ihn in den Trog, eine Metallwanne, wo ich ihn gehen ließ. Der Bäcker erklärte mir, dass nach drei bis fünf Stunden der »Bruch« stattfand, nach dem das Teigvolumen abnahm. Dann musste ich alles wieder in den Mixer geben und die übrigen Zutaten hinzufügen. Das war der zeitraubende Teil; danach musste ich den Teig nur noch eine Weile ruhen lassen, ihn zu Broten formen und backen.

Ich lernte schnell und gewann die Zuneigung des Mannes. Doch ich mochte ihn nie besonders. Er ging zu unbekümmert mit seiner Zeit um. Ständig lehnte er sich irgendwo an und redete mit jedem, der in Hörweite war, über alles, was ihm gerade einfiel. Fotos von seinen Enkelkindern. Alle zwanzig Minuten draußen in der Gasse eine Zigarette. Manchmal roch er schon um sechs Uhr früh nach Bier. Nicht gerade professionell. Kein geborener Bäcker. Hatte den Beruf eigentlich nicht verdient.

Beim Backen erlernte ich nicht nur Sicherheit, sondern auch, wie man sie schuf. Ich sah, wenn ich gewisse Handlungen und Zutaten miteinander verband, führte das jedes Mal zum selben

Ergebnis. Seit dem Tag, an dem mich der alte Bäcker zum Lehrling genommen hatte, prägte ich mir alles übers Backen ein, was ich sah. Schließlich und endlich etwas, worauf ich mich verlassen konnte.

Seine Tochter, ein stilles Mädchen in meinem Alter, zeigte große Begeisterung für die Arbeit, was er damit belohnte, dass er ihr wie mir an manchen Tagen die Teigzubereitung überließ, gelegentlich aber auch den Mixer, ja sogar das Backen und den Umgang mit den heißen Broten, was er mir trotz meiner Fingerzeige verwehrte. Doch meistens ließ er sie vorn im Laden die Backwaren an die Kunden verkaufen, die sie beim Namen nannten und ihr manchmal in liebevoller Begrüßung durchs Haar strichen. Vermutlich dachten alle: *Wenn sie hinterm Tresen steht, muss sie in Ordnung sein.* Ich spürte, dass ich der Sohn sein könnte, den der Bäcker nicht hatte, und beschloss, diese Rolle zu übernehmen. Damit ging ich bestimmt auf Nummer sicher.

Ich zog aus dem Haus meiner Eltern aus, arbeitete jeden Tag gewissenhaft, ja, sehr gewissenhaft, wohnte direkt über dem Laden und arbeitete drei Jahre lang äußerst hart, bis seine Tochter es allmählich leid war, freundlich zu mir zu sein, und der alte Bäcker – welch eine Überraschung! – an einem Lungenemphysem starb. Ich war wegen meiner Zukunft beunruhigt, weil ich wusste, dass mich seine Tochter nicht ausstehen konnte. Deshalb war ich erleichtert, als an einem trockenen Freitagmorgen der Anwalt des toten Bäckers anrief.

»Ich freue mich, Ihnen mitteilen zu können, dass der Bäcker beschlossen hat, Ihnen die Verantwortung für den gesamten Backprozess bis auf den Verkauf zu übertragen.«

»Bis auf den Verkauf?«

»Ja.«

»Also kann ich nicht gefeuert werden.«

»Das würde gegen die Bestimmungen in seinem Testament verstoßen.«

Die Tochter des alten Bäckers übernahm den Laden und behandelte mich gut, weil ihr Vater es so gewünscht hatte.

Doch sie verstand nichts von der harten Seite des Gewerbes. Auf mein nächstes Unterfangen war ich nicht stolz, aber im Laufe eines Jahres drängte ich sie aus der Bäckerei hinaus, und viereinhalb Jahre nach Beginn meiner Lehrzeit unterbreitete ich ihr schließlich ein Angebot, das sie annahm. Grundlage des Angebots war ein Bankdarlehen, das ich unter der Bedingung erhielt, dass ich die Bäckerei übernahm, obwohl sie den Laden bestimmt gern weitergeführt hätte, weil er die Erinnerungen an ihre Kindheit und ihren Vater beherbergte. Um ihr weitere Qualen zu ersparen, verkuppelte ich sie mit einem Mann, der mit ihr und einem Teil meines geliehenen Geldes in der Tasche in ein anderes Land ging.

Am Tag ihrer Abreise folgte ich ihnen zum Bus und beobachtete, wie er davonfuhr. Sie drückte das Gesicht ans Fenster, bis sein Arm sie wegzog.

Endlich gehörte die Bäckerei mir, und niemand konnte sie mir wegnehmen.

Von jenem Tag an trug ich den Kopf stolz erhoben. Mied die Leute nicht, kroch nicht vor den Kunden. Ich würde immer Arbeit haben, denn aufs Essen kann keiner verzichten. Ich übte meine neue Bedeutsamkeit vor dem Spiegel in meinem Schlafzimmer ein. Einen gewissen Gang, bei dem ich die Handflächen nach hinten hielt.

Stadtbäcker. Stadtbäcker. Ja.

Um die feierliche Eröffnung meiner Bäckerei vorzubreiten, schloss ich den Laden einen Tag lang. Ich wollte neue Kunden gewinnen, und daher hängte ich ein hübsches Spruchband ins Schaufenster, auf dem die für eine Woche herabgesetzten Preise meiner Erzeugnisse aufgeführt waren. Viele Leute hatten nur das Allernotwendigste zum Leben, denn unsere Stadt ist nicht besonders reich. Doch sie kamen: neue Leute, die ihr Brot normalerweise selbst backten, um ein bisschen Geld zu sparen, und auch die alten Stammkunden, die die Tochter des alten Bäckers mit Namen kannten und mich nur selten gesehen oder zur Kenntnis genommen hatten, wenn ich mich in der dunklen, heißen Backstube abrackerte. Jetzt nahmen mich alle zur Kenntnis, den kleinen Mann mit den wässrigen Augen. Vielleicht nur widerwillig, doch es blieb ihnen nichts anderes übrig. Der einzige Bäcker am Ort. Und ich sah sie ebenfalls an, so wie ich mir das Backen angesehen und erlernt hatte.

Ich lernte, die Bewegungen der Leute zu deuten, während ihre Blicke über die Angebote des ersten Tages glitten: Wiener Brot, Walnussbrot, Kartoffelbrot, Sauerteig, Roggen, Kürbisbrot, Früchtebrot, Baguettes, Aprikosen-Nuss-Brot, Hefebrötchen, Weizenbrot, Rosinenwecken. Eine viel größere Auswahl, als der alte Bäcker je angeboten hatte. Ich sah, wie ihre Blicke von einem Brot zum nächsten sprangen, kurz verweilten und immer wieder zu den Sachen zurückkehrten, die ihnen gefielen, während sie nachprüften, wie viel Kleingeld sie dabeihatten. Ich änderte meine Preise und mein Angebot, damit die Leute mehr ausgaben.

Ich machte mich mit den unterschiedlichen Kunden vertraut: den Leuten, die rasch kaufen wollten, denen, die ihrem Geschmack treu blieben, und denen, die Muße hatten und sich ein paar Minuten unterhalten wollten. Und ich war ihnen zu Diensten, doch immer mit einem Blick zur Tür, damit sie sich nicht völlig zu Hause fühlten und zu viel von meiner Zeit vergeudeten. Ich experimentierte mit der Form der Brote: rechteckig, rund, flach. Ich probierte verschiedene Geschmacksrichtungen aus, malzige Melasse, einfacher Geschmack, salzig.

Sogar die Konsistenz erwies sich als Herausforderung, denn einige Kunden bevorzugten Brote mit harter Kruste, egal, welche Zutaten sie enthielten, während andere die leichtere, teigigere Sorte oder eine grobkrumige Konsistenz verlangten.

Offen gestanden machte ich meine Sache sehr gut. Ich verdiente schon bald so viel Geld, dass ich in einem Haus in der Stadt wohnen und einen Gehilfen für die Backstube einstellen konnte, einen trägen Schuljungen, mit dem ich mich begnügen musste, weil sich sonst niemand auf das Stellenangebot meldete, das ich ins Schaufenster gehängt hatte. Das Geld war ihm wichtiger als sein Stolz. Vielleicht wurde er ausgelacht, weil er für mich arbeitete.

Als er mich bestahl, warf ich ihn raus.

Trotz meines Erfolgs war ich noch immer allein. Ich glaube, man kann auf zwei verschiedene Arten allein sein. Man kann der Fisch im Aquarium sein, der gefüttert wird, oder die Hand, die das Futter ins Wasser streut.

DER ERSTE LASTWAGEN

Der Himmel verdunkelte sich. Das Brausen des Windes dauerte länger, der Schnee fiel dichter, heftiger. Mir war, als würde der gesamte Wind der Welt auf dieses Feld wehen und von dort in mich hinein.

»In den letzten zehn Minuten waren Sie sehr still«, sagte der Lehrer. Er stand auf und streckte die Beine. »Aber Sie haben hart gearbeitet, also will ich mich nicht beklagen.«

»Ich arbeite, wie's mir gefällt.«

Er lächelte. »Ah, eine Ansprache! Der Bäcker bringt seine Überzeugungen zum Ausdruck.« Er sprach zu einem unsichtbaren Publikum. »Legt alle die Werkzeuge weg, der Bäcker gründet eine Gewerkschaft.«

Dieser Sarkasmus passte nicht zu ihm. Dafür hatte der Lehrer nicht das richtige Gesicht, obwohl es das Wissen um eine tausendjährige Geschichte widerspiegelte. Anscheinend wollte er das meiste für sich behalten. Ein Mann, der schwer einzuschätzen war, das gefiel mir nicht, und ein zäher Gegner, doch die Erfahrung sagte mir, dass er seine Karten bald ausspielen würde. Ich brauchte bloß den Mund zu halten.

Zigarette Nummer sechs, und sein langer Mantel flatterte im Wind.

Gegen halb zwei Uhr nachmittags übertönte das Geräusch einer Gangschaltung den Wind. Ich arbeitete weiter, entschlossen, nicht nachzusehen. Zum Feld gelangte man nur auf dem Weg, den wir gekommen waren, einen sanften Hügel hinauf, und nach dem häufigen Schalten zu urteilen, kam der Lastwagen bei diesem Wetter kaum voran. Vermutlich drehten die Räder durch, und der Wagen schlitterte, die Scheibenwischer auf der höchsten Stufe. Als der Lastwagen die Anhöhe erreichte, wurde der Motorenlärm schwächer. Kreischende Bremsen, eine geöffnete Tür.

Dann blickte ich hinüber, als würde mich das Ganze kaum interessieren.

Der Fahrer schlug die Tür zu, ging gemächlich zur Rückseite des Lastwagens, die dem Tor zugekehrt war, löste einen Riegel, zog die Heckklappe herunter, blies in die Hände und trat zur Seite, um den Auspuffgasen auszuweichen. Ich sah, wie sich auf der Ladefläche des Wagens Mäntel und lange Kleider bewegten. Und in diesen Mänteln und Kleidern steckten, dicht zusammengedrängt und frierend, größtenteils Männer und ein paar Kinder, die herabsprangen oder zu zweit und zu dritt herunterkletterten, sich kurz dehnten und dann dem ausgestreckten Finger des Mannes zu der Eiche folgten, die über dem Eingang zum Feld aufragte.

Es war eine seltsame Schar, diese erste Gruppe. Die meisten hielten sich Stofffetzen vors Gesicht oder hüllten sie um Nase und Ohren. Die Männer begaben sich in unterschiedlichem Tempo zum Tor, und als sie dort angelangten, blieben manche völlig reglos stehen, andere hüpften herum oder kauerten sich zusammen, um sich warm zu halten. Manche hatten ihre Bündel ums Handgelenk geschlungen, andere starrten irgendwohin. Einer sprang auf der Stelle auf und ab, ein Mann mit roter Mütze stand da wie eine Ballerina und malte mit der Schuhspitze ein Bild in den Schnee. Ich erkannte ihn als den Schuhmacher, und der Schuh war bestimmt aus bestem Leder gefertigt. Plötzlich fiel mir sein letzter Besuch in meinem Laden ein, und ich entdeckte seinen Hund, einen spindeldürren Spaniel, die Schnauze in der Achselhöhle seines Herrchens vergraben, das Hinterteil in die Kälte gestreckt. Genau so war der Schuhmacher oft mit dem Hund in den Laden gekommen und hatte auf den Apfelkuchen gewartet, den das Tier so gern fraß, wie er mir häufig erzählte, während er diesem Hinterteil etwas vorsang oder es manchmal ausschimpfte, bis er den Laden mit dem Apfelkuchen, den das Tier so gern fraß, verließ. Was für ein lästiger Mensch! Wenn er aus der Bäckerei hinausging, sah ich stets das Gesicht des Hundes. Dieser Hund, der so gern meinen Apfelkuchen fraß, war der ideale Kunde. Er hielt stets die Klappe.

Immer mehr Stadtbewohner schlurften von dem Lastwagen zum Tor: Dort ging der Bankier. Stellte sich abseits unter einen Baum zur Rechten, hielt Abstand zu den Leuten, die ihm Geld schuldeten. Der Geistliche hatte sein schwarzes Büchlein in der Hand und viele in der Stadt vorgefallene Fehltritte im Kopf. Der Besitzer des örtlichen Kinos sah sich das Ganze an, als sei es ein Anblick, für den die Leute bezahlen sollten.

Die Kinder suchten sich Stöcke, mit denen sie spielen konnten. Kleine Kinder wollen immer spielen. Anstatt etwas über die Welt zu lernen und darüber, wie es dort zugeht.

Ich wandte den Blick ab, grub weiter und fluchte über den steinigen Boden und den Schmerz in meinen Ellbogen, beunruhigt, weil ich von den Unterarmen abwärts nichts mehr spürte. Der Lehrer trank wieder einen Schluck aus seinem Flachmann, und ich stellte fest, dass sich mein Kopf inzwischen auf der Höhe seiner Knie befand.

Mein Herz schlug schneller. Wie vorhersehbar. Völlig vorhersehbar. Der Lehrer kam direkt an den Rand der Grube und stieß mit dem Fuß etwas Schnee hinein.

»Schneller«, sagte er. »Sehen Sie nicht, dass die Leute schon da sind?«

Ich hielt inne. Seltsam, wie schnell die Wut ins Blut schießen und den Körper durchströmen kann, als gehörte er ihr.

Ich hob die Schaufel ein paar Zentimeter an. Nur ein paar Zentimeter. Umklammerte den Griff.

In schweren Zeiten suchte ich immer Zuflucht bei meinen Büchern. Ich habe viel aus Büchern gelernt, alles im Stillen und alles kostenlos, Erfahrungen, die ich nicht selbst machen musste. Irgendwer musste sie machen, doch man selbst erhält die Lektion ohne eigenes Zutun. Wer würde so ein Geschäft schon ablehnen? Aber was konnte ich jetzt tun?

Geduld. Du bist derjenige, der in der Grube steht. Rede mit ihm, rede einfach mit ihm.

»Ich grabe, so schnell ich kann. Vergessen Sie nicht, ich bin Bäcker von Beruf. So eine Arbeit bin ich nicht gewohnt.«

»Da hab ich aber was anderes gehört«, entgegnete er.

»Ich grabe, so schnell ich kann, aber meine Hände sind wund, ich bin müde, und mir tut alles weh.«

»Da sind Sie nicht der Einzige. Wir können die Leute nicht warten lassen.«

»Ich hab nicht gelernt, wie man schaufelt. Wie können Sie da was anderes von mir erwarten?«

Plötzlich schien er mich anders zu sehen, aber vielleicht bildete ich mir das bloß ein. Vielleicht hatte die Kälte mein Gehirn erreicht. Er ließ sich auf die Knie sinken und sprach ruhig und hochkonzentriert.

»Und was haben Sie gelernt?«

Was für eine seltsame Frage. Aber typisch für einen Lehrer. Völlig vorhersehbar. Dennoch hatte ich das gewünschte Ergebnis erreicht. Seine Aufmerksamkeit richtete sich nicht mehr auf mein Schaufeltempo. Und ich würde dafür sorgen, dass es so blieb.

»Ich weiß eine Menge über die Entstehung und Geschichte des Backens«, sagte ich.

Mit interessiertem Blick zog der Lehrer sein Silberetui hervor und zündete sich Nummer sieben an. Er wiederholte, was ich gerade gesagt hatte, und bot auch mir eine Zigarette an. Ich zuckte mit den Schultern. *Warum nicht?*

Ich griff zu, und er hielt mir die Flamme hin, bis die Zigarette brannte.

Ich legte die Schaufel weg und schwang die Arme.

Er schien sich zu entspannen, sagte, ich solle eine Pause einlegen und ihm erzählen, was ich über die Entstehung des Backens gelernt hätte. Ich stellte mich auf die geschützte Seite des Loches und rief mir all die Informationen ins Gedächtnis, die ich in vielen Büchern entdeckt hatte. Er trieb mich nicht zur Eile an, obwohl wir beide hörten, wie der Lastwagen ohne seine Fahrgäste wieder wegfuhr.

Mit den Grundbegriffen nahm ich Tempo auf; ich würde

mich in die Geschichte hineinarbeiten, während ich den roten Faden suchte, würde zehn Minuten Pause gewinnen.

»Sie sollten die wichtigste Regel beim Backen kennen«, sagte ich.

»Und die wäre?«

»Zu viel Mehl verdirbt alles.«

»Der Meinung bin ich auch«, sagte er. »Das hat meine Frau mal gesagt. Es gibt nichts Schlimmeres als mehligen Apfelkuchen. Aber ich bin mehr an der Entstehung interessiert, von der Sie gesprochen haben.«

Zeit, sich an alles zu erinnern, doch wie stellt man das an? Ich rief mir die Worte aus einer uralten Handschrift ins Gedächtnis, dem *Liber Magistri Hugonis Sancti Victoris*, das um 1130 n. Chr. geschrieben wurde. Der Verfasser schilderte dem Leser eine Erinnerungstechnik: Betrachte Farbe, Form und Position der Buchstaben, achte darauf, ob sie auf der Seite oben, in der Mitte oder unten stehen. Achte auf die Umgebung der Buchstaben, dann kannst du dich nötigenfalls besser an den Inhalt erinnern.

Und das stimmte tatsächlich. Ich stand am kältesten Tag, an den ich mich erinnern konnte, in der Grube, schlug in Gedanken mehrere Bücher auf und versetzte mich an meinen Schreibtisch zu Hause, eine Leselampe über dem Buch. Ich blätterte in den Büchern. Und durch die Erinnerung an meinen Schreibtisch erinnerte ich mich auch an die einzelnen Seiten.

Ich sagte: »Weizen ist ein großes Geheimnis. Eigentlich dürfte es gar keinen Weizen geben. Er verdankt seine Existenz einer zufälligen Entwicklung, die ein paar hundert oder vielleicht auch tausend Jahre dauerte. Das Ganze begann wohl um 8000 v. Chr., im heutigen Griechenland und Iran. Das erste Brot war eine harte Mischung aus zerstoßenem Getreide.

Schmeckte wahrscheinlich schrecklich. Erbrechen, Magenprobleme. Irgendwann fügten die Leute Wasser hinzu, weil ihnen das schmeckte.«

»Dann ist Weizen kein natürliches Getreide«, sagte der Lehrer.

»Das sagen Sie. Ich hab gesagt, Weizen ist ein Geheimnis, stimmt's?«

»Der Weizen hat eine unterschiedliche Chromosomenzahl, und die Wissenschaft weiß nicht, wie es dazu kam«, erklärte er.

»Hab ich das nicht schon zweimal gesagt?«, fragte ich.

»Entweder Sie wissen das mit der Chromosomenzahl, oder Sie wissen es nicht. Ist schon in Ordnung, wenn Sie's nicht wissen.«

»Das stimmt.«

»Also?«

»Das stimmt«, sagte ich.

Er schüttelte den Kopf. »Hoffentlich gehören Sie nicht zu den Windhunden, die von allem ein bisschen, aber nichts richtig wissen.«

Ich schenkte ihm keine Beachtung und blätterte in Gedanken weiter.

»Der Zufall, auf den die Geschichte wartete, war das Backen. Jemand war abgelenkt, ließ an einem Feuer nasse Getreidekörner auf einem heißen Stein liegen und fand bei seiner Rückkehr ein flaches gebackenes Brot vor. Dass so was passiert ist, wissen wir, weil Archäologen über fünftausend Jahre alte verbrannte Weizenkörner entdeckt haben. Vermutlich ist der Person, die zum Feuer zurückkehrte, der Duft zuerst aufgefallen, der erste Duft von gebackenem Brot. Der Geruch, der die Menschen überall auf der Welt bei Tagesanbruch in die Bäckerläden treibt.«

»Wie Ihren.«

Ich fuhr fort, bevor er dieses Thema weiterverfolgen konnte.

»Dann der nächste Zufall. Eine kleine nachmittägliche Romanze in der Steinzeit. Ärger mit Fremden. Warum auch immer die Leute den Getreidebrei stundenlang herumstehen ließen, später mussten sie feststellen, dass die Hefe das Essen verdorben hatte. Da sie Hunger hatten, aßen sie es trotzdem. Es schmeckte ihnen, und die Konsistenz gefiel ihnen auch. Fermentiertes Brot. Der erste Keimkrieg.«

»Und wo wären wir ohne Krieg?«, fragte der Lehrer.

»Keine Ahnung. Wir waren noch nie ohne Krieg«, erwiderte ich. »Jedenfalls verwendeten sie verschiedene Körner und Gerste, und mit der Zeit schmeckte ihnen das Weizenmehl besser. Und aus der oberen nassen Körnerschicht wurde Bier.«

»Was für kleine Biester, was für ein Zauberkunststück!«, rief der Lehrer. »Die Raupe verwandelt sich in einen Schmetterling, Keime verwandeln geschmacklose Körner in Speisen und Getränke.«

»Es gibt noch mehr Geheimnisvolles«, sagte ich. »Kaum konnten die Menschen Brot und Bier herstellen, wurden sie sesshaft. Sie bauten Weizen an, verteidigten ihr Territorium und verteidigten ihre Ernte, alles wegen diesen winzigen Keimen.«

»Die ersten Städte entstanden durch Keime?«, fragte er.

»Kann sein, keine Ahnung«, erwiderte ich.

»Sie überraschen mich. Sie sind intelligenter, als ich dachte«, gestand der Lehrer. »Mit dem Bäckereinerlei haben Sie uns an der Nase herumgeführt, stimmt's?«

Ich fuhr mit der Geschichte des Brotes fort. »Im zweiten vorchristlichen Jahrhundert erschienen professionelle Bäcker auf der Bildfläche. Das Römische Imperium machte die Menschen reich, und Reiche haben keine Lust, selbst Brot zu backen. In dem Lexikon, das ich gelesen habe, stand, die ersten professionellen Bäcker waren Sklaven. Dafür schäme ich mich nicht; es ist mir egal.«

»Und die Arbeit machte ihnen Spaß.«

»Und die Freiheit? Natürlich«, sagte ich. »Da dachte ich mir, dass die Geschichte der Zivilisation die Geschichte des Brotbackens ist. Das kam mir so einfach, so tiefgründig vor. So richtig. Ich konnte es nicht widerlegen, obwohl ich es, nur am Anfang und nicht besonders oft, versuchte, denn ich wusste, dass ich recht hatte.«

»Was passierte dann?«

»Ich stellte fest, dass sich mir eine großartige Gelegenheit bot. Menschen müssen essen.«

»Nein, ich meine, was passierte mit dem Brot?«

»Die Menschen haben es wohl gegessen.«

»Und alles Übrige ist Geschichte«, sagte er und stand auf.

»In der Geschichte geht es um Brot und Krieg«, erwiderte ich.

»Da steckt bestimmt noch mehr dahinter.« Der Lehrer umkreiste das Loch. Ich beobachtete ihn. »Jedenfalls herzlichen Glückwunsch«, sagte er. »Jetzt weiß ich, dass ich es mit einem klugen Menschen zu tun habe.«

Ich warf meine Zigarette weg und ergriff wieder die Schaufel. Ich war froh über die Pause, doch ich musste mich bewegen, sonst würde ich auf der Stelle erfrieren. Beim Graben erkannte ich eine wichtige Wahrheit: Sicherheit hatte ich erstmals beim Backen entdeckt. Die Keime verhielten sich jedes Mal gleich. Man konnte die Uhr nach ihnen stellen.

Jetzt, wo ich schon ziemlich tief gegraben und mich ausgeruht hatte, wollte ich den Lehrer aus meinen Gedanken verbannen.

Doch er war noch nicht mit mir fertig.

VORANKOMMEN

Obwohl ich bestimmt schon anderthalb Stunden lang grub, ragte mein Kopf immer noch über den Rand des Loches. Ich konnte sehen, wie die Stadtbewohner am Rand des Feldes warteten.

Der Seelenzustand eines Menschen schlägt sich in seinem Aussehen nieder. Manche der Wartenden starrten in den Himmel, bis sie sich den Nacken reiben mussten; andere blickten nach oben, nach allen Seiten und schließlich nach unten, offenbar stärker an dem Boden unter ihren Stiefeln interessiert; und ein oder zwei Leute wischten sogar den Schnee von der Mauer und setzten sich mit völlig gleichgültigem Blick.

Nach diesem Seelenzustand sehnte ich mich jetzt.

Vor langer Zeit, ganzen zwei Tagen, war ich einmal Bäcker gewesen. Mein Leben bestand aus dem alltäglichen Trott. Ich backte, ich verkaufte. Doch dann kam die dritte Novemberwoche, wo sich das Licht am Himmel vom schlichten Sternen- oder Mondschein bedrohlich in einen tiefstehenden gelben Brandfleck verwandelte, der jede Nacht größer wurde, bis ich auch den Kanonendonner hörte. Und da wusste ich, dass der Krieg, die Kappe in der Hand, in unsere Stadt einziehen würde.

Ich kam zu dem Schluss, dass es nicht mein Krieg war.

Und fragte mich, was ich tun musste, um zu überleben.

»Was wissen Sie sonst noch?« Der Lehrer stand immer noch an der Grube.

Ich schaute auf, blickte mich um und sah, dass ich auf Augenhöhe mit seinen Füßen war. So tief! Es ging voran.

»Was spielt es jetzt hier draußen für eine Rolle, was ich weiß?«, rief ich.

»Ich bin Geschichtslehrer«, sagte er, die Stimme ebenfalls gegen den Wind erhoben. »Ich weiß, was ich weiß. Und jetzt interessiert mich, was Sie wissen. Warum halten Sie mich nicht eine Weile bei Laune? Sie können ja beim Reden weiterarbeiten.«

Ich blickte zu den Soldaten hinüber. Sie saßen immer noch unter einer Plastikabdeckung in der Geschützstellung. Hinter ihnen loderten die Flammen eines kleinen Feuers.

Die Menschenmenge hatte sich nicht vom Fleck gerührt. Außer dem Wetter schien sich nichts zu ändern. Der Sonnenuntergang rückte allmählich näher, und so kalt es augenblicklich auch sein mochte, gegen die Eiseskälte nach Einbruch der Dunkelheit war das gar nichts. In den Windböen bogen sich die schneegesprenkelten Kiefern. Ich spürte meine Füße nicht mehr. Ich hatte das Gefühl, als befände ich mich in einer in Geschenkpapier eingeschlagenen Schachtel. Zumindest war ich unten in der Grube einigermaßen vor dem Wind geschützt.

Ich dachte über den Vorschlag des Lehrers nach und kam zu dem Schluss, seine Gesellschaft könnte die zweite Hälfte meiner Arbeit ein bisschen erleichtern. Deshalb willigte ich ein.

Lächelnd zog er sein Silberetui hervor und streckte es mir entgegen. Wir zündeten uns beide eine Zigarette an, und dann nahm ich die Spitzhacke und schlug auf eine Lage Steine und Wurzeln ein.

EIN QUIZ

Je nach Einfall des Tageslichts können Menschen von Stunde zu Stunde anders aussehen. Die Stadtbewohner, alles Männer oder Kinder, von denen die meisten wohlhabend waren oder zumindest in gesicherten Verhältnissen lebten, sahen nicht gut aus. Bei einigen schauten die Ellbogen aus den zerrissenen Jacketts, die Krawatten höchstens halbwegs passabel um den schmutzigen Kragen geschlungen. Aber sie wollten sie dennoch tragen.

Menschliche Haut kann schön sein, wenn man sie in der richtigen Situation betrachtet. Bei Sonnenuntergang ist mir oft aufgefallen, dass meine Haut rot oder bronzefarben aussieht, dass sie zu glänzen scheint, als wäre ich ein Gott oder eine bedeutende Gestalt. Doch diese Leute wirkten geistesabwesend, ihre Haut, abgesehen von ein paar Schnittwunden und blauen Flecken, weiß wie Papier.

Genauso faszinierend ist, wie sich die Menschen verhalten. Ich habe mal beobachtet, dass manche Leute sich umschauen, wenn ihnen die Verhältnisse nicht vertraut sind, wenn sie beispielsweise durch eine fremde Stadt laufen oder sich irgendwo amüsieren wollen, aber nicht genau wissen, wo das möglich ist. Oder wenn sie jemanden für ein Verbrechen bestrafen wollen, das nicht richtig nachgewiesen ist, sondern nur Gerüchten zufolge stattgefunden hat. Da hat der Sündenbock seinen Ursprung; zumindest habe ich das gelesen. Alle Sünden der Stadt einem Ziegenbock aufgeladen, der dann rituell aus der Gemeinschaft vertrieben wird.

He, Ziegenbock, hier, nimm meine Missetaten. Und jetzt verschwinde von hier.

»Sie sind so tief in Gedanken, wie Sie in diesem Loch stehen.« Der Lehrer ging am Rand der Grube auf und ab und schlug mit den Armen, um sich warm zu halten.

»Was gibt's denn sonst zu tun?«, rief ich zu ihm hinauf. »Haben Sie irgendeinen Vorschlag?«

»Mir wäre es lieber, Sie würden mit mir reden, statt Selbstgespräche zu führen. Wir hätten bestimmt jede Menge Gesprächsstoff.«

»Ich rede mit Ihnen, Lehrer«, sagte ich, »wenn Sie mir sagen, worüber Sie reden wollen.«

Seufzend verschränkte er die Arme und ließ das Kinn sinken. »Mal sehen, was *Sie* wissen, Bäcker.«

»Ah, ein Quiz für den Bäcker. Nur zu!«

»Irgendein Gebiet, auf das Sie sich konzentrieren möchten?«

»Nehmen Sie eine Schlacht, ein Gemetzel, irgend so was. Ich studiere menschliche Katastrophen.« Ich redete klug daher, um ihn bei der Stange zu halten.

Er rieb sich das Kinn und hob einen Finger. »Ich habe etwas für Sie.«

»Fragen Sie.« Ich stand mit der Schaufel bereit.

»Es geht um mehr als ein einfaches Quiz oder eine direkte Antwort. Ich denke an die Geschichte hinter der Geschichte und will sehen, ob Sie davon eine Ahnung haben.«

»Gut«, sagte ich. »Nehmen Sie etwas Unbestimmtes, und dann können Sie sagen, was Sie wollen.«

»Nein, es soll bei dem Quiz auch um Geschichtszahlen gehen. Aber ich bin der Meinung, dass wir beide an diesem Ereignis teilnehmen sollten.«

»Wovon reden Sie überhaupt? Von welchem Ereignis?«

»Wounded Knee«, sagte er, und ich spürte seinen Blick.

Wounded Knee. Ein berühmtes Massaker. Ich lief im Geiste

zu meinem Bücherregal und schlug die Indianerkriege nach. Und plötzlich fiel mir ein, wie mein Bruder eines Nachmittags nach Hause gekommen war und sich bitter beklagt hatte, der Lehrer habe ihn gezwungen, mit seinen Mitschülern die Ereignisse von Wounded Knee nachzuspielen, und er habe ihn gedemütigt. Es dauerte damals eine ganze Woche, bis ich die Geschichte aus ihm herausbekam.

»Wenn ich zu lange mit dem Schaufeln aufhöre, füllt sich das Loch mit Schnee. Bei diesem Wind kommt man kaum voran.« Ich hob eine Schaufel voll frischem Schnee aus der Grube und hatte mit einer Windbö zu kämpfen, die das flache Blatt wie ein Segel erfasste und mir die Schaufel aus der Hand zu reißen drohte. Der Schnee wirbelte davon.

»Ich bin mir sicher, dass Sie es irgendwie schaffen weiterzuschaufeln. Das Ganze dauert sowieso nicht besonders lange«, sagte er.

Die nächste Schaufel voll Schnee wehte mir ins Gesicht. Ich senkte den Kopf und lehnte mich in den heranbrausenden, peitschenden Sturm.

Der Lehrer seufzte. »Man weiß nicht genau, was dort draußen in South Dakota wirklich passiert ist. Es werden zu viele verschiedene Geschichten erzählt. Die Leichen waren drei Kilometer weit verstreut und lagen steifgefroren im Schnee.«

»Was?«, brüllte ich.

Er hielt drei Finger hoch. »Drei Kilometer.«

»Ja, seit zwei Tagen rechneten die Indianer mit einem Sturm«, sagte ich, »doch an jenem Morgen war es kalt und der Himmel strahlend klar. Der Boden war schneebedeckt. Es war so still, dass man Tiere meilenweit hören konnte und sogar das Ticken einer Uhr vernommen hätte. So hab ich's gelesen.«

»Stecken wir den äußeren Rahmen ab«, sagte der Lehrer, die Handflächen von sich gestreckt. »Es ist Zeit, dass die Indianer ihre Waffen abgeben. Wir schreiben den 29. Dezember 1890.

Wir befinden uns in Wounded Knee. Ein stilles Postamt, eine Brücke, eine Gruppe von Zelten, etwa hundert Sioux-Männer, ungefähr zweihundertdreißig Frauen und Kinder. Umringt von fünfhundert Soldaten. Die Offiziere unterhalten sich mit den Indianern, während über die Durchsuchung der Zelte verhandelt wird. Alle wirken entspannt. Die Kinder spielen.«

Er ließ die Hände sinken. »Und jetzt die Schilderung des Bäckers.«

»Ich weiß nicht mehr als Sie«, sagte ich. In diesem Moment war es am besten, sich ihm zu beugen.

»Aber Bäcker, Sie haben doch gerade gesagt, Sie hätten alles darüber gelesen.«

»Ich meinte, ich habe es von meinem Bruder gehört. Er hat erzählt, Sie hätten ihn und seine Mitschüler im Geschichtsunterricht die Schlacht mit Linealen und Zirkeln nachstellen lassen.«

»Ihr Bruder – in meinem Unterricht?« Der Lehrer musterte mich. »Aber ja«, sagte er, »natürlich. Jetzt erkenne ich die Ähnlichkeit. Und er hatte dieselben Umgangsformen.«

Er sah forschend in den Himmel. »Aber die Frage ...«

Ich blickte auf. »Welche Frage?«

»... ist, ob er irgendetwas gelernt hat?«

»Nicht bei Ihnen. Sie haben ihn zu einem Indianer gemacht. Die Indianer wurden in Wounded Knee besiegt, und mein Bruder kam wütend, stinkwütend, nach Hause, weil er als einer der Ersten erschossen wurde.«

»Weil er Big Foot war, deshalb wurde er als einer der Ersten erschossen.«

»Tja, Big Foot oder nicht, er wollte aufstehen und weiterkämpfen, aber Sie haben verlangt, dass er liegen blieb.«

»Irgendwer musste doch die Indianer spielen«, entgegnete er.

»Nicht mein Bruder. Als er nach Hause kam, sagte er, er wär

nicht zum Indianer bestimmt, sonst wäre er als einer zur Welt gekommen. Deshalb haben wir die Schlacht von Wounded Knee selbst noch mal nachgespielt. Unsere Schwestern mussten die Indianer sein, und wir waren die Soldaten und haben gewonnen.«

Der Lehrer lächelte. »Wenn das nötig ist, um Sie zum Reden zu bringen, dann sollten wir noch mal von vorn anfangen.«

Ich kratzte mich am Kopf. »In dem Loch hier? Bei dem Wetter? Um Himmels willen, es ist hundekalt!«

»Dann heize ich Ihnen eben ein. Hören Sie, Sie frieren, und mir geht's auch nicht viel besser, also lassen Sie uns eine Pause machen, uns ein bisschen bewegen und auf der Stelle hüpfen.«

Ich fragte mich, was er im Schilde führte. Am besten, ich willigte in alles ein, was er vorhatte. Schließlich befand er sich dort oben, und ich stand unten in einem Loch.

»Gut«, sagte ich. »Aber ich bleibe, wo ich bin. Hier bin ich vor dem Wind geschützt.«

Plötzlich deutete er mit dem Finger auf mich. »Sind Sie bereit?«

Und wir blickten uns beide um, sahen nichts als Schnee, und so bewegten wir uns wie Soldaten im Kampf, wichen den Angriffen durch Finten und Einziehen des Kopfes aus.

Der Lehrer spreizte die Hände, als würde er etwas lesen.

»Bäcker, ich behaupte, dass Sie die Nachrichten einfach nicht überbieten können. Nichts kann mit dieser Schlagzeile mithalten. Also, hier lese ich in der *Chicago Daily Tribune*: DIE SIOUX TANZEN IM SCHNEE.«

Ich hüpfte singend in der Grube herum.

»Sie trugen mit Sternen, Halbmonden und Vögeln verzierte rote Hemden und tanzten den Geistertanz«, sang ich. Ich wusste, dass sie das nicht gesungen hatten, aber da ich den tatsächlichen Text nicht kannte, setzte ich ihn aus den wahren Geschehnissen zusammen. Auf diese Weise kann man sich vieles im Leben erlauben.

»Hören Sie sich alles an«, sagte der Lehrer und blätterte weiter. »Und wieder die *Chicago Daily Tribune*: BEI DEN WILDEN VON PINE RIDGE ANKUNFT DES MESSIAS ERWARTET.«

»Sie tanzten, damit Christus, der Jesus der Indianer, kam und das Ende der Welt brachte«, sang ich, »damit er ihnen eine brandneue Welt ohne Weiße gab.«

»Und unsere Freunde in der *Tribune* schreiben am 25. November: ROTHÄUTE BEREIT ZU KÄMPFEN.«

Der Lehrer blätterte weiter. »Doch im *Omaha World Herald* lautet die Schlagzeile am 1. Dezember: INDIANER SIND FRIEDLICH UND WOLLEN NICHT KÄMPFEN.«

»Ich wünschte, die Presse würde sich mal entscheiden«, sang ich.

»Die Presse ist vielstimmig. Daher das Wort Stimmungsmache.«

»Die Geisterhemden werden den roten Mann vor den Kugeln des weißen Mannes schützen!«, sang ich, während meine Stiefel auf dem Eis knirschten und meine Hände an der Grubenwand Halt suchten.

Und über mir ließ der Lehrer die imaginäre Zeitung sinken und rief in den Himmel hinauf: »Und der rote Mann sang: *Wir werden wieder leben. Wir werden wieder leben.*«

Meine Singstimme war inzwischen gut geölt: »Wenn Jesus an deiner Seite kämpft, ist das nicht zu überbieten.«

Der Lehrer umkreiste das Loch und senkte die Stimme. »Schon bald tanzen im Schnee sechstausend Sioux den Geistertanz.«

Ich schlug mit den Armen wie eine in der Falle sitzende Möwe. Das Loch war so groß, dass ich einen gefrorenen Stock schwenken konnte. Der Wind blies Schneebänder über uns.

»Wir müssen uns ihre Waffen holen«, sagte er.
Ich erstarrte, einen Fuß in der Luft.

»Wovon reden Sie da? Wessen Waffen?«

»Die der Indianer«, erwiderte er. »Welche denn sonst? Und unter den Röcken der Frauen finden die Soldaten tatsächlich Gewehre.«

»Und plötzlich sagt Yellow Bird: *Es wird etwas Schlimmes passieren. Es wird etwas Schlimmes passieren. Es wird etwas Schlimmes passieren. Es wird …*«

»… etwas Schlimmes passieren«, sagte der Lehrer und warf eine Handvoll Schnee in die Luft, wo ihn der Wind zerstäubte. »So werden die Kugeln von euren Geisterhemden abprallen.«

»Ist das alles, was Yellow Bird sagte?«

Der Lehrer schüttelte den Kopf. »Nein. Er sagte noch etwas.«

»Und was?«

»Die Worte, die die Sioux vor jedem Kriegszug aussprachen. Er sagte: *Außerdem habe ich lange genug gelebt.*

Die Leibesvisitation beginnt. Zwanzig Indianer nähern sich den Soldaten. Sie haben Gewehre. Viele von den Soldaten sind Rekruten, kaum einen Monat in der Armee. Ihre Finger sind schweißnass, ihre Herzen so zart wie Mohnblumen. Sie haben noch nie gekämpft. Und die Indianer haben bessere Gewehre.«

»Black Coyote dreht sich eine Zigarette, und zwei Soldaten wollen sich seine Winchester schnappen«, sagte ich und fuchtelte mit der Schaufel. »Moment! Das verdammte Gewehr geht los.«

»Und die Indianerkriege sind vorbei«, sagte der Lehrer.

»Und die Indianerkriege sind vorbei«, sang ich, und wie mein Bruder damals schlug ich mir dabei an die Brust, damit meine Stimme hüpfte.

»Die zwanzig Indianer warfen ihre Decken ab und legten ihre Zwölf-Schuss-Winchesters an«, sagte er. »Ein Soldat wurde in die Nase getroffen, und sie baumelte blutig an einem Hautfetzen. Menschen sanken zu Boden. Abstoßend, Mann gegen Mann. Big Foot fällt, eine Kugel in der Stirn; seine Tochter sinkt tot auf seine Leiche.«

»Das war ich nicht!«, rief ich.

»Der Kommandeur befiehlt, dass die vier Hotchkiss-Geschütze auf der Anhöhe das Feuer auf die Indianer eröffnen sollen. Es ist ein Gemetzel. Fünfzig Sprenggranaten pro Minute. Die Zelte erzittern im Geschosshagel. Männer, die mit fünfzehn Zentimeter großen Löchern im Körper zusammenbrechen. Einem Captain der Vereinigten Staaten wird die Schädeldecke weggeblasen. Mehrere Männer werden in die Knie geschossen. Aber das Feuer der Hotchkiss-Geschütze ist mörderisch. Einige Indianer greifen mit Keulen, Gewehren, Zähnen und Messern an. Sie wissen, dass sie nur im Nahkampf eine Chance haben. Die Soldaten haben einen schlechten Kommandeur. Er hat seine Truppen so aufgestellt, dass die Soldaten sich gegenseitig trafen, wenn sie zwischen den Indianern hindurchfeuerten. Ein klassischer Fehler. Vielleicht hatten sie nicht mit einem Kampf gerechnet.«

»Kümmert euch nicht darum. Feuert auf die Zelte!«, brüllte ich. »Jagt sie ins Freie!«

»Also feuert«, rief der Lehrer. »Nicht aufhören!«

Ich hob die Hände vors Gesicht wie der Lehrer beim Zeitunglesen, doch ich drückte auf den Abzug und berichtete, wo die Granaten explodierten: »Und von ihren Stellungen auf dem Cemetery Hill feuern die vier Hotchkiss-Geschütze fünfzig mal vier Granaten pro Minute, das sind zweihundert Stück, die das ganze Universum zerreißen und Männer und Frauen wie nasses Toilettenpapier zerfetzen. Die Indianer ziehen sich in eine Schlucht zurück, die außerhalb der Reichweite der Geschütze liegt. Ein paar von ihnen, die wirklich guten Scharfschützen, vier sollen es sein, beginnen Soldaten abzuknallen. Inzwischen versuchen die Frauen zu flüchten. Eine zieht in einer Kutsche eine Waffe. Eins der Geschütze erwidert das Feuer, und sie schreit auf. Die Hotchkiss feuert weiter, auf Zelte, auf Menschen. Die Offiziere versuchen die Rekruten davon abzuhalten, wahllos auf alles zu schießen, aber sie haben panische Angst. Überall sinken Frauen und Kinder zu Boden. Rasend vor Wut angesichts des Gemetzels verlassen die Männer die Schlucht und gehen zum Gegenangriff über, doch sie werden von den Granaten zerfetzt. Eine Hotchkiss folgt den flüchtenden Frauen und Kindern, und alle werden getötet.«

Der Lehrer kniete sich hin und beobachtete, wie ich in der heftigen Kälte schwitzte, eingesperrt in meinem Loch wie eine Fliege hinter einem Vorhang. »Gott, der Herr. Vierzig Minuten Granatenbeschuss und Nahkampf. Können Sie sich das vorstellen?« Seine Stimme zitterte, vermutlich von der Kälte. »Einige der Frauen fand man drei Kilometer entfernt. Man fand ein Kind, das an der Brust seiner Mutter sog.«

»Sie haben angefangen. Wer hat denn angefangen? Die Indianer«, sagte ich. »Mit den Tänzen und den allgemeinen Drohungen. Sie haben allen mit Jesus gedroht. Ich habe gehört, dass die Offiziere nichts gegen die Indianer hatten. Ich habe gelesen, dass die Sache nicht geplant war. Ein Gewehr ging los, und die indianischen Völker starben.«

»Vergessen wir nicht Lieutenant Hawkins«, erwiderte der Lehrer. »Er stand auf dem Cemetery Hill. Die Scharfschützen feuerten treffsicher aus der Schlucht. Eine Kugel traf die Uhr in Hawkins' Tasche, und ihre Einzelteile bohrten sich in seinen Bauch. Die Zeit selbst maßregelte ihn. Fünf Operationen später holte man den letzten Splitter der Uhr aus seinem Körper. Ein kalter, schmutziger, grauenhafter Kampf.«

»Das reicht«, sagte ich. »Wie viele Tote gab es?«

»Fünfundzwanzig Soldaten, hundertfünfzig Indianer, vielleicht auch hundertsiebzig. Ich habe gehört, dass einige erst später starben. Am nächsten Tag wurde ein Foto von Big Foot gemacht, der steifgefroren im Schnee lag.«

»Ja, das hab ich in einem Buch gesehen. Er regt sich nicht mehr, wahrlich steifgefroren. Und die Zahlen klingen richtig.«

»Gut. Was haben wir also heute gelernt?«, fragte er.

Ich ärgerte mich. Diese übertriebene Selbstdarstellung. Dieses Lehrergehabe. Das *Wir*. »Wir haben die Fakten gelernt«, sagte ich.

Er schüttelte den Kopf. »Welche Fakten?«

»Das, was passiert ist«, erwiderte ich.

»Was ist denn passiert?«, fragte er.

Der Mistkerl wiederholte alles, was ich sagte. Vielleicht wollte er mich wütend machen, mich herausfordern.

Der Wind unterbrach uns, fegte dem Lehrer unter den Mantel und versetzte ihm einen Stoß, worauf er die schmerzenden, zitternden Arme um seine Rippen schlang.

»Dazu muss ich was sagen«, wandte ich ein. Ich legte meine Schaufel neben die Spitzhacke und lehnte mich an die Grubenwand.

»Ich höre«, sagte er.

»Um ehrlich zu sein, würde ich nur ungern gegen jemanden kämpfen, der sagt: *Ich habe lange genug gelebt*. Jemand, der in seinem Kopf für die Zeit keinen Raum hat, lässt sich kaum besiegen.«

»Dann haben Sie also doch Angst«, erwiderte er mit einem Lächeln.

»Das hab ich nicht gesagt. Es erinnert mich an die Kelten, die nackt in die Schlacht gegen die gepanzerten römischen Legionen rannten. Die haben die Römer zu Tode erschreckt. Mit einem Mann, der behauptet, Kugeln wären nichts als Staub, und sein Leben wär schon vorbei, will ich nicht kämpfen. Ich hab keine Angst, aber der Kampf gegen so jemanden ist nicht leicht.«

Der Lehrer setzte sich neben das Loch. »Als kleiner Junge habe ich viele Märchen gelesen. Und da ist schwer zu erkennen, was real ist. Ich habe gern über die frühen Invasoren Irlands gelesen, die aus wogendem Nebel die Küste eines fremden Landes betraten. Als ich schon älter war, las ich eine Erklärung: Sie hatten ihre Schiffe verbrannt. Es gab für sie keinen Rückweg, keine Zuflucht, keinen Ausweg, wenn ihr Kampf schlecht ausging. Sie marschierten, ihre Äxte in den Händen, aus dem Rauch ihrer brennenden Schiffe in feindliches Territorium. Versuchen Sie sich das mal vorzustellen.«

»Was vorzustellen?« Ich zahlte ihm seine Wiederholungen mit gleicher Münze zurück.

Er wartete einen Augenblick. »Dass man imstande ist, so ein Leben zu führen. Zu leben, ohne jemals zurückzublicken.«

Ich sagte nichts und wollte die Schaufel wieder aufheben, aber der Lehrer war noch nicht fertig. »Vielleicht würden Sie so einen Feind fürchten, vielleicht auch nicht. Man weiß nicht, wie mutig man ist, wenn man seinen Mut noch nie unter Beweis stellen musste. Wenn man umgebracht wird, spürt man nichts. Wenn man kämpft und überlebt, ist man vielleicht erleichtert.«

»Worauf wollen Sie hinaus?«, fragte ich.

Er war gedankenverloren. Ich nahm die Schaufel. Der Wind blies jetzt lauter. »Ja, ich kann mir vorstellen, ohne Angst zu leben«, sagte ich mir. (Mir gefiel der Klang dieses Satzes. Ich glaube, ich hatte ihn irgendwo gelesen.)

Und während der Lehrer seine Gedanken schweifen ließ und der Schnee mir in die Augen wehte, dachte ich über Todesarten und die besten Tage zum Sterben nach. Kalte Tage, warme Tage, sonnige Tage, windige Tage. Ich konnte mich nicht entscheiden. Zum Teufel mit dem Sterben. Tot ist tot. Ob Feigling oder Held. Die Indianer ließen sich durchs ganze Land jagen. Sie waren irgendwann erschöpft. Sobald sie kämpften, machten sie ihre Sache nach den damaligen militärischen Maßstäben gut. Sie begingen ein paar Fehler. Auf Jesus zu warten war ein ziemlicher Fehler. Doch der größte Fehler der Indianer war, den ersten, zweiten, fünfzigsten, zehntausendsten und jeden anderen Weißen, den sie zu Gesicht bekamen, nicht umzubringen, da der weiße Mann dem Fabrikzeitalter und sie selbst der Steinzeit angehörten. Das habe ich gelesen.

Der Lehrer sah aus, als wäre er beim Nachdenken in Leichenstarre verfallen. Er hatte eine romantische Ader. Fakten waren ihm nicht gut genug. Es musste auch eine Moral geben. In einem Geschichtsbuch habe ich mal an den Seitenrand geschrieben: *Ein Romantiker ist ein Geier, der Gedichte schreibt und glaubt, kein Geier zu sein. Er steht ständig herum und wartet darauf, dass etwas Schreckliches passiert, damit er in seiner Küche, seinem Garten, seinem Wohnzimmer seine Gedichte, Geschichten, Aufsätze, Gedichte über diese und jene schreckliche Tragödie schreiben kann, die sich an diesem oder jenem Ort zugetragen hat, irgendwo, wo er nie sein wird.* So was Ähnliches hab ich geschrieben.

Unten in dem Loch, dem Novemberloch im Novemberschneefeld, kam mir die Welt plötzlich trostlos vor. Ich war allein. Klar, der Lehrer stand in der Nähe, doch zugleich stand er unendlich weit weg von mir, dem Bäcker, und meiner Geschichte. Und hätte ich an böse Vorzeichen und Hexerei geglaubt, wäre ich im nächsten Moment besorgt, ja sogar beunruhigt gewesen. Denn auf dem Feld legte sich plötzlich der Wind, und der Himmel riss für vielleicht dreißig Sekunden auf. Der Lehrer und ich beobachteten beide, wie spärlicher Schnee aus der davontreibenden schweren Wolke fiel. Eine halbe Minute lang war der Himmel so strahlend blau, dass meine Augen schmerzten, als ich aus meinem Loch blickte. Die unverhüllte Nachmittagssonne fiel auf die Baumwipfel und tauchte sie in orangefarbenes Licht. Doch dann rollte der Schatten der nächsten Wolke wie ein kalter Finger über den Schnee und die Sonne und schließlich auch über mich. In der kurzen Wärme spürte ich meine Haut wieder, doch als die Dunkelheit zurückkehrte und der kalte Wind die Welt immer weiter vor sich herstieß, wurde der Schmerz noch viel schlimmer.

ZWEITER TEIL

14:00 Uhr

DER ZWEITE LASTWAGEN

Als ich so tief gegraben hatte, dass sich mein Kopf auf Fußhöhe des Lehrers befand, fragte ich ihn, wie spät es sei.

Er blickte wichtigtuerisch auf seine Uhr, obwohl er sie im niedrigen Licht gar nicht so nah ans Gesicht halten musste.

»Es ist vier Minuten vor zwei.«

»Sagen Sie doch einfach zwei.«

Ich wartete auf seine Nachbemerkung, seinen klugen Spruch. Doch als er nichts sagte, wandte ich mich mit der Spitzhacke der nächsten Schicht Erde und Steine zu. Ich war inzwischen ungefähr eineinhalb Meter tief. Plötzlich stieß die Spitzhacke auf ein Felsband, und ein so heftiger Stromschlag durchfuhr meinen Körper, dass ich mich fast übergeben hätte. Ich krümmte mich, aber ohne Frühstück im Magen würgte ich bloß, bis mir die Tränen in die Augen schossen.

Der Schatten tauchte am Rand meines Blickfelds auf.

»Stehen Sie auf.«

»Mir ist übel.«

»Stehen Sie auf und graben Sie weiter. Es ist schon zwei Uhr. Zu spät, um in Tränen auszubrechen.«

Mir war so übel, dass ich mich nicht zur Wehr setzen konnte. Ich schwang die Spitzhacke und ließ die Funken stieben. Wie es der Zufall wollte, war der Boden in dieser Tiefe sehr felsig. Es stellte sich die Frage, wie dick die Felsschicht war. Bis zum Einbruch der Dunkelheit musste ich zwei Meter tief sein, und allmählich begriff ich, dass das Loch kleiner wirkte, wenn man von oben hineinblickte.

Unglücklicherweise stand der Lehrer am Rand der Grube und tat genau das. Ich konnte mich nicht gegen ihn wehren. Vielleicht würde er zur Besinnung kommen und sich klarmachen, dass man einen Menschen nicht bis zum Äußersten treiben kann.

Während der Wind Schneewehen vom Feld fegte, kam ein zweiter Lastwagen den Weg entlang und hielt kurz hinter dem Tor, bevor er, genau wie der erste, wieder zurücksetzte. Der Fahrer stieg aus und ließ die Heckklappe herunter. In ihre straff gezogene Kleidung gehüllt, sprangen Männer von der Ladefläche herab, wankten zum Tor und warteten dort. Ich zählte zwischen zwanzig und dreißig Personen. Diesmal keine Kinder. Ein Soldat entriegelte das Tor und deutete zur ersten Gruppe hinüber. Die Neuankömmlinge stapften durch den Schnee und gesellten sich unter Händeschütteln und Umarmungen zu den anderen.

Die Stimme von oben.

»Ich habe gesagt, Sie sollen graben.«

Ich dachte: *Nimm dich in Acht, Lehrer. Sei ganz vorsichtig.*

Eine Weile arbeitete ich schweigend weiter und beachtete ihn nicht mal, als er mir eine weitere Zigarette anbot und mir seinen Flachmann mit Whisky entgegenstreckte.

Ich bin sicher, das tat er mir zuliebe, und es hatte nichts damit zu tun, dass das abscheuliche Loch in angemessener Zeit fertig werden sollte.

Lehrer sind es gewohnt zu reden. Im Klassenzimmer bedeutet Schweigen Versagen. Ich verstand, warum der Lehrer mich nicht in Ruhe lassen konnte. Kaum waren zehn Minuten verstrichen, stand er wieder an der Grube.

»Wollen wir uns unterhalten?«, fragte er.

»Worüber?«

»Tut mir leid, dass ich Sie zur Eile getrieben habe. Im Dunkeln kann man kein Loch fertiggraben. Und in zwei Stunden ist es hundekalt. Aber ich hätte Sie nicht anbrüllen sollen.«

»Wir alle tun, was wir tun müssen. Ist schon in Ordnung.«

Ich nahm einen Schluck Whisky von ihm an.

»Bäcker, kehren wir kurz zu Katastrophen und Massakern zurück – ich befürchte, wir werden nie verstehen, warum bestimmte Menschengruppen Massenmorde begehen. Ich frage mich …«

»Ja?«

»Ob wir je imstande sein werden, das Böse zu messen.«

Ich schwang die Spitzhacke und zertrümmerte eine weitere Steinplatte.

»Ich glaube, der Begriff des Bösen wird überschätzt«, sagte ich. »Heutzutage ist alles böse. Leute wie Sie, die sich für gebildet halten und glauben, sie hätten das Recht, bei ihren Schülern Dampf abzulassen, die machen alles reißerisch oder bauschen es zu einer Sensation auf. Verlieren jegliches Maß. Ich sage: Haltet euch an die Fakten. Ein Schuss im Lebensmittelladen, ein Mann sinkt zu Boden, man dreht sich kaum um. Das Töten hat meistens nichts Besonderes. Man gewöhnt sich daran.«

»Endlich redet der Bäcker! Wir erfahren seine Gedanken!« Er klatschte in die Hände und zündete sich Nummer neun an. »Eins kann ich Ihnen sagen, Bäcker: Die Toten gewöhnen sich nicht daran.«

»Das stimmt, aber es spielt keine Rolle.«

»Bäcker, werden Sie sich daran gewöhnen?«

Ich schaufelte den Schutt weg. Ein paar Steinsplitter wurden mir ins Gesicht geweht.

»Hier geht es eigentlich nicht um mich«, sagte ich. »Historiker wie Sie tun immer so, als könnten ganz gewöhnliche Ereignisse einen Aufruhr auslösen und die Welt zum Stillstand bringen. Aber ich habe eine Überraschung für Sie: Nichts ist zum Stillstand gekommen. Die Leute haben ihre Zeitung gelesen, Limonade eingegossen, sich mit Sonnenöl eingerieben, sich unanständige Bilder angesehen. Mir ist egal, was es bedeutet, wer umgebracht wurde oder welche Schlacht stattgefunden oder wer was erfunden hat. Die normale Welt, die Welt von Leuten wie mir, hat sich weitergedreht. Wir halten die Welt in Gang, Lehrer. Sie geben einen Kommentar dazu ab. Darin liegt der Unterschied zwischen uns.«

»Machen Sie sich nichts draus.«

»Sehen Sie? Sie sind arrogant.«

»Mit dem Bösen haben Sie recht. Das Böse führt nur eine Arbeit aus.«

»So hab ich das gar nicht gemeint.«

Ich zuckte mit den Schultern. Mit diesem Mann war nicht zu reden, er ließ sich nicht überzeugen. Ich habe mal gelesen, die Buddhisten raten einem, wenn man etwas auf Biegen oder Brechen tun will, genau in dem Moment das Gegenteil zu erwägen. Aber nicht dieser Mann. Er begriff mehr, als ihm guttat. Keine Flexibilität. Ein Geistes-, kein Tatmensch.

»Nur eine Arbeit ausführen, hm?«, sagte er. »Und was ist mit Frankenstein, Dschingis Khan, Herrn Hitler, König Leopold? Eine eindrucksvolle, wenn auch unvollständige Liste. Diejenigen, die dem ungebildeten Leser besser bekannt sein dürften.«

Der Lehrer wedelte mit den Händen in der Luft, als wollte er ein Flugzeug in einen Hangar winken. Wahrscheinlich wollte er sich eher warm halten, als theatralische Gesten zu vollführen, doch bei solchen Menschen weiß man nie.

»Reden wir über jeden von ihnen«, rief er. »Vergleichen wir ihre Gräueltaten und das von ihnen angerichtete Chaos.«

»Moment, ich will meinen Gedanken zu Ende führen. Ich will sagen, dass das Böse, das, was Sie als das Böse bezeichnen, zu unserem Überleben gehört. Frankenstein hat aus Leichenteilen Leben erschaffen, um die Wissenschaft und die Medizin voranzubringen.«

»Er wollte seinen eigenen Adam erschaffen. Seine eigene Rasse«, erwiderte er.

»Und? Menschen zeugen doch Kinder, oder?«

»Und dieses künstliche Geschöpf führte anfangs ein unschuldiges Leben, genau wie Kinder. Erst die Grausamkeit der Welt machte es zu einem Mörder. Selbst wenn wir einen neuen Garten Eden erhielten, wäre er schon bald ein Garten des Bösen. Das Paradies würde sich in eine Bahnhofstoilette verwandeln.«

»Der Mensch ist von Natur aus ein Mörder«, sagte ich. »Jeder will überleben. Was ist falsch daran, sich damit abzufinden?«

»In der Geschichte geht es nicht ums Überleben, das war noch nie so. Es geht um Verhaltensmuster. Wir erkennen die Wahnsinnigen, weil sie alle einem grundlegenden Schema der Ichbezogenheit, Manipulation und letztlich Aggression folgen. Das ist es, was jeden Verwaltungsbeamten ausmacht, der ein Land führt, und jeden Vorgesetzten, der seinen Untergebenen in den Rücken fällt, um seine Stellung in einer kleinen Provinzfirma zu behaupten.«

»Das ist Ihre Theorie«, entgegnete ich.

»Und wie lautet Ihre?«

»Meine Theorien stammen aus Büchern.«

»Aber Sie bringen alles durcheinander, Sie Dummkopf.«

Das Blut stieg mir in die Wangen, und ich drohte ihm mit der Schaufel.

»Sie sind der Dummkopf, wenn Sie nicht begreifen, was Überleben ist! Sie versuchen gerade zu überleben. Wir beide versuchen es! Und weil Sie es nicht begreifen, nennen Sie es das Böse. Dann ist es wohl gut zu sterben. Ein edler Tod und so. Tut mir leid, nicht für mich. Wenn Geschichte geschrieben wird, will ich nicht wissen, dass ich sterben muss. Dann will ich wissen, warum ich und nicht jemand anders und was ich tun kann, um es zu verhindern.«

»Geben Sie sich keine Mühe ...«

»Ich grabe dieses Loch und will überleben«, rief ich. »Ich glaube ans Überleben. Ich will leben!«

»Das sehe ich«, sagte er.

»Ich will am Leben bleiben. Ich will leben!« Zitternd kauerte ich mich zusammen und verfluchte das Eis, das mich überall zu bedecken schien.

Er zündete sich wieder eine Zigarette an. Seine Hand zitterte. Ich weiß nicht, ob es am Wetter lag oder ob ich ihn beunruhigt, ihm zu denken gegeben hatte.

»Medusa«, sagte er, und der Wind erfasste den Zigarettenrauch und löste ihn auf.

Ich zog meine Bücher, das Wörterbuch zu Rate.

»Das Miststück mit dem Schlangenkopf? Was ist mit ihr?«

»Also wirklich, Bäcker. Zeigen Sie mehr Respekt. Die Sagengestalt, die Männer zu Stein erstarren ließ, wenn sie sie anschauten.« Seine Stimme bekam einen drohenden Unterton. »Ihre Augen. Die Schlangen als Haare.«

»Eine gute Verteidigungswaffe«, sagte ich.

»Das ist das Böse. Das ist sein Gesicht. Ein Blick ins Gesicht des Bösen lässt die meisten Männer zu Stein erstarren. Es verwandelt das Blut ehrbarer Männer in Beton. Und sie merken es nicht einmal. Die Dominikaner führten die Inquisition ein. Sie brachten die Gefolterten nicht mit Jesus in Verbindung, sondern mit dem Satan. Das ist die Logik des Bösen. Sie läuft mechanisch ab. Sie führt die Arbeit aus und macht dann das Abendessen.«

»Lehrer, König Leopold von Belgien. Hat in den 1890ern zehn Millionen Afrikaner umbringen lassen. Eine Geschäftsangelegenheit.«

»Was für ein Geschäft?«

»Kautschuk sammeln. Ich habe gelesen, Charles Goodyear habe 1839 in seinem Haus Schwefel verschüttet und einen Stoff erschaffen, der in der Industrie für alles Mögliche zu gebrauchen war.«

»Und woher bekam er den Rohstoff?«

»Der wuchs in einem anderen Land an Kletterpflanzen.«

»Wo gab es diese Kletterpflanzen?«

»Im Kongo.«

»Tatsächlich, Sie haben recht. Der Kongo.«

Und dann zählte ich aus einem unbändigen Drang heraus bis drei, und wir riefen zusammen:

»Im Kongo!«

Der Lehrer lächelte und wirbelte auf einem Fuß im Kreis, hielt den Kopf hoch und trällerte seinen Text.

»Tatsache ist«, und er nahm mein Interesse lächelnd und mit einem Nicken zur Kenntnis, »die Fakten sind, wie mein Freund, der Bäcker, so gerne sagt, dass Leopold, seltsamerweise von den

Geschichtsverdrehern vergessen, einigen Einheimischen, der so genannten Force Publique, einen Verantwortungsbereich übertrug, und dieses Wort sollten wir sorgfältig und mit der nötigen Ehrfurcht aussprechen …«

Er gab mir ein Zeichen, und wir sagten beide: »Übertrug.«

»… zu dem auch die Aufgabe gehörte, die Dorfbewohner zum Sammeln des Kautschuksaftes zu zwingen. Jeder musste sein Quantum abliefern. Aber es ist nicht einfach, Kautschuk zu sammeln. Wissen Sie, wie man das macht?«

»Keine Ahnung. Ich bin Bäcker.«

»Ich erkläre es Ihnen. Man musste den Saft von der Pflanze sammeln und ihn auf der Haut seiner Arme verstreichen, bis er trocknete, und dann musste man alles mitsamt der Armbehaarung oder kleinen Hautfetzen wieder abreißen.«

»Nichts, woran man sich nicht gewöhnen könnte. Nach den ersten paar Malen wären die Härchen sowieso weg.«

»Ah, aber das Problem war, zu warten, bis der Saft auf den Armen trocknete. Man musste tagelang mit ausgestreckten Armen in einem sumpfigen Wald voller Kletterpflanzen stehen, bis das Zeug trocknete, und nur wenige Dorfbewohner wollten das auf sich nehmen, um für Leopolds Leute Kautschuk zu sammeln.«

»Und Leopolds Reaktion?«, fragte ich.

Der Lehrer setzte sich auf den Stein und beugte sich vor, als wollte er einem lustlosen, aber vielversprechenden Schüler etwas erklären.

»Das älteste Mittel. Die Force Publique nahm Geiseln, Bäcker. Jede Menge Geiseln. Sie konzentrierten sich auf etwas, das den Dorfbewohnern lieb war. Sie nahmen ihre Frauen als Geiseln, bis alle Männer in jedem Dorf ihr Kautschukquantum ablieferten. Hunderttausende Männer standen in den Wäldern und strichen sich den Saft auf die Arme, um ihre Frauen zurückzubekommen. Wie lang ihnen diese Warterei geworden sein muss. Wie qualvoll, im feuchten Wald darauf warten zu müssen, dass der kostbare Traum des Königs auf den Armen trocknete, bevor man ihn wieder und immer wieder abriss, während die eigene Frau in Ketten gehalten wurde. Den Kautschuk Tag für Tag abriss, bis man keine Armbehaarung, keine Haut mehr hatte und nur noch den Schmerz, die Verzweiflung darüber spürte, dass man tagelang stillstehen musste, um jemanden zurückzubekommen. Immer stillstehen.«

»Angebot und Nachfrage«, sagte ich. »Pech. Hat nicht viel mit dem Charakter des Königs zu tun.«

»So einfach war das nicht«, erwiderte er. »Leopold ist in der Phalanx von Massenmördern wirklich einzigartig. Es war eine Geschäftsangelegenheit, die delegierte Lösung für ein Versorgungsproblem. Eine Lösung.«

Der Lehrer stand auf, hob einen Finger und sprach weiter, diesmal anscheinend mit sich selbst.

»Unser Mann hatte keine größeren philosophischen Differenzen mit den Eingeborenen; sie lebten bloß zufällig in einem Land, das ihm gehörte. Unseren guten alten Leo hielten nachts keine Prinzipien wach. Kein besonderer Rassenhass, der sich von dem eines Durchschnittsbürgers auf der Straße groß unterschied.«

»Aber nicht gleichgültig. Ich meine, er muss das Ganze gewusst und nachts darüber nachgedacht haben«, sagte ich, »ich meine, wenn alle Lichter aus waren und er nicht schlafen konnte.« Ich verstummte.

»Er hatte eine sechzehnjährige Geliebte. Er dachte bloß an den Saft zwischen ihren Beinen.«

»Ha! Wirklich witzig!«, brüllte ich.

»Ist es auch, oder? Sie hatte einen kleinen Wald, in dem er Gefangener war.«

»Ha!« Ich lachte wieder, machte aber unverzüglich eine Bemerkung, um meine Betretenheit zu verbergen.

»Hat man im Kongo den Leuten nicht die Hände abgehackt?«

»Ja.«

Er musterte seine Hand am Gelenk, als würde sie ihm nicht gehören. Als hätte er sie aus dem Boden gegraben, als die kalte Sonne auf ein Stück Knochen fiel. Die Finger, vier Stück und ein Daumen, hielten Kaffeetassen, Buchseiten, zeigten Fremden den Weg, strichen das Haar zurück, brachten Schüler zum Reden. Ich sah ihn diese Hand mustern, als hätte er sie gerade gefunden. Er wendete sie hin und her.

Ringsum lag die Wolke auf dem Feld wie ein dicker Bauch auf einem weißen Bettlaken.

»Was geschah mit den Händen?«, fragte er. »Sie würden es nicht glauben, wenn Sie es in einem Geschichtsbuch läsen: Die Hände wurden abgehackt, weil es an Munition fehlte. Ich erzähle Ihnen, was mit den Händen geschah. Die Belgier gingen gern zur Jagd, und dafür brauchten sie Kugeln, aber Kugeln waren teuer; also hackten sie lebendigen Dorfbewohnern die rechte Hand ab, um zu beweisen, dass es für jede Kugel einen Toten gab. Alle Kugeln wurden gezählt. Die Kolonialbeamten zählten Kugeln und Hände. Beide Zahlen mussten übereinstimmen.«

»Und die Belgier belohnten ihre Leute für die Hände.«

»Zehn Millionen Tote«, sagte er.

»Man fragt sich, wie sie das schafften, ich meine, das sind unglaublich viele Morde.«

»Auf tausend verschiedene Arten an tausend verschiedenen Tagen. Mit Hilfe von Leuten wie dem guten alten Leon Fievez.«

»Wem?«

»Ja, Ihre Prüfung zu König Leopolds Kongo im Jahre 1894 endet mit den Worten eines guten belgischen Armeegenerals, des Humanisten Herrn Fievez.«

»Ein Philosoph? Ich hab noch nie was von dem Philosophen Fievez gehört.«

»Ein Humanist, denn wenn die Eingeborenendörfer nicht

die geforderten Waren ablieferten, sagte er, ein einziges Beispiel reiche aus: *Hundert abgehackte Köpfe, und schon wird genug geliefert. Mein Ziel ist letztlich humanitär. Ich bringe hundert Menschen um … lasse aber fünfhundert am Leben.*«

Trotz des Sturms hörte ich einen Motor aufheulen. Wir drehten uns beide um und beobachteten, wie der Lastwagen den Weg entlangfuhr und im Wald verschwand.

Der Lehrer deutete mit dem Finger auf mich.

»Also, Bäcker, dieser belgische Offizier hielt sich für einen Menschenfreund.«

»Klingt so.«

»Na gut. Aber die Frage lautet: War Leon Fievez böse?«

Ich schüttelte den Kopf. »Nicht, wenn er es nicht wusste oder nicht war oder sich nicht für böse hielt. Ich meine …« Ich stockte angesichts all der Wörter. Ich kann ihnen eine Weile folgen, doch dann wird mein Gehirn müde, und ich weiß nicht mehr, was ich sage.

»Ich meine, er war vielleicht wirklich ein guter Mensch«, sagte ich, »der in einer schwierigen Situation steckte. Wenn er wusste, dass seine Maßnahme unnötig war – und wir haben kein genaues Bild – wir wissen nicht, was für ein Mensch er war oder unter welchem Druck er stand.«

»Aha! Sie widersprechen sich, Bäcker.« Er schien sich zu freuen, als hätte er unter der Ware vom Vortag ein frisches Stück seines Lieblingsgebäcks entdeckt.

»Das war gar kein Widerspruch«, blökte ich in den peitschenden Schnee und spürte, wie die Flocken auf meine Zunge wirbelten. Ich schlang den Schal um meine schmerzende Kehle.

»Ich habe vergessen, worin der Widerspruch bestand. Aber er steckt in Ihnen.« Er starrte mich bloß an. »Entscheiden Sie sich.«

»Ich hab mich entschieden.«

»Das kann ich nicht ändern!« Plötzlich lachte er. »Bäcker, wissen Sie eigentlich, wie sehr ich mich amüsiere?«

»Ja.«

»Wenn Sie Fievez' Charakter nicht beurteilen können, dann können Sie keine geschichtliche Figur beurteilen. Unsere Vergangenheit wird zu einer Gleichung, die die Gegenwart ergibt und sonst nichts. Wir haben Plätze besetzt, die für uns frei gelassen wurden, bis wir sie wieder räumen.«

»Genau«, sagte ich. »Und man tut, was man tun muss, um zu überleben.«

»Schaurig«, sagte er. »Sie lassen mir das Blut in den Adern gefrieren.«

»Ja, das stimmt wohl.«

»Was hat die Geschichte dann für einen Nutzen?«

»Ich lerne, dass es passiert ist«, sagte ich. »Ich weiß, wie ich mich verhalten muss. Es ist, als würde man eine Handlungsanleitung lesen, zum Beispiel für den Bau eines neuen Backofens. Nicht dass ich so was je gebraucht hätte.« Ich hielt inne. »Wissen Sie, die Kunst des Brotbackens ändert …«

»Nein, lassen Sie mich … ändert sich nie!«, fiel er mir ins Wort. Wieder ein dröhnendes Lachen.

»Sie hat sich seit biblischen Zeiten nicht verändert.«

Sein Lachen erstarrte wie eine in die Luft gestreckte Gabel, bis ein anderes, immer stärkeres Lachen an seine Stelle trat. Bäckerlachen. Brotlachen. Theatralisches Lachen. Hustenlachen. Faust-im-Mund-und-Tränen-in-den-Augen-Lachen. Hol-noch-eine-zitternde-Zigarette-hervor-Lachen.

Biet-mir-eine-an-Lachen.

»Nein danke«, sagte ich.

Er zündete sich eine Zigarette an, und ich wartete auf seinen nächsten Schachzug. Er genoss die Macht, die er über mich hatte. Das spürte ich.

Ich überlegte, wie viel ich über Macht gelesen hatte. Was hatte ich gelernt? Dass man Macht hat oder nicht. Und wenn nicht, dann muss man sie erlangen, oder man stirbt, ohne je welche zu bekommen. Man stirbt, und womöglich stirbt man in dem Glauben, nicht vergessen zu werden. Und dann sagt Gott: »Du hast dir nichts genommen. Alle anderen Leute waren für dich da. Ich habe sie für dich dort untergebracht. Und du hast dir nichts genommen. Du hast ein duldsames Leben geführt, und jetzt erwartest du eine Belohnung. Ich gebe dir eine Belohnung. Nichts bekommt nichts.« Und er schnipst mit den Fingern, und ich verschwinde, bin niemand. Ich tauche auch nirgends auf. Nichts zwischen mir und dem Nichts.

Wo hatte ich all das gelesen? Nirgends, doch ich hatte irgendwas Ähnliches auf Deutsch gelesen und ein Wörterbuch gebraucht. *Nichts ist dasein* oder so was, hatte der Philosoph Heidegger gesagt. *Nichts ist nichtsein nichtig. Gott verreckt* oder *recht.*

»Gottes rechte und seine linke Hand«, sagte ich laut, denn ich hatte vergessen, dass ich nachdachte. (Ich war zu oft allein.) Plötzlich fragte ich mich, was passieren würde, wenn Gott am Tag des Jüngsten Gerichts seine Hände verwechselte. Heißt rechte Hand seine rechte Hand oder die rechte Hand, wenn man vor ihm steht, die dann in Wirklichkeit seine linke Hand wäre? Um Himmels willen, hoffentlich kommt es am fraglichen Tag nicht zu dieser Verwechslung. Aufruhr, die Gerechten kopfüber in die Flammen, während sich die Gottlosen am Kopf kratzen.

Natürlich griff der Lehrer meine Worte auf: »Gottes Hände? Beide noch dran?« Er tat so, als würde er seine rechte Hand suchen.

»Ich habe meine rechte verloren«, sagte er. »Alle mal herhören, der Tag des Jüngsten Gerichts fällt aus, egal, was ihr getan habt.«

»Ich bin Christ!«, rief ich. »Und mir gefällt dieses Gerede nicht!«

Wutschäumend grub ich weiter und wartete darauf, dass sich der Lehrer beruhigte. Ich musste vorsichtig sein. Er hatte eine gewisse Macht, die ich nicht begriff. Stammte aus einer guten Familie. Nicht wie ich. Seine Eltern kauften in meinem Laden Brot. Sagten nie ein böses Wort zu mir. Hatten es nie eilig, obwohl seine Mutter manchmal auf die Uhr schaute, wenn ich herumschlurfte oder ihr Brot fallen ließ. Konnten jede Menge Sprachen, redeten leise. Sein Vater nichts Geringeres als ein Wirtschaftsprofessor. Hielt Ansprachen, wenn bedeutende Leute in die Stadt kamen. Als die derzeitigen Unruhen aufflammten, hielt der Professor auf dem Marktplatz eine leidenschaftliche Rede. Ging anschließend mit den Soldaten davon, und die Leute fragten sich, wohin.

Ich glaube, ich weiß es.

Ich glaube, ich weiß, wo der Vater des Lehrers ist.

Ich habe noch andere Löcher gegraben.

WAS ICH ALLES WEISS

Als ich noch ein Junge war, sagte mal ein Mann zu mir: »Du weißt jede Menge unnützes Zeug.« Doch ich lernte schon bald, dass Wissen Gold wert ist. Und als ich lernte, wie man sein Wissen nutzt, konnte ich davon gar nicht genug bekommen. Ich steckte es in meine Taschen, ich stopfte es in mein Gehirn.

Ich kann die militärischen Strategien des Dschingis Khan aufzählen, die Napoleonischen Feldzüge, Kriegsmaschinen, Waffen, Nachschubmaterial, ich weiß, wie man eine mittelalterliche Belagerung überlebt, und kann alles backen, was man auf einem Marsch gern essen würde, und wenn es unbedingt sein muss, kann ich auch über die Philosophie des Kriegs diskutieren und erklären, warum Krieg wichtig oder unwichtig ist. Ich kenne die technischen Daten des ersten Torpedos, der 1777 abgefeuert wurde. Die Bombenangriffe des Zweiten Weltkriegs. Weiß, wie viele Menschen ungefähr bei den Luftangriffen im Zweiten Weltkrieg, im Blitzkrieg, im Ersten Weltkrieg, bei der Pest, im Hundertjährigen Krieg auf beiden Seiten ums Leben kamen. Ich kann Reiterangriffe und Maschinengewehrtechnik analysieren, kann erklären, warum das AK-47 immer noch das zuverlässigste Schnellfeuergewehr ist, ich kenne die Ausbreitungsgeschwindigkeit von grünem Napalm, kenne Rückzugsstrategien, kenne den Krieg. Ich habe die Schlachten der Menschen studiert. Man kann mich alles fragen. Braucht mir nichts zu erzählen. Ganz egal. Ich habe alles gelesen.

Vielleicht tat es ihm leid, dass er über Gott oder mich gelacht hatte. Jedenfalls sprach er in sanfterem Ton.

»Sie glauben doch bestimmt nicht an den Tag des Jüngsten Gerichts«, sagte er.

»Natürlich glaube ich daran«, erwiderte ich. »Wenn es den nicht gäbe, könnten wir alle tun, was wir wollten.«

Durch das weiße Schneegestöber beobachteten seine schwarzen Augen jeden meiner Schritte. Er war jemand, dem nichts entging.

»Und was ist mit irdischen Strafen?«

»Man sollte wieder zu den mittelalterlichen Praktiken zurückkehren. Die Leute tun nur dann, was man ihnen sagt, wenn sie wissen, dass man sie sonst zur Rechenschaft zieht.«

»Da müssen Sie mir ein Beispiel geben, etwas, das Sie gelesen haben.«

»Ich glaube an etwas Stärkeres als Bestrafung. Ich meine Reue, dass man sich vor seinem Tod entschuldigt, damit man in den Himmel kommt. Dass man reinen Tisch macht.«

»Ich verstehe kein Wort von dem, was Sie sagen.«

Ich hatte ein Beispiel parat. »Ich habe von einem gewissen Graf Fulk gelesen, der, nun ja, ein paar Leute umgebracht hatte, zumindest seine Frau, so viel war bekannt, aber wahrscheinlich war dieser offizielle Mord nicht sein einziger. Und er hatte mit allen möglichen Frauen geschlafen und einiges gestohlen. Jedenfalls spürte dieser Graf das Ende seines Lebens nahen und wollte seine Angelegenheiten in Ordnung bringen. Deshalb begab er sich zum örtlichen Bischof, oder wer auch immer für ihn zuständig war, und fragte, wie er reinen Tisch machen könnte.«

»Graf Fulk. Ja, ich habe von ihm gehört«, sagte der Lehrer.

»Es heißt, er soll in Ohnmacht gefallen sein, als ihm seine Buße auferlegt wurde. Wenn er mit reinem Gewissen sterben wollte, müsste er in Ketten dreimal nach Jerusalem und zurück wandern, über Frankreich, Ungarn, Serbien, Bulgarien und durch Syrien und Jordanien. Dreimal, hin und zurück. Über zwanzigtausend Kilometer. Und auf dem letzten Stück bis zur Ziellinie müsste er ausgepeitscht werden.«

»Der Graf war bestimmt froh, ausgepeitscht zu werden.«

»Was denn sonst? Stellen Sie sich vor, Sie haben eine Eintrittskarte zum Himmel. Das ist mal eine richtige Strafe. Nicht zu vergleichen mit dem heutigen Auf-die-Finger-Klopfen. Und am Ende gewinnen alle. Tut mir leid, ein bisschen Schmerz, und schon geht's in den Himmel.«

»Heutzutage kommen die Menschen billig davon, das ist wahr«, sagte der Lehrer.

»Weiß Gott. Aber wenn einem die Augen ausgestochen werden, während jemand anders einem die Zehen abschneidet, dann hat man Grund, sich zu fürchten.«

Wir schwiegen eine Weile, und ich grub weiter. Doch plötzlich sagte er mit der Stimme eines Mannes, der eine brennende Frage nicht hinunterschlucken konnte: »Bäcker, vielleicht können Sie mir weiterhelfen.«

»Wir werden sehen«, erwiderte ich.

Er fragte: »Sollte es vor der Bestrafung eine Zeit des Nachdenkens, ja vielleicht sogar der Erlösung geben?«

Eine Frage, die mir noch nie in den Sinn gekommen war.

Ich sah, wie nah er am Rand der Grube stand. Das war sein

großer Tag. Der Tag, an dem er ein Eingeständnis von mir erhielt, eine Bitte um Vergebung; Händeringen, gesenkter Kopf, ein paar gut platzierte Tränen. Ich wusste, dass er Tränen von mir sehen wollte.

Doch darauf konnte er lange warten.

»Kommt drauf an«, sagte ich.

»Sie wissen, was Bestrafung einmal bedeutete?«

»Tod. Mein Bruder hat gesagt, das hätten Sie im Unterricht erklärt. Später habe ich mich darüber informiert.«

»Was haben Sie herausgefunden?«

»Im 16. Jahrhundert war die Lebenserwartung viel niedriger als heute. Die Hälfte der Menschen starben an Krankheiten, bevor sie das dreißigste Lebensjahr erreichten, Frauen wurden im Durchschnitt nur vierundzwanzig. Sie heirateten und starben früh. Nicht viel Zeit fürs Gefängnis, falls unser Gespräch darauf hinausläuft.«

»Das würde ich nicht sagen«, entgegnete er. »Dafür gab es genügend Zeit, aber so hat man damals nicht gedacht.«

»Sie sind der Lehrer. Ich will bloß sagen, dass ich es so gelesen habe.«

»Man glaubte nicht an die Wiedereingliederung in die Gesellschaft, Bäcker. Das ist eine Tatsache.«

»Dann hat sich ja nichts verändert. Sie haben meinen Bruder nach der Schule nachsitzen lassen.«

»Er hatte die Lektion für den Tag nicht gelernt.«

Er setzte sich auf den Stein, zündete sich in der hohlen Hand eine Zigarette an und musterte mich.

»Meine Theorie zur Bestrafung lautet, dass die Gefängnisse immer unsichtbar waren: Aberglaube, Religion«, sagte er. »Damals wurden die Menschen vor Schuldgefühlen verrückt, Bäcker. Die kriechen in die Muskeln und legen sich um die Gedanken. Überall auf der Welt Schwarzkutten, Unmengen davon. Wenn man jemandem Schuldgefühle einreden kann, hat man Macht über ihn.«

Ich lächelte, weil ich wütend war.

»Apropos Macht«, sagte ich. »Sind Sie im Augenblick mächtig, Lehrer?«

»Sie werden Ihre Strafe erhalten, Bäcker, genau wie Ihr Bruder. Sie werden sehr lange nachsitzen müssen.«

Ich betrachtete den Boden unter meinen Stiefeln, inzwischen viel tiefer gelegen als der Boden unter seinen Stiefeln, die gefrorenen Steine mit der Spitzhacke zertrümmert und mit der Schaufelspitze hervorgescharrt.

»Sie können mir drohen, so viel Sie wollen«, sagte ich.

WAS? SCHON WIEDER HERR FIEVEZ?

Der Lehrer trat einen Schritt zurück. Ich ließ die Schaufel fallen und begab mich auf die Seite der Grube, von der man auf das Tor blickte. Die Soldaten gossen sich aus ihrem Kochgeschirr Tee oder Kaffee ein. Sie hatten sich Schals um Hände und Hals gebunden. Auch wenn sie nicht mit Argusaugen auf uns aufpassten, war ich überzeugt, dass sie im Nu auf den Beinen sein konnten. Zwischen ihnen und mir höchstens ein Abstand von fünfzig Metern, nichts, was einen heftigen Kugelhagel aus ihren Maschinengewehren hätte aufhalten können. Hinter den Soldaten eine verzweifelte Menschenmenge, in der sich alle bemühten, warm zu bleiben. Ein paar von ihnen waren auf den Torsoldaten zugetreten und schienen zu fragen, ob sie Feuerholz sammeln oder auf dem Feld umhergehen dürften. Vielleicht auch einen Unterschlupf suchen. Er schickte sie zurück.

Ich beobachtete den Lehrer. Seine Hand steckte wieder in der Tasche, und das machte mich noch nervöser als das Maschinengewehr, denn Handfeuerwaffen haben zwar weniger Durchschlagskraft, können aber tödlich genau treffen. Das Loch würde bald so tief sein, dass ich darin gefangen war und nicht mehr ohne weiteres hinausspringen konnte. Ich würde wie ein Tier zu flüchten versuchen, während er mich erschoss.

Der Lehrer drückte seine Zigarette aus. Ich schaufelte und behielt seine verborgene Hand im Auge. Er hüpfte auf der Stelle. »Gott, ist das kalt.«

»Stimmt«, sagte ich. »Es ist kalt, und wir sind noch nicht fertig.«

»Wir sollten jetzt keine Diskussion übers Wetter führen«, erwiderte er.

»Nein, Lehrer.«

»Also, worum ging es zuletzt bei dem guten Herrn Fievez, ehemals General der belgischen Armee?«

»Darum, ob er böse war«, sagte ich.

»Und Ihre Antwort?«

»Ich hab keine. Alles Wichtige über ihn habe ich aus Büchern. Strategie. Überleben. Was spielt es für eine Rolle, ob ich ihn für gut oder böse halte? Erwachen seine Opfer wieder zum Leben, wenn ich so viele Jahre später Partei ergreife? Kommen Sie, Lehrer, geben Sie mir eine Antwort …«

Ich erhob flehend die Hände.

»Ja?«

»Was bringt denn Geschichte? Was nützt Ihnen Ihr langes Teleskop in die Vergangenheit? Sie halten mich für dumm. Das weiß ich. Aber ich bin nicht dumm. Glauben Sie mir.«

Er lachte. »Ich bezweifle sehr, dass Sie dumm sind. Ich glaube, Sie sind der klügste Mensch, den ich kenne.«

Er deutete auf seine Uhr. »Es ist zwölf Minuten nach zwei.«

Ich hatte ihn nicht nachschauen sehen. Also war es nur geschätzt.

EIN SCHARMÜTZEL IN DER BÄCKEREI: DIE KUNST DES KRIEGES

Wenn einem keinerlei Gefahr droht, sollte man sich mit Strategie befassen. In guten Zeiten sollte man sich auf rauere Umstände vorbereiten, indem man Bücher über Strategie liest. Wenn die rauen Zeiten anbrechen, sollte man sein strategisches Wissen anwenden.

Ich habe viel über Strategie gelesen.

Wenn man nicht in Schwierigkeiten geraten will, muss man vorausplanen. Das sagt der General. Welcher General?, werden Sie fragen. Also gut, ich beantworte die Frage, obwohl ich nichts sagen muss, wenn ich nicht will. Sunzis *Die Kunst des Krieges*, ein vor 2400 Jahren von einem chinesischen General verfasstes Handbuch, ist das einzige Stück Literatur, das ich je auswendig gelernt habe. Zumindest habe ich mir einige Stellen eingeprägt. Es ist das älteste Kriegshandbuch der Welt und erklärt dem, der siegen will, die uralten Wissenschaften des Manövrierens, der Strategie, des Angriffs und all das.

Als ich es in der Bücherei entdeckte, die inzwischen den grün uniformierten Truppen als Quartier dient, begriff ich, wie gut ich es im Umgang mit anderen Leuten gebrauchen konnte. Wenn man in einer mittelgroßen Kleinstadt eine Bäckerei betreibt, muss man sich tagtäglich mit allen möglichen Arten von Leuten, von ausgehungerten und armen bis stinkreichen und übergewichtigen Bürgern, herumschlagen. Das ist ein Kampf. In der ersten Zeit als Inhaber des Ladens nahm ich das Handbuch immer zur Arbeit mit, denn ich hatte ein paar schwierige Kunden.

Ich wendete die Wissenschaft des Manövrierens bei der Frau des Polizisten an, die misstrauische Hände und über meine Waren herfallende Augen hatte und in Gedanken aß, was sie nicht kaufte. Ich nannte sie Frau Polizist. Sie glaubte, sie habe das Recht, bei allen Broten zu überprüfen, ob sie frisch waren, und wenn sie alles angetatscht hatte, zu entscheiden, welchen Laib sie als einzigen mitnahm. Ich habe an ihr nie besonders viel Geld verdient und beschloss zu verhindern, dass sie weiter das Brot beschmutzte. Außerdem schauten ihr die anderen Kunden zu und wollten vermutlich sehen, inwiefern ich mich von dem alten Bäcker unterschied.

Eines Tages kam sie mit einem Seufzen in den Laden marschiert, das wahrscheinlich als Begrüßung gedacht war. Aufgepasst.

Ich ging zum Tresen, in der Luft der Duft von frischem Brot, und rieb mir die Hände an der Schürze ab. Wie immer redete ich, ohne ihr ins Gesicht zu blicken.

»Und womit kann ich Ihnen heute dienen?« Bei der geringsten Höflichkeitsbezeugung verzerrte sich mein Gesicht.

Ein Blick von der Seite, und schon schnellte ihre Hand vor und strich über das Apfel-Walnuss-Brot, das teuer war und von niemandem gekauft wurde, wenn es voller Fingerabdrücke oder rotem Nagellack war. Sie bohrte ihren Zeigefinger hinein und murmelte *Frisch* oder so was Ähnliches.

Ich holte tief Luft und sagte: »Ja, ganz frisch. Das brauchen Sie nicht zu überprüfen. Das Brot stammt von heute, bei Tagesanbruch gebacken. Ja, frisches, schmackhaftes Brot. Wollen Sie es haben?«

Hmmmm. *Natürlich keine Antwort.* Wie wär's mit diesem? Ein Finger strich über ein Fladenbrot mit Karottengeschmack, ein Fingernagel pulte daran. Es sah ganz danach aus, als wollte sie das Brot probieren, ohne es zu kaufen. Ich schwirrte um sie herum, beschäftigte mich, blieb aber in ihrer Nähe, wischte etwas ab, das nicht abgewischt werden musste, und zählte Sachen nach, die ich schon kontrolliert hatte. Nein, sie verstand den Wink mit dem Zaunpfahl nicht.

Ein paar Tage später nahm ich eine vollständige, aus dem Chinesischen übersetzte Taschenbuchausgabe von *Die Kunst des Krieges* mit zur Arbeit und legte sie, gewappnet für den nächsten Besuch der Frau, hinter den Tresen. Ich schlug General Sunzis Handbuch beim Abschnitt »Das Gefecht« auf und legte ein Stück Kürbiskuchen darauf, um die Seiten in der Mitte flachzudrücken. Eine Anweisung des Generals hatte ich in dem sicheren Wissen unterstrichen, dass ich sie brauchen würde: *Wer sich auf die Kriegführung versteht, begegnet der Unordnung mit Ordnung und dem Lärm mit Ruhe. Auf diese Weise lenkt er den Mut.*

Ich wischte Staub und ging leichtfüßig auf den Fußballen hin und her. Überprüfte Sachen, die längst erledigt waren. Ein paar Kunden, beklommenes Schweigen, die Leute zeitlupenhaft wie vor einer großen Schlacht. Ich musste nicht lange warten. Die Stadtglocke schlug achtmal, die Sonne brach hinter den Dächern hervor, der Schatten der Frau glitt am Schaufenster vorbei, und der Türgriff bewegte sich. Ihre Handtasche, ja, eindeutig ihre, ein rechter Schuh, scheußlich gelb, der Pelz, natürlich der Pelz, und zuletzt, teilweise von einem blauen Kopftuch verdeckt, ihr Mondgesicht. Schon das Betreten des Ladens ein Kunstwerk, ganz ruhig, mit dem sicheren Gespür eines Assassinen auf Haschisch, eines Spions bei einer politischen Sitzung. Weiß, wo sie hinschauen, wen sie meiden muss. Kommt, als sie die Tür geschlossen hat, mit drei klackenden Schritten zum Tresen. Mustert die teuren Brote. Doch ich hatte sie in geschützter Stellung unter einen Glaskasten gelegt, nur von meiner Seite mit einer Zange erreichbar. Wie Sunzi im Kapitel »Die Planung des Angriffs« schrieb:

Als die höchste Kriegskunst gilt es, die Strategie des Gegners zu bekämpfen.

Ich bekämpfte ihre Pläne mit Glas, einer Mauer aus Glas.

Ich dachte an meine Yoga-Übungen, sog die Luft tief in meinen Bauch und lächelte. »Guten Morgen.«

Verblüfft über die Veränderung, zog sie einen Handschuh aus und drückte den Finger gegen das unsichtbare Hindernis. Vielleicht hielt sie es für eine Täuschung. *Vielleicht merkt er nicht, was ich tue, obwohl er direkt vor mir steht und außer uns beiden niemand im Laden ist.*

Ich erstarrte, alle Muskeln angespannt. Tief atmen. Ganz tief. Ich richtete den Blick auf das Handbuch, wo ich unter dem Abschnitt »Das Gefecht« noch eine andere Anweisung unterstrichen hatte, die von ein paar Krümeln halb verdeckt war: *Wer sich auf die Kriegführung versteht, lässt sich auf kein Treffen mit einem Gegner ein, dessen Banner genau ausgerichtet sind, und greift keinen Feind an, dessen Truppen in Reih und Glied geordnet stehen. Auf diese Weise lenkt er den Wandel.*

Ich widerstand dem Drang, zur Verteidigung der Kuchen zu schreiten, und staunte über meine Selbstbeherrschung, auch als sie die Hand nach der Glasabdeckung ausstreckte und ihre flinken Finger darübergleiten ließ, den Rand ertastete und festen Druck darauf ausübte, um die Abdeckung wegzuschieben und die Waren freizulegen. Ich schnappte nach Luft. Jetzt brauchte ich kein Buch mehr. General Sunzis Stimme dröhnte mir in den Ohren: *Daher heißt es ungestüm sein wie der Wind und bedächtig wie der Wald, unauslotbar wie das Dunkel und beweglich wie Blitz und Donner.*

Aus ihrer Sicht hatte ich mich bestimmt mit Lichtgeschwindigkeit bewegt, und meine Ellbogen waren aus dem Nichts aufgetaucht, so schnell hatte ich sie auf das Glas gestemmt. Ich stützte das Gesicht in die Hände und sagte in gelangweiltem Ton: »Womit kann ich Ihnen heute dienen?«

Sie wusste, dass ich sie ausmanövriert hatte.

»Ich hätte gern …« Sie blickte zur Tür. »Ich hätte gern …«

»Ja?«

»Ein Brot.«

Ich nahm einen Ellbogen von dem Glaskasten und schwenkte die Hand in weitem Bogen über den Tresen. »Oh, ich habe jede Menge Brot.«

»Ich will das Brot haben.« Sie deutete aufs andere Ende des Tresens, wo all die preisgünstigen Roggen- und Fladenbrote in Plastik verpackt aufgestapelt waren, ohne Abdeckung, deutlich beschriftet und ausgezeichnet, denn darauf legen arme Leute den größten Wert.

Der billige Versuch, mich dazu zu verleiten, meine Stellung unbewacht zu lassen, damit sie mühelos an den Schatz kam.

»Suchen Sie sich einfach eins aus«, sagte ich.

»Ich brauche Ihre Hilfe«, erwiderte sie in gereiztem Ton.

»Zeigen Sie, welches Sie haben wollen, dann helfe ich Ihnen gern«, erwiderte ich. »Ich muss nämlich noch ein paar Preise überprüfen.« Ich richtete den Blick auf das Handbuch, während sie seufzend zu den billigen Broten hinüberging. Eine Frau, die es nicht gewohnt war, überlistet zu werden. Dann verließ sie den Laden.

Am nächsten Tag kam sie herein, als beträte sie den Laden zum ersten Mal, und begrüßte mich mit strahlendem Lächeln. Sie hatte ein anderes Parfüm aufgelegt.

»Guten Morgen«, sagte ich.

»Auch Ihnen einen wunderschönen guten Morgen«, sagte sie. Schwungvoller Schritt. Trat an den Glaskasten, hinter dem ich mich postiert hatte, *Die Kunst des Krieges* flach auf der offenen Ladenkasse, gut sichtbar das Kapitel »Die Bewertung der Lage« aufgeschlagen, in dem ich eine Zeile mit einem Sternchen markiert hatte: *Die Kriegführung gehorcht dem Prinzip der Täuschung.*

Täuschung ist der zweite Vorname aller Frauen, das wusste ich natürlich, aber ist das nicht ein ganz anderes Thema? Ich wusste, dass sie, die Dame des Hauses, auch wenn es nur das Haus eines Polizisten war, mit einer taktischen Überraschung aufwarten würde. Ich stellte mir vor, dass sie in der vorigen Nacht bis in die frühen Morgenstunden wach geblieben war und ihren Angriffsplan entworfen hatte, um an die Kuchen gelangen und sie betasten zu können. Dass sie das Schlachtfeld sorgfältig studiert hatte. Sich Notizen gemacht hatte, während ihr Mann schlief und der Fernseher schnarchte. Dass sie nach einer Stunde Schlaf aufgewacht war, sich für den Kampf gekleidet, eine Tasse Kaffee hinuntergestürzt hatte, aus der Haustür gestürmt und zur Schlacht in der Bäckerei aufgebrochen war.

»Und womit kann ich Ihnen heute dienen?«, fragte ich.

Sie war nicht die Einzige, die sich die ganze Nacht auf diesen Kampf vorbereitet hatte.

Nach der Arbeit war ich nach Hause gegangen, hatte eine bescheidene Mahlzeit eingenommen, dann Sunzis Handbuch aus dem Versteck im Brotkorb geholt und es zunächst bei einer Flasche gutem Wein und später, für den Fall, dass jemand den Verdacht hatte, ich würde irgendwas nachschlagen, mit einer Taschenlampe unter der Bettdecke gelesen. Ich kam zu dem Schluss, dass sie, wenn sie klug war, dem Rat des chinesischen Generals zum Angriffspunkt folgen würde: *Der Ort, an dem ich die Schlacht führe, darf nicht bekannt sein. Bleibt er unbekannt, dann trifft der Feind allerorten Vorkehrungen.*

Mit einem Bleistift (leicht auszuradieren) hatte ich ihre mögliche Strategie aufgezeichnet.

Ihre beste Möglichkeit: Wenn sie direkt auf die billigen Roggenbrote am anderen Ende des Tresens zuginge, könnte sie mich überrumpeln; bis ich mich gesammelt hätte, um ihr gegenüberzutreten, hätte sie sich schon auf die Glasabdeckung gestürzt und sie angehoben.

An den Früchtebroten herumgefingert.

Im Licht der Glühbirne blätterte ich wie besessen in dem chinesischen Kriegsbuch. Ja, ich musste an vieles denken. Musste es lernen, mir einprägen, es laut wiederholen. Ich war weder hungrig noch durstig. Ich spürte bloß die Hitze der Schlacht, den in einen weichen Bauch gestoßenen Stahl. Und dann, das Kissen im Rücken, befasste ich mich mit den »Neun Geländearten«.

Auf einmal hatte ich den Schlüssel zum Sieg. Das Terrain des Ladens fest im Kopf, entwarf ich eine Strategie.

Inzwischen graute der Morgen, und es war Zeit, zur Bäckerei aufzubrechen. Die Aktentasche mit meinen Plänen unter den Arm geklemmt, schlich ich durch die Straßen.

Nach dem Backen öffnete ich die Aktentasche und setzte die Pläne in Gang: Ich stapelte neben dem Schaufenster ein paar Tortenkartons, bis das Ganze wie ein Bunker in der Normandie aussah, und legte mich daneben auf den Fußboden. Dann zog ich eine weiße Mütze aus der Tasche, um mit den weißen Kacheln zu verschmelzen. Mit behutsamen Fingern zog ich das Fernglas aus der Aktentasche und hielt mit scharfem Blick Ausschau nach einem Lebenszeichen auf der Straße. Gut. Noch nichts. Rechts von meinem Kopf klebte ich ein Blatt Papier auf den Boden, damit ich in der Hitze der Schlacht leicht darauf zugreifen konnte. Es enthielt die Anweisungen des Generals zur Beobachtung und Deutung feindlicher Bewegungen. Sein erster Rat: wie man einen unsichtbaren Feind entdeckt. *Sobald die Bäume sich bewegen, rückt der Gegner an.*

Ich stellte das Fernglas scharf. Das verschwommene Bild verwandelte sich in den Zeitschriftenladen, der ein Stück entfernt auf der anderen Straßenseite lag. Ich beobachtete, wie der Ladeninhaber ein Bündel Zeitungen aufschnürte, sich eine Zigarette anzündete und mit dem Finger in der Nase bohrte.

Ich schwenkte das Fernglas nach links und rechts, doch ich sah nur die Sonne, die auf die Straße fiel und die Nacht zum Rückzug zwang. Wenn die Frau des Polizisten dort draußen war, war sie gut, verdammt gut. Das Objektiv fühlte sich an wie zwei heiße Ringe. Ich schaute kurz auf meine Schweizer Armeeuhr: 07:09 Uhr. Ich wollte die Frau kommen sehen. Die nächsten Zeilen des Generals lauteten: *Sobald die Vögel auffliegen, zeichnet sich ein Hinterhalt ab.*

Also sitzen die Vögel auf den Zweigen, sehen das gespiegelte Metall oder die Bewegung der Soldaten im Unterholz und fliegen vor Schreck davon. Ich bin mir sicher, wenn der Feind die Vögel auffliegen sieht, murmelt er so was wie *Verdammte Mistviecher*, doch es ist zu spät, über die Vögel zu fluchen, Freunde. Ihr müsst hoffen, dass ich ein Feigling bin und nichts unternehme, bis sich die Dunkelheit herabsenkt und wir uns beide davonschleichen können.

Auf der anderen Straßenseite regte sich etwas. Ich ergriff das Fernglas, sah aber, dass ich es nicht brauchte. Der Milchmann stellte bei jemandem eine Flasche auf die Fensterbank, der Vorhang bewegte sich, und der Milchmann winkte dem Menschen in dem Haus zu. Wackelnde Vorhänge, ein sicheres Zeichen, dass man vom Feind beobachtet wird: *Wenn der Sand in spitzen Kegeln aufsteigt, nähern sich die Streitwagen.*

Ja, der Lieferwagen des Milchmanns; noch ein Mann mit festem Zeitplan. Ich folgte ihm und schwenkte das Fernglas dann zum anderen Ende der Straße, für den Fall, dass die Frau des Polizisten heranschlich, während ich abgelenkt war: *Wenn der Sand sich niedrig über dem Boden ausbreitet, rückt das Fußvolk an.*

Ich beobachtete, wie der Arzt in den kühlen Morgen hinausschlenderte. Ich holte ihn näher heran. Seine rechte Hand zitterte. Das war mir vor ungefähr einem Jahr zum ersten Mal aufgefallen, als er mir ein paar Pillen verschrieb. Ich hätte keine Lust, jene Hand an meinen lebenswichtigen Teilen herumschnippeln zu lassen. Habe auch Alkohol in seinem Atem gerochen, am helllichten Tag in seiner Praxis.

Ich murmelte: Guten Morgen, Herr Doktor. Warum blicken Sie sich so sorgfältig um? Haben wohl ein bisschen Zeit bei Ihrer Geliebten verbracht, hm? Mit der Sie nicht verheiratet sind und die ein hübsches kleines Häuschen am Marktplatz hat. Nur zu, steigen Sie in Ihren Wagen. Schließen Sie die Tür, reiben Sie sich die Hände, halten Sie den Kopf gesenkt. Zündung. Weg mit Ihnen. Unscharf. Verschwunden. *Wenn der Sand nur vereinzelt in schmalen Streifen aufwirbelt, sammelt der Gegner Feuerholz.*

»Hallo!«

Hinter mir eine schrille Stimme. »Kann ich eins von denen haben?«

»Mein Gott«, sagte ich.

Der Junge stand mit einem Brot und einer Münze hinter mir.

»Wie zum Teufel bist du reingekommen?«, fragte ich.

Er sah die Tür und dann mich an, das Fernglas, den Bunker, die weiße Mütze.

»Ich bin zur Tür reingekommen. Ich hab mich gefragt, was los ist. Ich bin schon ein paar Minuten da.«

»In Ordnung, ist schon in Ordnung. Leg das Geld einfach auf den Tresen.«

»Ich will mein Wechselgeld haben.«

»Das geb ich dir später.«

Er zögerte, und ich drehte mich um. »Verschwinde und komm später noch mal, oder leg das Geld auf den Tresen und hol dir das Wechselgeld später.«

»Um eins ist die Schule aus, dann komme ich wieder«, sagte er und deutete auf seine Armbanduhr, »denn dann brauche ich das Geld für mein Mittagessen.«

»Warum?«, fragte ich.

»Warum was?«

»Warum reden wir immer noch? Mach, dass du rauskommst!«

Beim Verlassen des Ladens kehrte er mir das Gesicht zu. »Meine Mutter hat gesagt, Sie sind schon immer ein komischer Kauz gewesen.«

»Nimm das Brot und geh endlich.«

Kurz nach elf traf Frau Polizist vor meiner Ladentür ein und las ein handgeschriebenes Schild mit der Nachricht BIN UM ZWEI ZURÜCK. Ich stand gebückt auf Augenhöhe hinterm Tresen und beobachtete sie. Zuerst ignorierte sie das Schild und versuchte die Tür aufzustoßen, stellte dann aber fest, dass sie tatsächlich abgeschlossen war, und fingerte an dem Schild herum wie an meinen Broten, als würde sie sein Alter überprüfen. Vielleicht war es ein altes Schild. Diese Frau hatte einen Kontrollzwang. Nur zu, du ungläubiger Thomas, dachte ich. Fass das Schild an und überprüfe, ob es real ist!

Ich wartete, bis sie sich, wütend und enttäuscht, ein Stück entfernt hatte, dann lief ich zur Ladentür und öffnete sie mit einem lauten »Guten Morgen!«.

Sie sah mich überrascht an, während ich an der Tür stand und sie mit der Selbstsicherheit eines Mannes hereinwinkte, der stundenlang Sunzis präzise Anweisungen dazu gelesen hatte, wie man eine Schlacht auf neun Geländearten vorbereitet. Sie trat vor und wieder zurück, umklammerte ihre Handtasche und schoss an mir vorbei in den Laden.

»Miststück.«

»Was?«, fragte sie. »Was haben Sie gesagt?«

»Mit welcher Brotsorte kann ich Ihnen heute dienen?«, fragte ich.

»Oh«, sagte sie und betrachtete den Tresen. Rang nach Atem.

Sunzis neun Geländearten sind genau definiert, denn der gute General kämpfte in jeder davon und verlor bestimmt viele Soldaten, während er lernte, seine Kampftaktik in Worte zu fassen: *Die Regeln für den Einsatz der Truppen kennen zerlaufendes, gängiges, umkämpftes, durchgängiges, bevorzugtes, kritisches, schwieriges, umschlossenes und tödliches Gelände.*

Beim Lesen von Sunzi schlug ich die Vokabeln im Wörterbuch nach und griff auf den Kommentar des Übersetzers zurück.

Kämpft ein Lehnsfürst auf eigenem Territorium, handelt es sich um zerlaufendes Gelände. Ein früher Kommentator hatte geschrieben: »Der General meint, dass sich die Soldaten in der Nähe ihrer Heimat befinden und jederzeit auseinanderlaufen könnten.« Das ergab einen Sinn. Wenn das Ganze schlecht lief, konnte ich nach Hause verschwinden, ein paar Sachen zusammenpacken und innerhalb einer Stunde unterwegs in eine andere Stadt sein. Sehr flexibel!

Ist er ein Stück weit in das Territorium des Gegners eingedrungen, handelt es sich um gängiges Gelände. Der Kommentator schrieb: »Der Chinese vertrat die Ansicht, in diesem Falle sollte man alle Boote und Brücken verbrennen, damit die Soldaten begriffen, dass es kein Zurück mehr gab.«

Frau Polizist kam in den Laden und betrat mein gängiges Gelände.

»Was haben Sie denn mit der Bäckerei angestellt?«, fragte sie.

»Das ist jetzt mein Laden.«

Ich hatte ein paar Veränderungen vorgenommen. Ein strategisch vorteilhaft platzierter Stuhl auf dem Glastresen. Darauf ein paar Ansichtskarten und daneben mehrere Pappkartons, die einen Verteidigungswall bildeten. Nichts, was einem arglosen Menschen auffallen würde.

Sie murmelte etwas vor sich hin. Ich glaube, ich hörte sie *Nicht lange* sagen.

»Was?«, fragte ich.

»Wie lange wollen Sie das so lassen?« Sie setzte wieder ein höfliches Lächeln auf.

»So lange, wie es nötig ist, meine Waren im besten Licht zu präsentieren. Also, womit kann ich Ihnen dienen?«

Ich flankierte sie rechts, schlüpfte hinter den Tresen und behielt ihre Hände im Auge. Geschmeidig und makellos, mussten jahrelang keine Arbeit verrichten, hätte ich gesagt. Eine Frau, die sich aushalten lässt. Die sind am gefährlichsten. Auch wenn ihre Hände zurzeit die Tasche festhielten, konnten sie im Nu über meine Kuchen herfallen: *Ist die Einnahme sowohl für ihn als auch für den Gegner von Vorteil, handelt es sich um umkämpftes Gelände.*

Das umkämpfte Gelände war der Glaskasten, der meine kleinen Leckerbissen, meine Früchtebrote und Obsttorten, bedeckte. Natürlich ging sie direkt darauf los, obwohl sie sah, dass ich einen Stuhl auf den Kasten gestellt hatte, auf dem ich aus Ansichtskarten, die aus umliegenden und mir unbekannten Gegenden stammten, ein Haus errichtet hatte: »Ausgewählte Landschaften«, »Eine Dorfkirche«, »Sonnenuntergang auf den Feldern«. Wenn sie das Glas auch nur ein Stück hochklappte, würde der Stuhl herunterkrachen. Bei jedem Versuch, den Stuhl wegzuräumen, würden die Karten wegrutschen und aufs Glas knallen. Kein heimliches Betatschen mehr. Das war mein Ansichtskartenalarm.

Ist es sowohl für ihn als auch den Gegner ohne weiteres zugänglich, handelt es sich um durchgängiges Gelände.

Frau Polizist ging im Laden auf und ab. Ich folgte ihr wie

einem langsamen Tennisball, wenn man allein spielt. Schaute auf meine Uhr.

Frau Polizist glich einem im Scheinwerferlicht gefangenen Hirsch. Gerade als ich damit rechnete, dass sie sich anmutig zurückziehen würde, stieß ein junges Mädchen die Tür auf und kam mit einem großen Einkaufszettel und ihrem Geldbeutel an den Tresen. Frau Polizist blickte auf, beurteilte die Lage und lächelte.

Grenzen die Territorien von mehreren Lehnsstaaten aneinander und kann sich derjenige ein Übergewicht im Reiche sichern, der es zuerst erreicht, handelt es sich um bevorzugtes Gelände. Das Mädchen war da, weil ich mit der Fabrik, in der sie arbeitete, einen festen Vertrag besaß, den ich zusammen mit dem Laden übernommen hatte. Sie kam jeden Tag zur selben Zeit, um für die gesamte Schicht Brot für die Frühstückspause zu kaufen. Ein wichtiger Auftrag.

Ich lief nach hinten, um alles zu holen. Als ich zurückkam, hatte sich die Frau schon neben das Mädchen gestellt, die Hände am Stuhl, den Blick auf die Torten gerichtet. Die Frau des Polizisten wollte den ersten Schritt in beruhigender Gesellschaft tun. Vielleicht glaubte sie, ich würde im Beisein von Zeugen nichts unternehmen. Wie Sunzi sagte: *In bevorzugtem Gelände heißt es, sich mit den Verbündeten vereinigen.*

Ich kam um den Tresen herum und reichte dem Mädchen die große vollgestopfte Plastiktüte.

»Hier ist Ihre Bestellung. Heute gibt's zehn Prozent Rabatt, weil der Laden ein paar Minuten geschlossen war. Hoffentlich mussten Sie nicht warten.«

»Nein«, sagte das Mädchen. Während ich den Rabatt eintippte, zerknitterte das Lächeln der Frau unter ihrem Duftpuder. Das Mädchen strahlte mich an und zählte das Wechselgeld und die Zigaretten, die sie dafür im Zeitschriftenladen bekommen würde. Als sie die Bäckerei verlassen hatte, wischte ich den Tresen ab, obwohl sich kein Staubkörnchen darauf befand; meine Hand brauchte etwas Bewegung.

Frau Polizist atmete tief ein, und ich sah, dass sie mich am liebsten umgebracht hätte oder über mich hergefallen wäre. Ich weiß, wenn man einmal die Schwelle zur Gewalt überschreitet, kann man das nicht kampflos rückgängig machen (das hab ich bestimmt in *Die Kunst des Krieges* gelesen, nein, ich glaube, es stammt von mir). *Ist er weit in das Territorium des Gegners eingedrungen und hat zahlreiche befestigte Städte hinter sich gelassen, handelt es sich um kritisches Gelände. In kritischem Gelände heißt es plündern.*

Ihre Perücke. Ich musste an ihre Perücke gelangen. Ich bahnte mir einen Weg durch die Pappkartons und Mehlsäcke, die ich zu einem Verteidigungswall aufgestapelt hatte. *Marschiert er durch Berge und Wälder, über Pässe und Schluchten und durch Marschen und Sümpfe auf allen möglichen schwer gangbaren Wegen, handelt es sich um schwieriges Gelände. In schwierigem Gelände heißt es weitermarschieren.*

»Ich nehme zwei davon«, sagte sie.

Mit zitterndem Finger deutete sie auf die Roggenbrote. Ich blickte auf, während ich einen Mehlsack zur Seite hievte. Nur eine Finte, um mich abzuschütteln, mich in die andere Richtung zu locken. Kampftaktik. Sehr gut. Dann zog sie an ihrem Haar, an einer Strähne, und trat auf mich zu, bevor ich meine eigene Befestigung überwunden hatte.

Noch zwei Säcke und ein paar kaputte Kartons. Ein Auge auf sie gerichtet, zwei auf meine Arbeit und eins auf die Obsttorten, drei Hände an den Mehlsäcken und sieben Hände, die die Pappkartons aus dem Weg schleudern. *Führt der Vormarsch in die Enge und sind die Rückzugswege verschlungen, so daß der Gegner selbst mit geringen Kräften zahlenmäßig überlegene Truppen angreifen kann, handelt es sich um umschlossenes Gelände. In umschlossenem Gelände heißt es, Mittel und Wege suchen.*

Ich kam mir vor wie ein Krake, der Gegenstände nach links und rechts schleudert.

Verspricht nur der rasche Kampf ein Überleben und bedeutet der Aufschub des Kampfes den Tod, handelt es sich um tödliches Gelände. In tödlichem Gelände heißt es kämpfen. Sie ergriff die Gelegenheit. Ihre gesamte Truppe auf einmal, mit der Gewalt eines Blitzschlags. Sie griff nicht mich, sondern den Stuhl an, hatte es auf das abgesehen, was mir am liebsten war; sie packte ein Bein des Stuhls und schleuderte ihn zur Seite, die Ansichtskarten flatterten herab wie Schnee, bis mich eine am Auge traf und mir irgendwie in die Lippe schnitt. Aber natürlich.

»Gott, das tut weh«, brüllte ich.

Ich überwand das letzte Hindernis und warf mich mit einem Brot auf sie. Sie räumte ihren Platz, und meine Finger packten ihr Haar. Ich schnappte mir die Perücke, drückte die Frau mit dem Brot an die Wand und rieb mich an ihr. Sie stand da, den Mund kurz geöffnet und sofort wieder geschlossen, auf dem kahlen Schädel eine rote Beule. Vorsichtig betastete sie die Beule, die Augen vor Schreck geweitet. Und ich betrachtete die Perücke und wusste, dass ich mir im Augenblick der Niederlage das geschnappt hatte, was jeder Frau am meisten bedeutet. Ihre Eitelkeit. Sie stieß mich weg und rannte zur Tür.

»Moment, gnädige Frau, Sie haben was vergessen. Nicht das Roggenbrot, sondern das hier!«

Sie hielt ihren Mantel fest. Er schleifte hinter ihr her. Sie verlor einen ihrer Pumps.

Ich eilte zum Glaskasten, holte drei Obsttorten heraus, folgte ihr auf die Straße und warf die Torten wie Granaten nach ihrem Pelzmantel. Keine von ihnen traf, eigentlich explodierten sie schon in meinen Händen, der Teig spritzte heraus und rann meine Arme hinab, sogar in die rechte Achselhöhle.

Ich stieß abgehackte, fauchende Worte hervor:

»Bitte sehr! Viel Spaß damit!«

Die Frau blieb stehen und lehnte sich an die Wand. Schluss mit dem blöden Betatschen der Kuchen. Anschauen und kaufen. Mehr nicht. Fassen Sie meine Waren nicht an!

Danke, General Sunzi.

Ich nahm ihre Perücke von den durcheinandergewirbelten Kartons und hängte sie an einen Besenstiel.

Ich blickte mit bloßen Augen und dann mit dem Fernglas die Straße entlang. Der Gegner hatte das Feld geräumt. War davongelaufen. Höchstwahrscheinlich zu ihrem Mann, einem Beamten mit gewissen Beziehungen. Soll sie doch. Ich werde hier sein und jeden Tag vom Morgengrauen an backen und verkaufen. Auch ich habe meine Freunde. Zweitausend Jahre Strategie. Ein chinesischer General hinter meinem Tresen oder, wenn ich zu Hause bin, in meiner Tasche. Wenn ihr Mann herkommt, um mich zu beschimpfen, soll er lieber vorsichtig sein, das ist alles. Ihr Mann sollte lieber vorsichtig sein.

Wie lange musste ich warten, bis der Ehemann auftauchte? Nicht mal eine Stunde. So lange dauerte es, bis eine Gestalt in langem, wallendem schwarzem Mantel in der offenen Tür stand und mit dem längeren Arm des Gesetzes auf mich deutete (an einem Arm fehlte ihm die Hand, eine alte Kriegsverletzung, wie ich gehört hatte).

»Ich hab da eine besorgniserregende Anzeige vorliegen«, sagte er. Er bat mich zu erklären, was vorgefallen sei. Als hätte ihm irgendein Bürger und nicht seine eigene Frau davon erzählt.

»Sie hat an meinen Waren herumgefingert«, erwiderte ich. Der Polizist hörte sich alles an, glaubte mir aber nicht. Sagte, seine Frau habe behauptet, sie habe mich mehrmals etwas gefragt, und ich hätte ihr keine Antwort gegeben. Sie habe erzählt, ich hätte »ins Leere gestarrt«. Sie habe um ein Roggenbrot gebeten, weil das offen auslag, und plötzlich hätte ich »ein wütendes Gesicht gemacht und sei über sie hergefallen«. Und kurz darauf noch mal mit Torten, nachdem sie »gerade mit dem Leben davongekommen« war, sagte der Polizist mit ernstem Ton.

»Unsinn«, sagte ich. Ich forderte ihn auf, es zu beweisen. Ihre Aussage gegen meine.

Unter Drohungen verließ er den Laden.

Als er weg war, sah ich die Perücke deutlich sichtbar an dem Besenstiel hängen. Sie war ihm nicht aufgefallen. Offenbar hatte er im selben Krieg auch ein Auge verloren.

Doch es war nicht das Scharmützel mit seiner Frau in der Bäckerei, das mich in Schwierigkeiten brachte.

DIE ZEIT RINNT DAVON

An Wintertagen bricht der Abend schnell herein. Manchmal fließt das Licht aus dem Himmel, als hätte jemand einen Stöpsel nicht richtig festgedrückt. Tropf, tropf, tropf, und schon ist es verschwunden. Plötzlich halten sich Licht und Dunkel die Waage.

Der Sturm wurde heftiger. Der Wind blies ununterbrochen, und der Schnee trieb waagerecht durch die Luft. Mein Kopf wurde von dem Loch geschützt. Ich hatte emsig gegraben, über anderthalb Meter tief, das letzte Stück hauptsächlich Stein.

Der Lehrer tauchte aus der Dämmerung auf und hielt sich den Arm mit der Uhr vors Gesicht.

»Es ist jetzt 14:20 Uhr am 25. November«, sagte er. »Sie sind spät dran.«

Er stand mit seiner Uhr über mir. Ich besaß einen eigenen Laden, um den ich mich kümmerte und den ich beschützte; diese Art der Beaufsichtigung hatte ich eigentlich nicht mehr nötig.

Auf dem Feld ertönten Schreie. Die Menschenmenge. Ich hörte jemanden rufen: »Informationen. Wir wollen Informationen haben.«

»Glauben Sie, dass jemand Leuten zuhört, die in Schwierigkeiten stecken?«, fragte der Lehrer. »Ich meine, glauben Sie, dass ihnen irgendein Gott zuhört?«

Ich tat so, als würde ich nachdenken, und antwortete: »Das bezweifle ich stark. Himmel und Erde sind ungeheuer groß, ganz zu schweigen vom Weltall.« Ich sprach, ohne meine Arbeit zu unterbrechen, ein bisschen besorgt, weil sie mich so lange hier draußen ließen.

»Aber vielleicht ist Gott auch taub«, mutmaßte er.

»Als Christ finde ich das beleidigend«, erwiderte ich.

Er zündete sich eine weitere Zigarette an und lächelte zu mir herab.

»Ich habe doch gar nichts von Christen gesagt.«

»Ich bin Christ und habe es so verstanden, was erwarten Sie denn?«

»Natürlich. Ich könnte mit den Worten des Philosophen erwidern, dass der erste und letzte Christ am Kreuz gestorben ist. Mit ›taub‹ meine ich die absurde Hoffnung, dass ein übernatürliches Wesen eingreift und allem, was die Menschen sich gegenseitig antun, ein Ende setzt. Gott ist entweder nicht zu Hause, oder er hört nicht zu. Wie kann man zu irgendeinem anderen Schluss kommen?«

Ich warf meine Schaufel hin. Er wich einen Schritt zurück, vielleicht befürchtete er, ich würde mich auf ihn stürzen. Alles kippte seitwärts, während ich mich zu voller Größe aufrichtete.

»Ich bin Christ, und Ihre Worte beleidigen mich.«

Der Lehrer schenkte mir keine Beachtung, deutete in den Himmel und stand mit erhobener Faust da, wie ein Revolutionsführer, der auf einem öffentlichen Platz zu den Massen spricht: »Na los, Gott, schwenke deinen Zauberstab. Heute kann uns nur ein Zaubertrick retten. Du musst nichts beweisen. Du musst nicht erscheinen. Ich respektiere deine Privatsphäre.«

Plötzlich erschauderte der Lehrer. »Gott ist ein Gespenst. Bäcker, hör mal zu.« Er drohte mir mit dem Finger. »Er ist hinter jedem Wandschrank. Und wir haben ihn dort hingesteckt. Ein Balsam für unsere älteste Angst: dass wir nicht am Leben bleiben. Deshalb holen wir Gott, wenn wir ihn brauchen, immer mal wieder hervor. Ich bin müde, nehmen wir ein bisschen Gott. Meine Eltern sind gestorben, gib mir ein bisschen Gott. Ich bin krank und werde einfach nicht gesund: Wo hast du den Gott liegenlassen, als du ihn letztes Mal benutzt hast? Ist noch ein bisschen Gott im Brotkorb? Sag nicht, dass uns der Gott ausgegangen ist, ich hab dir doch gesagt, du sollst welchen holen!«

Ich schüttelte den Kopf so heftig, dass mir Speichel aus dem Mund spritzte. »Das ist reinste Gotteslästerung! Das ist ungeheuerlich! Das werden Sie büßen!«

Plötzlich wurde seine Stimme leiser, oder der Wind wehte heftiger, ich weiß nicht genau. Er sprach in meine Richtung, dann woandershin, zu niemand Bestimmtem. Für einen zufälligen Betrachter eine seltsame, beunruhigende Erscheinung: ein Mann, dieser Mann, der in einem Schneesturm die Lippen bewegt, der in einem Schneesturm mit Gott spricht, der zum Himmel und dann zum Boden spricht, sich mit einem immer tiefer werdenden Loch im Boden unterhält.

Da ich nichts anderes zu tun hatte, fiel mir auf, dass er ins Träumen gekommen war, und ich begann wieder zu graben und Schaufeln voll Erde über den Rand zu werfen, was jeden Beobachter noch mehr verblüfft hätte. Dieser Mann steht zwischen Himmel und Erde, sein ganzes Leben zwischen den Himmel und den Boden gezwängt.

So ist das Leben der Menschen, habe ich gelesen.

Der Lehrer hielt eine Hand ans Ohr und legte den Kopf zurück. Er riss die Augen auf und drehte sich mit kurzem, bitterem Lachen zu mir um.

»Sehen Sie – auf eine einfache, direkte Frage keine Antwort von Gott!«

Ich bekreuzigte mich und blickte in den Himmel.

»Gott existiert«, sagte ich und starrte ihn aus der Grube an.

»Ha!«, rief er. »Wenn er tatsächlich existieren würde, warum sollte er dann zulassen, dass etwas wie Sie existiert?«

»Ich existiere, und mehr brauchen Sie nicht zu wissen, Sie Mistkerl!«

Er kniete sich an den Rand des Loches und gab sich den Anschein, als wollte er mir ein Geheimnis zuflüstern: »In der Stadt betete man zu Gott, doch der Teufel antwortete.«

»Das müssen Sie ja am besten wissen«, entgegnete ich und legte eine Steinschicht frei.

Als ich ein paar Minuten gehackt hatte, blickte ich auf und sah, dass er sich beruhigt hatte und wieder auf seinem Steinthron saß. Vielleicht war sein Wahn auf die Unterkühlung zurückzuführen, der er trotz des langen Mantels ausgesetzt sein musste. Schließlich bewegte er sich nicht viel. Er hätte auch zu der Menschenmenge drüben an der Mauer gehören können. Auf seinen Schultern sammelte sich der Schnee. Ich stand so tief in der Grube, dass ich ihn nur von den Knien an aufwärts sah.

»Ich weiß nicht, woher Ihre Verbitterung kommt, Lehrer«, rief ich. »Wann haben Sie Ihren Glauben an den Himmel verloren?«

Seine Lippen bewegten sich. »Habe vermutlich nie dran geglaubt.«

»Halten wir jetzt Gericht über die Existenz Gottes?«, fragte ich.

Er saß da wie ein Mann unter Drogeneinfluss.

»Ich würde gern wissen, was Sie denken, Lehrer!«

Der unbarmherzige Wind rüttelte an dem Zaun rings um die Scheune. Die Temperatur schien jede Sekunde zu sinken. Ich war froh, dass mich die Grube schützte. Dennoch beschirmte ich meine Augen und versuchte, den Lehrer im Blick zu behalten.

Bevor er sprach, legte er die Hände um den Mund.

»Christen.«

»Was ist mit den Christen?«, brüllte ich. »Was wollen Sie sagen?«

Er stand auf.

»Gäbe man ihnen den Himmel mit Milch, Honig und großen Häusern, ginge es ihnen eine Weile gut, bis einer von ihnen …«, er kniete sich hin und stützte die Ellbogen an den Rand des Loches, damit sich unsere Gesichter ganz nah waren, »eine bessere Idee entwickeln würde, wie man im Himmel lebt. Wie man Honig isst, welche Temperatur herrschen soll, was Unendlichkeit bedeutet, jetzt, wo sie darin leben und sich, na ja, ein bisschen langweilen. Versammlungen, Diskussionen, Führer. Eine Spaltung, sozusagen der Fall der Engel eine Nummer kleiner oder betretenes Schweigen in den Hallen der Glückseligkeit, irgend so was. Theoretisch trauen sie der Menschheit nicht, trauen niemandem. Wenn ich könnte, würde ich eine Szene im Himmel schreiben, in der unzählige von ihnen herumsitzen und sich die Predigten der anderen anhören.«

»Vielen Dank für die Ansprache!«

Ich sah ihn trotz seiner blauen Wangen lächeln.

»Ich hab von dem, was Sie gerade gesagt haben, kaum was verstanden«, sagte ich. »Das gefällt Ihnen, stimmt's?«

Er schüttelte den Kopf.

»Dann fühlen Sie sich mir überlegen.«

»Nein.«

»Doch.« Ich zertrümmerte mit der Spitzhacke einen Stein.

»Nein, das stimmt nicht. Lassen Sie mich Folgendes erzählen … Nein, vielleicht später.«

»Für ein Später haben wir keine Zeit.«

»Sollen wir ein Feuer anzünden?«

»Nein, bringen wir das hier zu Ende«, erwiderte ich. »Außerdem würde mich ein Feuer hier unten nicht wärmen.«

Ich arbeitete wieder zehn Minuten, bis ich die Hände unter die Arme schieben und im Loch herumhüpfen musste, um ein bisschen Wärme zu erzeugen. Der Lehrer zündete sich eine Zigarette an und betrachtete mich.

»Glauben Sie wirklich dieses ganze Zeug über Engel, über das Land, wo Honig fließt, über das Paradies?«, fragte er. »An so einem Ort wie hier, heute, wo sich all das zuträgt?«

»Ich mache mir Gedanken über den Himmel«, erwiderte ich, »und natürlich glaube ich auch daran.«

»Warum?«

»Das kann ich nicht erklären«, sagte ich, »nicht so wie Sie.«

»Sagen Sie es in Ihren eigenen Worten.«

»Wie wär's mit einem Märchen?«, fragte ich.

Der Lehrer lächelte. Seine Gesichtszüge entspannten sich, und er schien sich erstmals aufrichtig für mich zu erwärmen.

»Ein Märchen«, sagte er und schloss die Augen, als wollte er sich eine köstliche Schokolade schmecken lassen. »Das ist schon so lange her. Unglaublich lange. Ja, bitte.«

Er ging wieder zu dem Stein und klopfte auf den freien Platz neben ihm. »Ja, kommen Sie, setzen Sie sich.«

Gegen zwanzig vor drei kletterte ich an jenem stürmischen Novembernachmittag aus der Grube und setzte mich neben den Lehrer.

Wir drängten uns aneinander, ich ließ mir von ihm eine Zigarette geben und trank einen guten Schluck von dem Whisky. Auf der anderen Seite des Feldes verschmolzen die wartenden Gestalten mit der Landschaft und waren kaum noch von den Bäumen, dem Schnee und der Mauer zu unterscheiden.

Ich schluckte den Whisky hinunter und sagte: »Ich glaube an den Himmel, weil ich es will. Aber ich kann auch beweisen, dass er existieren muss.«

Der Atem des Lehrers roch nach Alkohol und Zigarettenrauch. »Dann können Sie mehr als die Philosophen. Aber ich wollte eigentlich ein Märchen hören. Enttäuschen Sie mich nicht, Bäcker.«

»Es wird Sie nicht enttäuschen, wie ich in dieser Sache Gewissheit erlangt habe. Ich gehe folgendermaßen vor: Ich werde mich an Ihre Stelle versetzen, werde das sagen, was Sie meiner Meinung nach sagen würden. Ehrlich, es wird Sie beeindrucken, was ich über Sie gelernt habe.«

»Dann muss ich Ihre Geschichte wirklich hören«, sagte er.

Seinen weiten Fischgrätmantel halb über meinen Schoß gebreitet, zeichnete ich meine ersten Worte mit einem großen Stock in den Schnee.

»Es waren einmal zwei junge Leute namens Mathilde und Torson, die kamen gemeinsam ums Leben. Nach ihrem Tod fuhren sie in den Himmel auf. Ihre Himmelfahrt ist nicht weiter von Bedeutung.«

»Wenn es sich um ein Märchen handelt, will ein Kind alles wissen«, entgegnete der Lehrer. »Kinder glauben an Gott, deshalb brauchen sie alle Einzelheiten.«

»In Ordnung«, sagte ich, denn ich wollte dem Lehrer zeigen, dass ich wusste, was Kinder wissen mussten. »Die Einzelheiten müssen kindgerecht sein. Erwachsene lassen Wörter aus, aber für Kinder haben die Wörter noch Macht.«

»Der Meinung bin ich auch«, pflichtete mir der Lehrer bei.

»Mathilde und Torson schlossen die Augen …«

»Papa, wie sind sie denn gestorben?« Der Lehrer spielte das neugierige Kind und redete mich mit *Papa* an.

Ich spielte mit.

»Nun, mein Kind, sie hatten auf einer winterlichen Gebirgsstraße einen Autounfall und bekamen nicht mehr rechtzeitig Hilfe«, sagte ich und wehrte damit alle weiteren Fragen über Krankenhäuser, Ärzte und Behandlung ab. »Und als sie die Augen wieder aufschlugen, befanden sie sich in einem grünen Tal voll gelber Blumen …«

»Was für Blumen waren das, Papa?«

»Narzissen.«

»Dann war es im Himmel wohl Frühling, Papa?«

»Ja, das stimmt, eine wunderbare Jahreszeit! Das Gelb der Blumen im saftigen Gras, das stellenweise gemäht war und an anderen Stellen wild wucherte, dazu jede Menge Bäume …«

»Was für Bäume denn, Papa?«

Ich bemühte mich, nicht aus der Rolle zu fallen. Er übertrieb es allmählich. »Zu viele Bäume, um jeden benennen zu können, aber manche wohlriechend, manche mit den Blättern im träge dahinfließenden Fluss, über dem die Vögel flogen und sangen.«

»Haben die Vögel Fische oder Insekten gefangen und sie gefressen?«

»Im Himmel wird nicht getötet, mein Kind.«

»Und wovon leben die Vögel dann?«

»Das ist wohl ein großes Geheimnis, denn davon wurde mir nichts erzählt.«

»Gut, Papa.«

»Und vergiss nicht, ich erzähle hier nur, was ich gehört habe. Ich kann nichts hinzufügen.«

»Ja, ich glaube Ihnen«, sagte der Lehrer. »Ich bin jetzt genauso gespannt wie das Kind.«

»Und die Kleidungsstücke, die sie trugen, waren aus weicher weißer Baumwolle und verströmten einen Duft, der ihnen unbekannt war«, fuhr ich fort. »Die Vögel sangen, aber Torson und Mathilde kannten den Klang nicht; sie wussten zwar, dass es Gesang sein musste, aber die Töne waren keine Töne, und es klang nicht wie Vogelgezwitscher. Und außerdem war das Licht anders. In diesem Licht sahen sie zwar die Formen und Schatten wie in ihrem vorangegangenen Leben auf der Erde, aber das Licht hatte eine andere Farbe und andere Eigenschaften. Sie konnten es anfassen wie weiches Plüschspielzeug, konnten es formen wie Kitt und es an Orte bringen, an denen Dunkelheit herrschte. Aber sie beschlossen, nicht mit dem Licht zu spielen. Vielleicht würden sie es fallen lassen und kaputtmachen und müssten in ewiger Dunkelheit leben. Und auf einmal wurde ihnen klar, dass sie das beschlossen hatten, ohne miteinander zu sprechen.«

»Zauberei«, sagte das Kind.

»Dann sprachen Mathilde und Torson miteinander, ohne zu sprechen, und beschlossen, es mit Worten zu tun. Aber als sie sprechen wollten, kamen aus ihren Mündern seltsame Gesangslaute auf kleinen Flügeln, die im weichen Plüschlicht herumflatterten. Sie lachten, und da schraubten sich noch mehr kleine Flügel, die an winzigen Körpern befestigt waren, aus ihren Mündern und flogen kreuz und quer. Es machte

Spaß, sich gegenseitig zu unterbrechen und zu sehen, wie sich die Flugbahnen miteinander verflochten. Wenig später verschwanden die Flügel, und die beiden lernten, in kurzen Sätzen zu sprechen und in den Mustern Verbindungen zwischen bestimmten Wörtern zu entdecken.

Sie dachten, es handle sich vielleicht um eine himmlische Schrift, aber ohne Füller oder so was«, sagte ich.

»Zauberei.«

»Mathilde und Torson beschlossen, vor dem Sonnenuntergang noch ein wenig umherzustreifen, aber als sie in den Himmel blickten, war dort keine Sonne, sondern sie hatten das wohltuende Gefühl, als würde das Licht über ihre Haut streifen.«

»Ja, Papa, wie in einer warmen Nacht durch mein Schlafzimmerfenster.«

»Genau. Also gingen sie durch das Tal und einen sanften Hang hinauf, und ich glaube nicht, dass du rätst, was sie dort sahen.«

»Was denn, Papa? Was? Ich meine, was, Bäcker, was haben die beiden Toten gesehen?«, fragte der Lehrer, womit er offenbar versuchte, die besondere Atmosphäre aus Spannung und Märchenhaftigkeit, die ich gewoben hatte, zu ersticken. Aber ich beachtete ihn nicht und antwortete stattdessen dem imaginären Kind.

»Was sie sahen, verblüffte sie so sehr, dass Torson sich hinsetzen musste. Mathilde klatschte vor Freude in die Hände.«

Ich folgte dem Blick des Lehrers. Ich hörte einen Lastwagen und sah zwei Scheinwerfer, deren Licht über die Bäume glitt.

Dann nahm ich wieder den Faden meiner Geschichte auf.

»Was sahen Mathilde und Torson? Unter ihnen im Tal breitete sich eine saftige Wiese aus, auf der sich weiß gekleidete Menschen befanden. Die beiden waren froh, dass sie nun Gesellschaft hatten, und stiegen winkend und die Flügel hervorsingend den Hügel hinab. Die Leute kamen herbeigelaufen, um die Neuankömmlinge zu begrüßen.

›Sie rufen etwas‹, sagte Mathilde. ›Sieh nur, jede Menge Flügel. Wart mal, sie rufen: Habt ihr ihn gesehen? Was wisst ihr?‹

›Mathilde, ich muss sagen, du hast all das sehr schnell gelernt‹, rief Torson. Dann sah er, dass sich die Flügel verzehnfachten, wenn jemand etwas rief. Er beschloss, nie mehr zu rufen, denn dann konnte man, genau wie im richtigen Leben, nicht mehr erkennen, was er sagte.

›Torson, was meinen diese Leute?‹, fragte Mathilde.

›Keine Ahnung‹, erwiderte Torson, der langsam sprach, damit seine Flügel genügend Abstand hatten und lesbar waren.

Die Leute lasen die Luft über den Köpfen der beiden und wirkten enttäuscht. Einer von ihnen drängte sich nach vorn und sprach einen Himmel voller Flügel. Mathilde konnte nichts lesen. Torson, der zu Lebzeiten nicht ungeduldig gewesen war, erkannte die Muster. Langsam las er das kritzelige Durcheinander über der Stirn des Mannes:

›Wie meint ihr das, dass ihr ihn nicht gesehen habt? Woher kommt ihr?‹«

»Und was passierte dann, Papa?«, fragte der Lehrer.

»Als Torson und Mathilde ihnen keine Antwort geben konnten, kehrten die Leute ins Tal zurück. Aber sie waren einem großen Rätsel auf der Spur. Aus den Flügelspiralen, die sich in der Luft rankten, hatten Torson und Mathilde manches entziffert: Die Leute hatten einen Misthaufen entdeckt, und vielleicht konnte dieser Haufen sprechen. Eine bedeutende Person hatte vorgeschlagen, den Mist auf einer Schaufel ins Freie zu befördern, aber eine der Frauen hatte erwidert, wenn der Mist tatsächlich etwas Göttliches enthalte, sei eine Schaufel ein äußerst respektloses Beförderungsmittel. Also legten sie vorsichtig und respektvoll die Ohren an den Misthaufen.

Dabei sagte einer von ihnen: ›Wir erwarten dein Wort.‹

Schließlich kamen sie zu dem Schluss, dass in dem Stoff, wie einer von ihnen den Haufen inzwischen nannte, nichts lebte, sonst hätte es etwas gesagt. Der Misthaufen offenbarte ihnen nichts, wie oft sie sich auch zu Boden warfen. ›Könnte festgetrocknet sein, sieht schon ziemlich alt aus‹, sagte einer von ihnen. ›Wenn ich ihn ein bisschen zerbröseln kann‹, sagte er und hob den Mist hoch. Als er in seinen Händen zerkrümelte, kreischten die Frauen. ›Falls der Herr sich darin befand, hast du ihn vernichtet!‹

Plötzlich schwebte eine Stimme in einer perfekten Flügelspur aus der Menschenmenge herüber. Ein kleiner Junge trat vor und deutete mit dem Finger auf das, was Mathilde und Torson normalerweise als Himmel bezeichnet hätten.

›Der Herr spricht nur aus Büschen oder von Bergesgipfeln‹, sagte der Kleine. ›Ich habe noch nie gehört, dass er seine Gebote aus einem Misthaufen verkündet.‹

Alle waren von seinen Worten beeindruckt, aber jeder wartete darauf, dass jemand anders den ersten Schritt tat. Da ergriff der Junge wieder das Wort: ›Und wer von euch sieht hier einen Berg?‹

Alle schauten sich um. Nur kleine Hügel.

›Dann muss es irgendwo einen brennenden Busch geben‹, hieß es plötzlich. ›Da! Seht doch!‹

Am Hang kam unter einem Busch ein Kaninchen hervor, und eine Gruppe von Leuten ging los und umringte den Busch. Sie fragten, warum er nicht zu ihnen spreche. Einer von ihnen steckte ihn in Brand, um ihn zum Reden zu bringen. Aber der Busch brannte ab, ohne ein Wort zu sagen.

›Gibt es in der Nähe irgendwelche Statuen?‹, fragte eine Frau aus der Menschenmenge. ›Höchstwahrscheinlich redet er von dort zu uns.‹ Ein paar Leute zogen los, um sich auf die Suche nach Statuen zu machen. Andere sagten, sie würden nach einem Berg suchen. Irgendwo musste doch einer sein.

Sie kehrten mit leeren Händen zurück, erschöpft, verwirrt, manche verzweifelt. Ein rothaariger Junge und der ernste Kleine gerieten darüber in Streit, wie man Gegenstände anreden sollte, in denen der Herr stecken könnte. Bei dem Streit spaltete sich die Menge nach ihren unterschiedlichen Vorstellungen auf. Einige sagten, man habe den Misthaufen nicht geziemend angeredet. Die Worte seien nicht in der richtigen Reihenfolge verwendet worden, die Sprecher hätten zum Beispiel verschiedene Wortstellungen ausprobieren sollen, sie hätten ›O Herr!‹ nicht am Anfang, sondern am Schluss sagen sollen.

Andere behaupteten, der Herr könne nur auf einem Berg erscheinen, aber da es keinen gebe, müssten sie warten, bis sich einer gebildet habe.

Die dritte Gruppe weigerte sich, einer der ersten beiden beizupflichten. Ein Berg? Nein! Nur eine Statue.

Aus dieser Spaltung erwuchs eine weitere Spaltung, und aus diesem Lager machte sich eine Splittergruppe auf die Suche nach dem Herrn. Bei ihrem Aufbruch wiesen sie die Misthaufenleute, die Statuensucher und die Buschverbrenner zurecht.«

»Wiesen sie zurecht?«, fragte das Kind.

»Tadelten sie. Jedenfalls wurde alles noch schlimmer. Manche wussten nicht, welcher Gruppe sie sich anschließen sollten, liefen aufgeregt von einer zur anderen und machten den Vorschlag, das Beste von allem miteinander zu verknüpfen, um, egal, was der Wahrheit entsprach, etwas Geeignetes zu erhalten. Schon bald liefen die weißen Gestalten kreuz und quer durch das Tal.

Mathilde und Torson sahen sich das Ganze eine Weile an und wurden dann müde. Sie langweilten sich, dabei war es erst ihr erster Tag im Himmel. Beide legten sich hin, und nach kurzer Zeit fielen ihnen die Augen zu. Etwas später erwachte Torson, weil der Boden bebte. ›Hör auf, dich ständig hin und her zu werfen‹, sagte er zu Mathilde.

Aber der Boden bebte weiter, und Torson wollte Mathilde aus ihrem Alptraum wecken. Doch sie war schon wach. Sie deutete besorgt auf den Boden. Alle Leute standen herum. Niemand schien zu wissen, was vor sich ging.«

»Und dann?«, fragte das Kind.

»Allmählich verwandelte sich das Beben in ein lautes Donnern.

›Etwas Bedeutendes kommt‹, sagte Torson.

Plötzlich wimmelte es auf dem Hügel von Mähnen. Eine riesige Büffelherde stürmte herab. Es wurden immer mehr Tiere. Tausende von Büffeln.

Die Leute, die schon am längsten dort wohnten, drängten sich nach vorn.

Und sie sahen Flügel von den Hufen aufsteigen, deshalb wussten sie, dass die Büffel sprachen. Die geübteren Leser versuchten die von den Flügeln gebildeten Muster zu entziffern.

›Was sagen sie?‹, fragte jemand, der schon seit neun Jahren dort wohnte. Die Leser antworteten nicht sofort, sondern sahen sich sorgenvoll an.

›Was sagen die Büffel?‹

Die Stimme des obersten Lesers bebte, als würde sie in heftigem Wind hin und her gewirbelt. ›Sie sagen: *Guten Abend, Christen!*‹

Dann drehte er sich um und zwängte sich zwischen den versammelten Brüdern hindurch, sein Gesicht blasser als das Licht. Und die Büffel stürmten heran wie ein rhythmischer Orkan, und das Licht verschwand, und der Himmel wurde schwarz, und die Augen der Büffel leuchteten in der Nacht, und sie überrollten die Bewohner des Tals und auch Mathilde und Torson im hinteren Teil der Menschenmenge, die als Letzte unter den Hufen zertrampelt wurden.«

»›Kann nicht der Himmel sein‹, sagte Torson im Fallen zu Mathilde.

›Was?‹, fragte Mathilde.

›Ich weiß nicht. Was hab ich gerade gesagt?‹, erwiderte Torson.

›Ich dachte, du hättest etwas gesagt.‹«

»Und damit ist die Geschichte vom Himmel zu Ende«, sagte ich.

»Das ist ein seltsames Märchen«, entgegnete der Lehrer.

»Und wie hab ich mich geschlagen?«, fragte ich.

»Es klingt, als hätte ich es mir ausgedacht«, sagte er.

Er war aufrichtig überrascht, denn er hatte nicht geglaubt, dass ich das Zeug dazu hätte. Jetzt dachte er bestimmt: *Ist der Bäcker wirklich so dumm, wie er aussieht und redet? Ist das Ganze nur Theater? Ist er also doch ein Mensch, und nicht das Ungeheuer, für das ihn alle halten? Kann es sein, dass die schrecklichen Gerüchte gar nicht stimmen?*

DER DRITTE LASTWAGEN

Der dritte Lastwagen hielt am Tor. Wie zuvor wurde die Heckklappe heruntergelassen, und die Leute sprangen herab. Diesmal nicht so viele, vielleicht zehn Personen. Sie marschierten das kurze Stück zu den ersten beiden Gruppen. Ich wollte sehen, ob ich irgendwen kannte, doch das ließ sich nicht ausmachen. Aber ich hatte den Eindruck, dass sie besser gekleidet waren, denn sie schlugen weder mit den Armen noch bliesen sie in ihre Hände. Und sie wurden auch nicht so herzlich begrüßt wie die zweite Gruppe.

EINE LISTE VON ERFINDUNGEN

Der Lehrer deutete in das Loch hinab.

»Graben Sie.«

Ich sprang hinein, grub und dachte an Erfindungen, weil mir das Stoff zum Nachdenken gab. Ich hatte aus Büchern von diesen Dingen erfahren, und jetzt riefen sie mir die Ruhe jener stillen Abende ins Gedächtnis, die ich lesend verbracht hatte. Stapelweise Bücher. Ich konnte gar nicht genug Informationen bekommen. Und so erinnerte ich mich, um mir die Zeit zu vertreiben und meine Zweifel zu verscheuchen.

Wir können noch immer dieselbe Luft atmen, die von den Menschen Tausende von Jahren vor Buddha geatmet wurde. Dazu müssen wir uns nach Neufundland oder noch weiter nordwärts begeben. Mit einem Boot zu den Eisbergen fahren und ein paar kleine Stücke von der Schicht auf Wasserhöhe abschneiden, denn dieses Eis ist Tausende von Jahren alt. Die Stücke in ein Glas Wasser geben und beobachten, wie die Bläschen an die Oberfläche steigen. Das ist Luft, die bei den Schneefällen damals dort eingeschlossen wurde. Wir können diese Luft atmen, wenn wir uns über das Glas beugen und ein Handtuch über unseren Kopf breiten. Wir können die ersten Menschen seit einer Million Jahren sein, die diese Luft atmen. Die große natürliche Zeitmaschine.

Das ist keine Erfindung, sondern meine eigene Erkenntnis.

Die erste bekannte Erwähnung von Fallschirmen datiert aus dem Jahre 90 v. Chr., in Sima Qians *Historischen Aufzeichnun-*

gen. Ich weiß nicht mehr, wo man heruntersprang, doch die Beine baumelten in der Luft, und darauf kommt es schließlich an, oder?

Der Wissenschaftler Win Hu befestigte Anfang des 16. Jahrhunderts in dem Versuch, eine Flugmaschine zu bauen, siebenundvierzig Raketen an seinem Stuhl; die Raketen explodierten und jagten auch ihn in die Luft.

Cornelis Drebbel entwarf und baute ein Unterseeboot, das vierundzwanzig Personen fasste und von einer Mannschaft angetrieben wurde, die viereinhalb Meter unter der Wasseroberfläche der Themse ruderte. Er verriet nie, wie er die Rudermänner mit Sauerstoff versorgte. Aber da sie nicht ums Leben kamen, müssen sie geatmet haben, vermutlich unter Verwendung von Salpeter.

Anfang des 15. Jahrhunderts wurde Gold bereits als Zahnfüllung benutzt.

Anaximander von Milet erstellte um 550 v.Chr. die erste bekannte Erdkarte auf einem Zylinder. Seeleute konnten auf offenem Wasser vom Deck ihres Schiffes die Krümmung der Erde sehen.

1936 wurden in Bagdad mit Kupfer ausgekleidete Tongefäße und die Überreste von Eisenstäben gefunden. Sie stammen aus der Zeit um 230 v.Chr. und stellen die frühesten entdeckten elektrischen Batterien dar.

Das erste von den Puritanern in Amerika errichtete Gebäude war eine Brauerei. Auf der Überfahrt nach Virginia war ihnen das Bier ausgegangen; deshalb machten sie am Plymouth Rock Halt. Plymouth Rock Brewery. Ach, ist das Leben nicht trotzdem schön?

Von diesem Zeug kann man gar nicht genug haben. Informationen, meine ich.

»Ich sag Ihnen was«, rief ich dem Lehrer zu.

»Ja?«

»Überprüfen wir doch mal, was Sie alles wissen. Nur zum Spaß.«

Der Lehrer zog den Mantel fester um sich und schlug den Kragen hoch. »Aber Sie sind heute der Gegenstand des Interesses, mein Freund. Ich will wirklich herausfinden, was in Ihrem Kopf vor sich geht.«

»Alles zu seiner Zeit. Sie zuerst«, sagte ich.

»In Ordnung. Was wollen Sie wissen?«

Ich ließ meine Gedanken nach Hause zu meinem Schreibtisch wandern und schlug die Bücher auf.

»Wann landete das erste Flugzeug auf einem amerikanischen Flugzeugträger?«

»Keine Ahnung«, sagte er.

»1922. Eine 39-B auf der USS *Langley*.«

Ich versuchte es mit einer anderen Frage: »Wann drangen die Japaner erstmals auf amerikanischen Boden vor?«

»Weiß nicht genau. Haben sie im Zweiten Weltkrieg nicht die Aleuten besetzt?«

»Es heißt, dass um 2640 v. Chr. eine Dschunke von Japan Tausende von Meilen ostwärts gesegelt sein und eine gigantische Landmasse erreicht haben soll. Unter den Kapitänen Xi und He. Die Legende stammt aus dem 6. Jahrhundert v. Chr.«

»Die Leute waren damals genauso geschickt wie heute. Alles wurde früher schon einmal getan. Nicht die Jahreszahlen sind wichtig, wichtig ist, was die Menschen begriffen haben.«

»Jahreszahlen sind wichtig«, entgegnete ich.

Er steckte die Hände in die Taschen und ließ die Zigarette zwischen den Lippen. »Warum?«

»1492 entdeckte Kolumbus Amerika«, sagte ich.

Er lachte. »Und ich habe vorige Woche in einem Hotel die Herrentoilette entdeckt. Ich habe sie durch Zufall gesehen. Dann bin ich wieder zu meinen Freunden zurückgekehrt, die im Foyer Martinis tranken, und habe gesagt: ›Ich habe die Toilette gefunden.‹«

»Ihr Gerede gefällt mir nicht.«

»Mir auch nicht. Vielleicht ist es mir unangenehm, all das Hunderte von Jahren nach ihrem Tod zu sagen, ohne dass sie sich verteidigen können. Auch sie hatten Hunger, auch sie haben sich verliebt. All das zu sagen, wenn die Ereignisse schon so lange zurückliegen, das ist zu selbstgewiss, irgendwie zu richtig.«

»Sie haben recht, *richtig* gibt's vielleicht nicht. Wann haben die Wikinger zum ersten Mal Britannien überfallen?«

»Am 8. Juni 793«, sagte er.

»Ich bin beeindruckt«, erwiderte ich.

»Das ist nicht nötig. Das habe ich letzte Woche im Unterricht behandelt. Ich habe es noch im Kopf, das ist alles.«

»Eine einzige richtige Antwort. Sie sind mir ja ein schöner Geschichtslehrer. Ich weiß mehr als Sie.«

»Sie können so lange palavern wie all die anderen Tagediebe.«

Ich schenkte seiner höhnischen Bemerkung keine Beachtung. »Alles, was passiert ist, ist ein für alle Mal passiert. Das ist die Nachricht.«

»Ich traue der Nachricht nicht«, erwiderte er.

»Dann sind Sie ein ungläubiger Thomas.«

»Ich glaube nicht, dass Thomas ungläubig war, aber ich hoffe, er hatte den Mut dazu.«

»Vielleicht liegen wir beide gar nicht so weit auseinander«, sagte ich.

Er schüttelte den Kopf und starrte mich an.

»Bäcker, wir beide gehören nicht derselben Art an. Wir liegen weiter auseinander als die Sonne und ein Punkt kurz vorm Ende des Universums.«

»Dann liegen wir wirklich nicht weit auseinander.«

Wir funkelten uns so zornig an, wie es unter diesen Umständen möglich war. Er dort oben, ich in der Grube. In jenem Augenblick hätte alles Mögliche passieren können.

Und was passierte? Wir lachten. Nur ganz kurz, denn plötzlich schien ein heftiger Windstoß das Feld erbeben zu lassen, und die Zweige der Bäume wogten. Wir zitterten vor Kälte und ächzten, so schneidend war der Wind, und genauso schnell wussten wir wieder, warum wir dort waren.

Ich schnappte mir die Schaufel und fluchte über mein Unglück.

»Fünf vor drei, und alles ist gut!«, rief der Lehrer in der Manier eines Stadtschreiers.

Der Whisky hatte mich etwas aufgewärmt, doch da ich inzwischen an Händen und Füßen fror, nützte das nichts. Möglicherweise bekam ich Erfrierungen. Die Finger des Lehrers sind bestimmt schon tiefgefrorene Steakstreifen, dachte ich.

Im Loch war es dunkler als auf dem Feld, und im ersten Moment konnte ich die Spitzhacke nirgends entdecken. In der Viertelstunde, die ich außerhalb der Grube verbracht hatte, hatte ein leichter Schneefilm die Hacke bedeckt. Ich stand da und legte die Hand an die Stirn. Bestimmt einen Meter siebzig tief. Noch dreißig Zentimeter, vielleicht eine Stunde Arbeit, das hing vom Boden ab.

»Wir sind spät dran«, sagte ich. »Uns bleibt nur noch eine Stunde.«

Falls er mich gehört hatte, beachtete er mich nicht. Wenn er nicht wollte, gab er keine Antwort. Das machte mich wütend. Für wen hielt er sich denn?

»Ich habe mal ein Theaterstück geschrieben«, sagte der Lehrer. »Einen Einakter mit einer einzigen Szene. Es wird Ihnen nicht gefallen.«

Plötzlich wirkte er lebhaft. Eine Weile hatte ich gedacht, er sei nicht ganz auf der Höhe. Lungenentzündung, Unterkühlung, das ganze Programm.

»Und bloß weil ich Ihnen ein Märchen erzählt hab, muss ich mir jetzt Ihr Stück anhören«, sagte ich.

»Stimmt.«

»Ist in Ordnung, Lehrer, tragen Sie Ihr Stück vor, aber ich werde keine Rolle übernehmen, wie mein Bruder es in Ihrem Unterricht tun musste. Weder jetzt noch irgendwann.« Um meine Worte zu unterstreichen, schwang ich die Spitze der Hacke unter einen Stein.

»Mein Stück heißt ›Der Tag, an dem im Schreibsaal beim Neuen Testament ein Fehler passierte‹«, sagte er.

»In anderen Worten, es heißt ›Gotteslästerung‹«, entgegnete ich. »So was kann ich mir nicht anhören.«

»Es dauert nur zwei Minuten. Ich trage es vor. Hören Sie zu.«

Schauplatz: *In einem kleinen Saal steht ein Schreiber bei Kerzenlicht an einem Holzpult und kopiert den Anfang des Matthäus-Evangeliums. Wie ihm aufgetragen wurde, schreibt er sorgfältig die Namen von Abrahams Nachkommen nieder. Beim Schreiben spricht er alles laut aus. Ein Mönch tritt ein und stellt sich schweigend hinter ihn.*

SCHREIBER: Perez zeugte Hezron. Hezron zeugte Ram. Ram zeugte Aminadab. Aminadab zeugte Nahesson. Nahesson säugte Salma. Salma tat das bei Boas' Mutter. Boas zeugte Obed. Obed zeugte Jesse.

MÖNCH: Was sagst du da? Hast du das etwa aufgeschrieben? Weiter vorn. Da! [*Er deutet mit dem Finger darauf.*]

SCHREIBER [*verzweifelt*]: Was? Was ist denn?

MÖNCH: Du musst das richtige Wort verwenden. Es heißt ›zeugen‹ und wird folgendermaßen dekliniert: ›zeugo, zeuges, zeugte, zeugemus, zeugnis, zeugent‹. Du sollst nur die dritte Person Singular des Verbs verwenden, aber nicht einmal das machst du richtig!

SCHREIBER: Zeugnis?

MÖNCH [*schreit*]: Das ist nicht witzig!

SCHREIBER: Ich verliere bald den Verstand! Diese ganzen altertümlichen Namen. Die hören gar nicht mehr auf.

MÖNCH: Wir müssen eine geschlossene Verbindung herstellen. Sonst haben wir eine Lücke. Ein fehlendes Glied.

SCHREIBER [*resigniert*]: Wie viele Namen noch?

MÖNCH: Jeder steht für ungefähr dreißig Jahre, also brauchen wir, mal sehen, bisher hast du so viele, das ist gut, ja. [*In strengem Ton*] Schreiber, du brauchst noch siebenunddreißig Namen.

SCHREIBER: Nein! Das schaffe ich nicht. Kann ich nicht einfach ›Josaphat 1‹ und ›Josaphat 2‹ schreiben?

MÖNCH [*die Hände in die Hüften gestemmt*]: Nichts da! Alle müssen sich in ihrem Wesen grundlegend unterscheiden, sonst könnte der Verdacht aufkommen, der Text wäre falsch kopiert worden.

Verlässt den Saal

Der Schreiber gerät in Panik und hyperventiliert. Er begeht auf eine schreckliche Art und Weise Selbstmord. Der Mönch tritt wieder auf und stellt ein Schild ans vordere Fenster des Schreibsaals: SCHREIBER GESUCHT FÜR NEUES/ALTES TESTAMENT.

»Ende!«, sagte der Lehrer. »Was halten Sie davon?«

»So ein grässliches Stück ist in der Geschichte des modernen Theaters beispiellos.« (Diesen Satz hatte ich irgendwo gelesen, und er fiel mir gerade noch rechtzeitig ein.)

»Graben Sie«, sagte er.

Ich hatte seine Aufforderung nicht abgewartet, sondern schaufelte schon.

EIN GESPRÄCH ÜBER WELTBILDER

»Wissen Sie, es muss nicht genau zwei Meter tief sein«, sagte der Lehrer. »Wenn die Abmessungen einigermaßen stimmen, können Sie den Soldaten das Zeichen geben, dass Sie fertig sind.«

»Warum sollte ich ihnen ein Zeichen geben?«

»Die beiden kommen bestimmt erst aus ihrer Stellung, wenn sie wissen, dass es so weit ist. Wenn Sie fertig sind, Bäcker, geben Sie ihnen mit einer Fackel ein Zeichen.« Er zog ein Rohr aus der Tasche.

»In Ordnung«, sagte ich. Ausnahmweise klangen seine Worte einmal sinnvoll. Und wenigstens hatte er keine Waffe hervorgezogen.

Der Wind ließ etwas nach, und der Lehrer goss einen Schluck Whisky auf seine Hand und rieb sich mit kräftigen Kreisbewegungen den Alkohol ins Gesicht. Dann legte er die Hand ans Kinn.

»Bäcker, die Menschen denken seit Tausenden von Jahren darüber nach, wie die Welt so geworden ist, wie sie ist.«

»Das tu ich auch manchmal, wenn ich vor dem Öffnen des Ladens einen Apfelkuchen zubereite«, erwiderte ich.

»Aristoteles …«

»Wer?«

»Der Grieche. Aristoteles hat gesagt, dass Geschichte ins Einzelne geht, jemand tut etwas oder ihm stößt etwas zu; die Dichtung hingegen veranschaulicht, was gewesen sein könnte.

Sie bringt Wissen aus dem unbewussten Gedächtnis ans Licht. Sie füllt die Lücken aus und macht sie wirklich.«

»Wozu?«

»Wenn wir wissen, wie wir wirklich waren, wissen wir, wer wir wirklich sind.«

»Das ist ja schön und gut«, sagte ich. »Aber ich hab eine Frage an Sie: Wurden wir so gemacht? Waren wir schon immer so? Werden wir uns je verändern?« Und ich bereitete mich auf die vernichtende Frage vor: »Lehrer, woran glauben Sie: an die Evolution oder an die Schöpfung?«

»Ich glaube an beides.«

»He! Das ist Betrug! Wie können Sie an zwei gegensätzliche Ideen glauben?«

»Das ist kein Gegensatz.« Er seufzte. »Sehen Sie, in den Wüsten auf der Erde liegen zehn Millionen Jahre alte Knochen verstreut. Ich glaube auch, dass die Menschen erschaffen wurden und wir schon seit Millionen von Jahren hier leben, aber die Beweise wurden durch Klimawandel, Vulkanausbrüche oder Erdbeben vernichtet.«

»Die Zeit kann solche Beweise nicht zerstören.«

»Wirklich? Gut, dann nennen Sie mir drei Religionen, die älter als sechstausend Jahre sind.«

»Das ist doch Unsinn!«

»Nennen Sie mir drei Gebäude, die älter als fünfzehntausend Jahre sind. Nichts bleibt erhalten, mein Freund. Erdbeben, Brände. Bibliotheken brennen ab. Skelette zerfallen. Informationen gehen in Rauch auf oder werden durch Stromausfall verloren. Ein Kennzeichen unserer Geschichte ist, dass wir nicht besonders viel davon haben.«

Während ich den Lehrer betrachtete, dachte ich: *Was für ein Anblick*. Er hatte sich in Predigerpose geworfen, das hatte mir mein Bruder oft genug beschrieben. Eine Stimme wie ein Prediger, die Arme in der Luft, Schaum vor dem Mund.

Ich wollte nicht, dass er die Beherrschung verlor und eine Dummheit beging.

Deshalb sagte ich: »Vielleicht gibt es nicht viel Geschichte, weil die Welt in einem Rutsch erschaffen wurde, wegen der sieben Tage und so.«

»Um Himmels willen, wenn Sie das glauben, dann glauben Sie alles.«

Er drückte die Hand an die Stirn, als stünde er plötzlich unter großer Belastung.

»Dann sollten Sie Erzbischof James Ussher lesen. Der wird Ihnen gefallen. 1654 schrieb er, die Welt sei am 26. Oktober 4004 v. Chr. um neun Uhr früh erschaffen worden.«

»Das ist durchaus möglich«, sagte ich.

»Und die siebzig Millionen Jahre alten Dinosaurierknochen?«

»Vielleicht hat Gott sie dort abgelegt, um uns zu prüfen.«

»Was? Was?«

Mein Versuch, ihn zu beruhigen, war fehlgeschlagen. Er rief mit anschwellender Lautstärke:

»Bäcker, unsere einzige Prüfung besteht darin, wie wir uns von der Landkarte ausradieren. Unsere Geschichte zeigt, dass nichts Bestand hat. Jede Generation bringt die geeigneten Ungeheuer hervor, um sich selbst zu zerstören.«

Ich hatte genug gehört. »Und die Ursache für meine Taubheit liegt in Ihrer Stimme. Ich kann es nicht ausstehen, wenn Sie predigen. Sie können es nicht lassen.«

»Dann halte ich jetzt lieber den Mund.«

Er deutete in die Grube. »Graben Sie, Bäcker. Das Loch soll fertig werden, und zwar bald!«

Wir schwiegen ein paar Minuten, auch weil ich mit der Schaufel auf eine steinige Stelle gestoßen war und mit aller Kraft auf das Metallblatt treten musste, bis ich ganz außer Atem und ziemlich gereizt war. Als ich wieder aufblickte, starrte er auf den Boden, als würde er sich damit unterhalten.

»Glauben Sie denn an gar nichts?«, fragte ich. »Treten Sie für gar nichts ein? Ihr ganzes Gerede.«

»Ich glaube, dass der griechische Philosoph Thales gesagt hat, die Welt ruhe auf Wasser.«

»Natürlich hat dieser Mann das gesagt. Er hat ja überall Wasser gesehen.«

»Und Heraklit hat gesagt, der Urstoff der Wirklichkeit sei das Feuer und befinde sich in stetigem Chaos. Die Teilchen, die wir heute als Atome bezeichnen würden, pulverisieren sich gegenseitig, bis sie scheinbar feste Materie bilden. Wissenschaftlich gesehen hatte er recht, aber er verwendete die Sprache der Dichtung.«

»Natürlich.«

»Die Griechen glaubten, die Erde sei eine Kugel und der Himmel eine rotierende Kugel, in der sich Sterne, Mond und Sonne befinden. Sie sahen, dass die Erde gekrümmt war und die Sterne, der Mond und die Planeten sich drehten. Aristoteles sagte, der Himmel bestehe aus fünfundfünfzig Kugeln, und die Himmelskörper seien in Äther gebettet.«

»Hat sich ein bisschen in der Dichtung verirrt, oder?« Mehr konnte ich dazu nicht sagen. Ich hatte keine Ahnung, wovon er redete, und abgesehen von ihm schien das auch niemandem besonders wichtig zu sein.

»Die Ägypter glaubten, der Gott der Luft trage die Himmelskuppel. Der Sonnengott Ra schwebe über den Himmel, unter dem Meer hindurch und am nächsten Tag wieder nach oben. Ihre Kalender waren unglaublich exakt.«

»Das lasse ich gelten. Es bedeutet, dass sie einen Weg zur Gewissheit gefunden haben. Sie nahmen Messungen vor und stellten Beobachtungen und Berechnungen an. Aber die Dichtung?«

»Platon kümmerte sich um die Dichtung. Zusammen mit Sokrates war er der erste Grieche, der behauptete, außerhalb dieser Welt existiere eine wirkliche Welt. Man solle dem, was man ringsum sehe, nicht trauen. Die wirkliche Welt liege irgendwo dort oben.« Der Lehrer deutete in den Himmel.

Ich blickte auf. Die Stelle mit dem *nicht trauen* gefiel mir.

»Platon hat gesagt, wir leben in einer Höhle, hinter uns brennt ein Feuer, und an der Höhlenwand sehen wir Schatten, die wir die Wahrheit nennen, aber wir sehen nie die richtige Sonne, und nur wenige sind so mutig, die Höhle zu verlassen. Und wenn das jemand tut, kann er bei seiner Rückkehr in die Höhle nicht mehr richtig sehen, weil ihn die Helligkeit der Sonne geblendet hat. Und weil die Außenwelt als gefährlich gilt, ist es verboten, die Höhle zu verlassen.«

»Ich glaube, Platon hat den Himmel gemeint«, sagte ich.

»In gewisser Hinsicht stimmt das. Er sagte, alles auf der Welt sei ein schlechtes Abbild von etwas Reinerem, das woanders existiere.«

»Natürlich.«

»Man könnte sagen, alles in der Natur wird gespiegelt oder spiegelt etwas anderes: Der Mond spiegelt die Sonne, das Wasser den Mond, das Fenster das Wasser, die Glasschüssel das Fenster, das Auge das Glas, das Auge ein anderes Auge. Aber er hat vor allem Dinge gemeint. Dass der Baum ein Abbild der Form eines reinen Baumes sei. Deshalb mochte Platon die Malerei nicht. Für ihn stellte sie eine Kopie einer Kopie des Originals dar.«

»Dann hätte ihm ein Foto von jemandem, der einen Baum malt, erst recht nicht gefallen.«

»Ja, denn das wäre eine Kopie einer Kopie einer Kopie des Originals.«

»Oder ein Gedicht über den, der dieses Foto macht.«

»Das wäre eine Kopie einer Kopie einer Kopie einer Kopie des Originals.«

Ohne nachzudenken, entgegnete ich: »Nein, das wäre Platon auf Valium.«

Er sah mich einen Augenblick an und musste plötzlich lachen.

»Das klingt gut, Bäcker. *Platon auf Valium*. Könnte der Name einer College-Rockband sein. Vielleicht steckt doch so etwas wie ein Dichter in Ihnen.«

Und als er mir zulächelte, sah ich die Fältchen in seinen Augenwinkeln.

SECHS REIHEN

Eine Pfeife. Dann noch eine. Ich blickte auf. In dem Loch war ich geschützt, doch der Wind zerschnitt die Luft über mir, und ich streckte den Kopf ein paarmal hinaus, um zu sehen, was los war. Der Soldat am Tor blies in eine Pfeife und deutete mehrmals auf eine Stelle auf dem Feld. Es sah aus, als würden sich nach einem schlimmen Foul in einem Fußballspiel alle um den verletzten Spieler scharen. Doch bei einem Fußballspiel stellen sich die Spieler nicht in sechs Reihen auf, und wenn doch, dann wären sie viel schneller als diese Schar. Die Leute schlurften auf dem Feld herum, bis sie dicht an dicht standen und sechs schmale Reihen gebildet hatten. Der Soldat kehrte zum Tor zurück.

Die Soldaten in der Geschützstellung hingegen reagierten nicht auf das Ganze. Sie tranken Tee und legten noch ein paar Holzscheite aufs Feuer.

Und über mir, am Rand der Grube, inzwischen noch weiter oben, der Lehrer.

Mit einer Frage.

DIE KHAN-LIVESCHALTUNG

»Bäcker, was ist das Wertvollste, das Sie gelernt haben?«

Ich grub schnell, um mich warm zu halten. Ich konnte nicht länger darüber nachdenken, wie der Lehrer mit der Kälte zurechtkam.

»Alles über die großen Mongolenführer.« Ich musste brüllen, um mich verständlich zu machen.

»Natürlich!«

»Und ich übte, als Reporter von den Schlachtfeldern zu berichten, um das Gefühl zu haben, ich wäre dabei gewesen.«

»Natürlich!«

»Machen Sie sich etwa über mich lustig?«

»Natürlich!«

Für einen unbeteiligten Zuschauer waren der Lehrer und ich zwei Menschen, die sich in einem Wintersturm auf einem Feld gegenseitig anbrüllten. Einer der beiden sichtbar, der andere in einem Loch verborgen. Wodurch sich zeigte, dass jemand in dem Loch war? Weil immer wieder eine Schaufel und eine Spitzhacke zu sehen waren.

»Erzählen Sie von den Mongolen«, sagte der Lehrer. »Wir haben Zeit.«

»Ich nenne es die Khan-Schaltung.«

»Ist Ihr Mikrofon angeschlossen?«, fragte er.

»Was in aller Welt …? Oh, ja, ich hab Strom, ja.«

»Gut. Sie können anfangen«, sagte er.

Ich hielt den Schaufelstiel an den Mund und richtete meine

Worte ein paar Zentimeter rechts vom Kopf des Lehrers in den Himmel. Ich sprach im Ton eines gut unterrichteten, intelligenten, seriösen, engagierten, ernsten Nachrichtensprechers.

»Vielen Dank, dass Sie an diesem unheilvollen Tag des Jahres 1241 die Morgennachrichten des Osteuropäischen Fernsehens eingeschaltet haben. Wir haben einen Bericht vom jüngsten Zwischenfall mit den Mongolen, einer unbekannten Nomadenhorde, die die zivilisierte Welt in Angst und Schrecken versetzt.

Doch vorweg eine Warnung. Dieser Bericht ist teils ziemlich schockierend und könnte empfindsame Zuschauer aus der Fassung bringen.

Manche Leute sind davon überzeugt, dass die vielen Schreckenstaten, die diese Wilden begangen haben, ein Zeichen für das Ende der Christenheit sind. Erst vor kurzem, es muss wohl um 1238 gewesen sein, hat Matthew Paris, ein Mönch aus St. Albans und einer der besten Reporter unserer Zeit, diese wilden Reiter beschrieben, die aus dem Osten über die Karpatenpässe nach Ost- und Mitteleuropa eingefallen sind und jegliches Leben verbrannt, vergewaltigt oder abgeschlachtet haben: Menschen, Haustiere, Bäume und Pflanzen. Sie haben Stadtmauern geschleift und nichts als Wind und Tausende von Leichen zurückgelassen, die noch jahrelang herumlagen. Beim Überfall auf Bagdad haben sie ein bis zwei Millionen Menschen getötet und sie einfach in der Hitze liegen lassen.«

Ich ließ das Mikrofon sinken und räusperte mich.

Der Lehrer sprach mit der Hand vor dem Mund. »Moment, Bäcker, sind das Sie, der da spricht?«

»Nein«, sagte ich. »Das sind Nachrichten aus dem mittelalterlichen Europa. Haben Sie denn nicht zugehört? Können Sie mich nicht sprechen lassen?«

»Doch.«

»Noch einmal guten Morgen, liebe Zuschauer. Wir schalten zu Matthew Paris, der sich am Schauplatz des angeblichen

Gemetzels befindet. Tut mir leid, ich meine, er berichtet aus seiner Abtei in England.«

Ich trat einen Schritt nach links.

»›Danke‹, sagte ich mit englischem Akzent. ›Hier spricht Matthew Paris. Um das Ganze für Ihre Zuschauer in einen Zusammenhang zu stellen, würde ich gern die Muslime im Osten zitieren: Aus den Bergen im Norden ist schreckliches, unmenschliches Volk hervorgestürmt.‹

›Danke, Matthew. Stimmt es, dass unsere Feinde, die Sarazenen, den König von England mit den Worten um Hilfe gebeten haben, dass schon bald nichts mehr zwischen uns und den Mongolen stehen würde?‹

›Ich glaube, ja …‹

›Aber was für Verwüstungen richten diese so genannten Tartaren oder Mongolen an? Was macht den Sarazenen so große Angst?‹

›Die Mongolen verzehren ihre Opfer. Heiden, ohne Vorwarnung vor unserer Haustür. Es kann sehr gut sein, dass diese Invasoren jeden Moment in Rom auftauchen und die Stadt in Schutt und Asche legen. Ihre Kundschafter wurden schon am Stadtrand von Wien und etwa hundertfünfzig Kilometer vor Venedig gesichtet. Venedig!‹«

»Der Wind! Ich kann Sie nicht verstehen!«, brüllte der Lehrer.

Ich ließ Matthew Paris ohne Unterbrechung in seinem Bericht fortfahren.

»›Sie stehen vor unserer Haustür. Sie haben zwei große christliche Heere vernichtet, bei Liegnitz und Mohi, den besten Teil unserer französischen und ungarischen Reiterei, sie haben Europa geteilt und unsere Streitkräfte, alles, was wir ihnen entgegengeworfen haben, dezimiert.‹

›Matthew, Entschuldigung, dass ich Sie unterbreche, aber um das Ganze aus lokaler Perspektive zu hören, schalten wir jetzt zu einem Augenzeugen der Schlacht bei Liegnitz, der vor den Trümmern seines Hauses steht. Wie heißen Sie?‹

›Ich bin Müller.‹

›Herr Müller, was haben Sie bei Liegnitz gesehen? Uns liegen widersprüchliche Berichte vor. Manche sagen, die Europäer hätten sich tapfer geschlagen, andere sprechen von schmutzigen Tricks seitens der Mongolen.‹

›Auf dem Weg nach Liegnitz haben die Mongolen unseren Ort gestürmt und niedergebrannt. Wir haben nur überlebt, weil wir uns in die Stadtfestung zurückgezogen hatten. Die Tartaren hatten es zu eilig, um sich darum zu kümmern. Wir hatten Glück.‹

›Herr Müller, was ist bei Liegnitz passiert? Waren Sie da?‹

›Ich bin ihnen in großem Abstand nach Liegnitz gefolgt, immer mit der Windrichtung ihrer Nachhut. Ich hatte das Gefühl, dass Gott mich verschont hat, damit ich die Zerstörung unserer christlichen Lebensweise bezeugen kann. Auf das, was ich zu sehen bekam, war ich nicht gefasst.‹

›Und was haben Sie bei Liegnitz gesehen? Wie viele Männer haben sich dem Mongolenheer entgegengestellt?‹

›Wie viele? Es war ein prächtiges Heer, das aus unseren besten Leuten bestand und mit seinen Wagen, Gänsen und Kühen, so weit das Auge reichte, die Hügel und Ebenen bedeckte.‹

›Hallo? Hier spricht wieder Matthew Paris, können Sie mich hören?‹

›Ja, wir hören Sie.‹

›Tut mir leid, dass ich Herrn Müller bei seinem Bericht über die Vorfälle unterbrechen muss, aber ich habe recherchiert. Ich habe die Zahlen.‹

›Schießen Sie los, Matthew Paris.‹

›Russland war verloren, überrannt. Die Mongolen rückten nach Polen vor, wo der einheimische Herzog Heinrich verzweifelt ein Heer von etwa dreißigtausend Mann sammelte, dem auch einige Deutschordensritter angehörten, die am schwersten gepanzerten Kämpfer der christlichen Welt.

Die mongolischen Generale rückten mit zwanzigtausend Mann gegen die polnischen Streitkräfte vor und brannten auf dem Weg dorthin Herrn Müllers Heimatort nieder. Am 9. April trafen sie auf Heinrichs Heer.

Der Ort: Liegnitz im Westen Polens.

Am Tag der Schlacht schickten die mongolischen Generale Selbstmordtrupps gegen die Europäer aus und brachten sie dazu, ihre Stellungen zu verlassen. Die polnischen Bogenschützen eröffneten das Feuer, und die Mongolen zogen sich zurück. Und dann beging Heinrich denselben Fehler wie unzählige Führer vor ihm – er schickte die Reiterei hinterher, und im Galopp preschte die ganze ritterliche Tradition Europas in voller Rüstung den leicht bewaffneten Wilden nach.‹

›Vielen Dank, Matthew Paris. Kehren wir zurück zu Herrn Müller, der das Ganze mit eigenen Augen gesehen hat. Herr Müller?‹

›Ja.‹

›Erzählen Sie bitte, was Sie an dem Tag gesehen haben, an dem Europa in die Knie gezwungen wurde.‹

›Ich kenne keine Zahlen, aber ich habe sie gesehen. Ich habe auf einem Hügel vor Angst auf allen vieren unter einem Baum gekauert. Ich konnte nichts hören, dafür war alles zu weit weg. Aber ich habe gesehen, wie die Männer fielen. Wie die Pfeile durch die Luft schwirrten wie Schwärme von kleinen silbernen Fischen in einem Fluss. Seltsam, so ein lautloses Gemetzel. Das ist, als …‹

›Ja?‹

›Als wäre das Ganze bloß eine stille Vision von etwas längst Vergangenem. Ich kam mir ganz seltsam vor.‹

›Aber Sie haben doch gesagt, dass Sie da waren.‹

›War ich auch, war ich auch! Die Mongolen legten Rauch,

und ihre Bogenschützen schossen in das leuchtende Rot der Reiterei, in die Flaggen, den donnernden Galopp hinein. Die Pfeile prasselten aus großer Entfernung auf die Ritter nieder. Alles in Nebel gehüllt: Staub und Pfeile und Pferde und fallende Männer. Die Christen richteten ihren Angriff in den Rauch. Aber die Wilden wichen ihnen aus und griffen die Fußtruppen an. Gemetzel! Und dann schickten die Mongolen ihre schwere Reiterei, erst in langsamem Trab, dann in leichtem und schließlich in vollem Galopp, schreiend in den Kampf. Die Tapferkeit der Europäer verschlug mir den Atem. Sie ritten dem Angriff direkt entgegen. Vielleicht war es kein Mut, sondern eher Verzweiflung im Angesicht des Todes. Der Lärm der aufeinanderprallenden, schwer gepanzerten Pferde muss die ganze Welt erfüllt haben. Aber für mich war der Lärm der Welt an jenem Tag weit weg. Viele Mongolen fielen beim Kampf Mann gegen Mann. Aber später sah ich, wie die Mongolen einen Kopf auf einem Speer trugen. Irgendwer sagte, es sei der Kopf eines Fürsten. Ich lief wohl mehrere Tage lang, um wieder in die Festung meiner Stadt zu gelangen, und dankte Gott für meine Rettung. Die Tartaren tragen ihren Namen zu Recht. Sie kommen aus der Hölle.‹

›Das kann man wohl sagen. Vielen Dank für Ihre persönliche Sicht auf diese Tragödie. Sie sollten jetzt Ihr Hab und Gut aus den Trümmern bergen. Uns ist klar, wie wichtig das für Sie sein muss.

Gut, kehren wir wieder zu Matthew Paris zurück. Sind Sie noch da, Matthew? St. Albans, können Sie uns hören?‹

›Ja, ich kann Sie hören, aber wie gesagt, das Wetter verschlechtert sich, deshalb muss ich lauter sprechen. Der Kopf auf dem Speer gehörte übrigens Herzog Heinrich, das weiß ich, obwohl ich nicht da war.‹

›Niemand stellt die Genauigkeit Ihrer Angaben in Frage, Matthew Paris.‹

›Ich habe die Zahlen da. Nach der Schlacht, die Herr Müller gerade beschrieben hat, schnitten die Wilden jeder Leiche ein Ohr ab und füllten damit neun große Säcke. Bei Mohi erschlugen die Mongolen zwei Tage später in einer einzigen Schlacht sechzigtausend ungarische Soldaten. Nichts kann ihre Pfeile aufhalten. Ich wiederhole: Wir haben keine Antwort auf ihre Pfeile, die sie im Reiten abschießen können. Unsere Ritter tragen zu schwere Rüstungen, sie sind nicht so beweglich wie sie. Ihr Führer Batu hat gesagt: ›Wir wohnen in Zelten, ihr wohnt in Häusern und Städten. Ihr könnt nicht so gut fliehen.‹

Vielleicht steht tatsächlich das Ende der Welt bevor. Wir haben diesen Leuten keine besondere Beachtung geschenkt. Wir haben nicht begriffen, dass ein Volk von knapp anderthalb Millionen Menschen vierzigmal so viele Leute besiegen und umbringen kann. Sie haben China, Russland, Persien geschlagen, das eroberte Land aber nie besiedelt. Sie machen nur die größten Städte dem Erdboden gleich. Jetzt stehen sie vor unserer Haustür, die vier Reiter der Apokalypse. Der mongolische General Batu wird noch in diesem Jahr den Atlantik erreichen. Unsere christlichen Könige sagen Lebewohl. Unsere Lebensweise wird bald vom Erdboden verschwunden sein. Unser Tod wird schrecklich sein. Sie vergraben ihre Gefangenen kopfüber in der Erde, die Hände hinter dem Rücken gefesselt, sie ziehen ihnen bei lebendigem Leibe die Haut ab, sie rollen sie in Teppiche und werfen sie in die Flüsse, zerquetschen sie mit Steinen, fesseln und erschießen sie, vergewaltigen die Frauen …‹«

»Kann ich Matthew eine Frage stellen?«, warf der Lehrer ein.

»›Ja, der Lehrer hat eine Frage, Matthew.‹

›Nur zu, aber schnell. Hier wird's langsam ungemütlich. Heute Nachmittag soll noch mehr Schnee fallen.‹«

»Matthew, haben Sie je einen Mongolen zu Gesicht bekommen?«, fragte der Lehrer.

»›Nein, eigentlich nicht.‹«

»Keinen einzigen?«

»›Nein.‹«

»Und Sie haben den größten Teil Ihres Lebens in England verbracht?«

»›Hier spricht Matthew Paris, ich muss jetzt Schluss machen.‹

›Damit beenden wir unsere Berichterstattung vom Einfall der Mongolen in Europa.‹«

Der Lehrer klatschte Beifall, doch ich hatte den Verdacht, dass er nicht mir seine Anerkennung ausdrücken, sondern bloß sich selbst warm halten wollte.

»Mit Ihren Fragen an Matthew Paris haben Sie eine Schwachstelle getroffen«, sagte ich.

»Eine interessante Geschichte, Bäcker. Sie kennen sich in Geschichte aus. Jedenfalls wenn es blutrünstig zugeht.«

»Ich weiß alles, was ich wissen muss«, entgegnete ich.

SCHNEE

Der Schnee landet lautlos wie ein weicher weißer Magnet, der in Spänen vom Himmel fällt und mit jedem weiteren Millimeter an Kraft gewinnt. Der Schnee ist ein Magnet, und das Erste, was er anzieht, sind die üblichen Landschaftsgeräusche. Der Schnee saugt sie an und bringt meilenweit alles zum Schweigen. Das Nächste, was der Magnet anzieht, sind die Schritte der Menschen. Sie werden immer schwerer, bis man das Bein nur noch mühsam heben kann, um den nächsten Schritt zu machen. Und das bedeutet, dass auch der Blick nach unten gezogen wird. Dann greift der Magnet nach seinen eigenen Spänen, die auf den Bäumen gelandet sind. Zweige splittern und fallen. Als Nächstes senken sich die Wolken herab, tief, prall und grau; sie türmen sich auf und treiben über Felder, Zäune, Straßen und Briefkästen. Das Letzte, was der Magnet anzieht, ist die Richtung. Man sieht die Fußspuren jedes Menschen oder Tieres. Man weiß, woher sie gekommen und wohin sie gegangen sind. Wenn man will, kann man ihnen folgen.

Mir hat der Schnee nichts genommen. Und ich trete in die Fußstapfen von anderen, damit ich keine eigenen hinterlasse. Das ist meine Theorie über den Schnee.

EIN GESPRÄCH ÜBER NIMROD

Der Lehrer rieb sich das Kinn. »Wissen Sie«, sagte er, »die Pfeile der Mongolen erinnern mich an die alte Geschichte von Nimrod.«

»Den Namen hab ich noch nie gehört. Wollen Sie mich etwa reinlegen?«

»Nein«, sagte er. »Nimrod war ein großer Jäger aus der Steppe, der die Herrschaft über die Welt beanspruchte, weil er einen Pfeil in den Himmel geschossen und damit Gott getroffen hatte.«

»Was?«

»Wahrscheinlich ein Glücksschuss. Nimrod schoss ihn in den Himmel, das war so etwas wie ein Brauch, und auf einmal strömt Blut herunter. Da glaubte er, Gott erschossen zu haben.«

»Stellen Sie sich Gottes Überraschung vor«, sagte ich.

»Wem sagen Sie das!«

»Sie haben das Kommando, und auf einmal kriegen Sie einen Pfeil in den Rücken und stürzen zur Erde hinab«, sagte ich.

»Nein, mit diesem Gedankengang geraten wir auf Abwege«, entgegnete der Lehrer. »Es gibt keinen Beleg dafür, dass Gott vom Himmel fiel. Was hätten Sie an seiner Stelle getan? Sich wahrscheinlich mit den Fingerspitzen festgehalten und auf die menschlichen Ameisen herabgeblickt. Und in weiter Ferne hätten Sie alle Menschen auf der Welt gesehen, alle Erdteile, die sich langsam unter Ihnen drehten, und Ihnen wäre klar geworden, dass all das Ihnen gehört und ein Pfeil das Ganze beendet hat. Ein einziger popeliger Pfeil.«

»Der Pfeil mit Ihrem Namen darauf. Gott«, sagte ich.

Der Lehrer erwiderte: »Ich habe gelesen, dass ein General mal gesagt hat: ›Ich fürchte mich nicht vor dem Pfeil mit meinem Namen darauf, sondern vor den Hunderten von namenlosen Pfeilen, die herabstürzen.‹«

»Aber dieser Pfeil stieg auf«, sagte ich.

»Das stimmt.«

»Und was wurde aus Nimrod?«

»Gott starb nicht«, sagte der Lehrer. »Er schlug Nimrod mit einer scheußlichen Krankheit, die ihn umbrachte.«

Ich klatschte in die Hände.

»Das ist nur metaphorisch, Bäcker. Es ist nicht wirklich passiert.«

»Woher wissen Sie das? Waren Sie dabei?«

»Ich weiß es nicht und war auch nicht dabei.«

»Woher kam dann das Blut? Das ganze Blut auf der Erde? Beantworten Sie mir das!«

Der Lehrer zeigte ein schwaches Lächeln. »Vielleicht war es verschütteter Wein. Vielleicht haben die Götter so unbändig über diese Geschichte gelacht, dass sie ihre Gläser nicht ruhig halten konnten. Ein einziger Pfeil, der in den weiten Himmel geschossen wird und Gott trifft? Ich meine, das ist doch ein starkes Stück!«

»Lehrer, Sie sind insgeheim Heide, das ist Ihr einer großer Fehler. Damit meine ich, dass Ihre ganzen anderen Fehler darauf zurückgehen.«

Der Lehrer hob in spöttischem Gruß die Hand. »Danke, ich trinke auf Ihren Gott. Ich wünsche ihm viel Glück. Erzählen Sie mir noch etwas von den Mongolen.« Er hustete zwei- oder dreimal.

Er wirkte durstig, erschöpft. Vielleicht kostete ihn der Versuch, witzig zu sein, zu viel Kraft. Doch wir würden das Ganze zu Ende bringen.

»Die Mongolen besetzten die besiegten Städte nicht«, sagte ich. »Sie ritten einfach weiter. Sie täuschten ihre Feinde.«

»Täuschten sie?«

»Mit Grausamkeit und militärischem Gespür. Sie ritten mit auf Lanzen gespießten Kindern die Donau entlang, um den Ungarn einen Vorgeschmack darauf zu geben, was ihnen bevorstand. Sie trugen Lederrüstungen und darunter Seidenblusen, die sich um die Pfeilspitzen hüllten, wenn diese sich in ihr Fleisch bohrten, so dass man die Pfeile leicht herausziehen konnte, denn beim Herausziehen richten sie den größten Schaden an. Ihre eigenen Pfeile hatten hinten so schmale Schlitze, dass sie auf europäischen Bogensehnen nicht zu gebrauchen waren, und diese Pfeile bedeuteten den sicheren Tod. Bruder Longjumeau hat die von Knochen übersäten Straßen des mongolischen Kriegszugs beschrieben.«

»Wollen Sie damit sagen, dass sie neben dem Krieg auch eine Kultur besaßen?«, sagte der Lehrer.

»Sie taten keinem Abgesandten etwas an, abgesehen von einem einzigen Mann, der nicht den Mund halten wollte, während sie ihn durch das Land geleiteten. Den zogen sie aus seiner Kutsche und schlugen ihn tot. Den anderen ist nichts passiert.

Am 7. Mai 1253 machte sich Bruder Wilhelm Rubruk mit Briefen von König Ludwig IX. in der Tasche auf den Weg nach Osten zu Großkhan Mangu. Sieben Monate später erreichte er Karakorum, die mongolische Hauptstadt.

Rubruk litt unter der ständigen Kälte, die ›so heftig war, dass sie Steine und Bäume spaltete‹. Auf ihrer Reise bekamen sie wochenlang weder eine Stadt noch irgendwelche Menschen zu Gesicht. In seinem Reisebericht schrieb er, der Khan Mangu habe ihn aus Mitleid in seinem Lager bleiben lassen, bis das scheußliche Wetter vorbei war. Der Khan sagte zu Rubruk: *Wir glauben, dass es nur einen einzigen Gott gibt, durch den wir leben und sterben … Aber so, wie Gott der Hand verschiedene*

Finger gibt, hat er sich den Menschen in unterschiedlicher Weise gegeben. Euch Christen hat er die Heilige Schrift gegeben, doch ihr haltet euch nicht daran.

In den vier Monaten am Hof des Großkhans lernte Rubruk von einem tibetischen Mönch einiges über das Leben hinter der Chinesischen Mauer. Der Mönch beschrieb ihm das Papiergeld, das die Chinesen benutzten, und die Schriftzeichen, die Worte symbolisierten: ›Sie schreiben wie Maler mit einem Pinsel und stellen in einem einzigen Zeichen die verschiedenen Buchstaben dar, aus denen sich ein ganzes Wort zusammensetzt.‹

Rubruk sagte, die mongolische Hauptstadt sei nicht größer als ein kleiner französischer Ort, aber ganz anders als alles, was er je gesehen habe, in verschiedene Viertel unterteilt, in denen Leute mit speziellen Fertigkeiten lebten: Goldschmiede aus Frankreich, Wissenschaftler aus Persien und China, europäische Künstler. Es gebe zwölf buddhistische Tempel, zwei Moscheen und am Rand der Stadt eine christliche Kirche. Er schrieb: ›Die Einwohner sind ausgezeichnete Handwerker, und ihre Ärzte wissen viel über die Heilkraft von Kräutern und können anhand des Pulses ihre Diagnose stellen.‹ Mangu Khan ließ Bruder Rubruk mit den Buddhisten diskutieren, während er sich mit den Angehörigen des mongolischen Hofes betrank.«

»Bäcker, wie haben Sie es bloß fertiggebracht, sich das Ganze zu merken?«

»Jahrelange einsame Lektüre. Ich habe mehr zu dem Thema gelesen, als Sie sich vorstellen können, Lehrer. Ich hab die Ohren aufgesperrt. Ich habe Zugang zu seltenen Dokumenten, an die andere nicht herankommen.«

»Tatsächlich?«, sagte der Lehrer mit hochgezogenen Brauen.

»Die Mongolen konnten im Reiten schießen. Wer hat ihnen das beigebracht? Können Sie mir das beantworten? Rituelle Handlungen. Ich habe den Beweis für seltsame Lichter am Himmel, das wurde von zeitgenössischen Autoren beschrieben.«

»Tatsächlich?«, sagte der Lehrer.

»Wie sonst konnte ein so kleines Volk ein Drittel der bekannten Welt erobern? Wie sonst konnten sie, obwohl sie nicht mal ein richtiges Volk waren und man noch nie von ihnen gehört hatte, in fünfzig Jahren vier bedeutende Zivilisationen angreifen und besiegen? Die ganzen angeführten Gründe – gute Kampftaktik, Geduld, Überraschung, Tempo, ihre Pfeile, ihre Fähigkeit, große Entfernungen zurückzulegen und dennoch erfolgreich zu kämpfen – daran glaube ich nicht.«

»Ist das Geschichte oder bloß ein Hirngespinst?«

»Was spielt das für eine Rolle? Im Alten Testament, das heißt im 2. Buch Mose, steht, dass Gott seine Leute aus Ägypten an entlegene Orte führte, wo sie ohne Verderbnis leben konnten. Einige Christen verließen Westeuropa. Ihre Nachkommen leben heute in einem entlegenen Tal in China und warten auf das

Jahr 2150, das Ende des Mittelalters, wo sie den Westen herausfordern werden. Ein großes Heer von Krankheiten.«

»Krankheiten?«

»Wenn man alle Minuten seit dem Mittelalter zählt, sie mit der sechsfachen Länge der Zeit malnimmt, die Gott zur Schöpfung benötigte, und sie durch die Zahl der Wörter im 5. Buch Mose, 5,27 teilt, erhält man die genaue Anzahl derjenigen, die ohne Vorwarnung über die Grenzen nach Westen strömen werden. Das habe ich gelesen. Genau wie die Mongolen. Diese Horden werden Mikroben sein, AIDS und so weiter, und sie werden ihr schreckliches Werk in tiefster Nacht verrichten. Die Menschen werden sterben wie die Fliegen.«

»Das ist totaler Wahnsinn. Tut mir leid, dass ich gefragt habe.«

»Und alles begann mit Dschingis Khan.«

»Dschingis Khan?« Der Lehrer riss die Augen auf. »Haben Sie Dschingis Khan gesagt? Sie wissen von ihm?«

»Ich habe mich über ein Jahr lang mit ihm beschäftigt. Ich habe jedes Buch in der Bücherei gelesen, in dem sein Name steht, und sei es nur auf einer einzigen Seite.«

»Dann beantworten Sie mir folgende Frage: Wer war schlimmer, Herr Fievez oder Dschingis Khan?«

Ich lächelte. »All die Bücher, die ich über ihn gefunden habe!«

Der Lehrer nahm ein paar Steine und errichtete zwei Haufen.

»Das sind Schädel«, sagte er. »Das hier ist Dschingis Khans Haufen. Jeder Stein steht für vier Millionen Menschen. Und das ist Fievez' Haufen. Jeder Stein steht für hundert Menschen. Genauso viele Steine auf jeder Seite. Wer von den beiden ist schlimmer?«

»Seien Sie vorsichtig«, sagte ich. »Die Steine könnten in die Grube fallen, und dann müsste ich sie wieder rausschaufeln.«

»Wenn sie reinfallen, helfe ich Ihnen. Jetzt aber zu meiner Frage. Ihre Antwort, bitte.«

»Dschingis Khan wurde Anfang des 13. Jahrhunderts militärisch aktiv und brachte ein Fünftel der damals bekannten Weltbevölkerung um, etwa zwanzig Millionen Menschen«, antwortete ich.

»Dann ist meine Frage leicht zu beantworten. Herr Khan oder Herr Fievez?«

»Sie lässt sich nicht leicht beantworten. Fievez hatte nicht das Sagen. Khan war ein Führer.«

»Also Herr Khan?«

»Nein, das habe ich nicht gesagt, oder? Es war eine andere Zeit. Und wo sind die Beweise dafür, dass er böse war? Vielleicht hat er für damals genau das Richtige getan. Woher sollen wir das wissen? Was hat er gedacht? Was waren seine Beweggründe?«

»Dann haben wir also nichts als die Zahl der Toten?«, fragte er.

»Und die Strategien.« Der Lehrer ärgerte mich mit seinen schnellen Fragen.

»Die Strategie des großen Herrn Khan wird nun von dem gelehrten Bäcker erörtert, der am kältesten Tag seit Menschengedenken im hintersten Winkel der Erde in einer Grube steht!«, sagte er.

»Zum Teufel mit Ihnen«, rief ich. »Fahren Sie doch zur Hölle!«

»Sind wir da nicht schon?«, fragte er.

»Nicht mal in der Nähe. Auf diesem Feld ist es zu kalt.«

»Es ist zu kalt«, rief er. »Dann können wir nicht mal in der Nähe der Hölle sein!«

»Halten Sie den Mund!«, sagte ich. »Sonst kommen die Kerle noch her.«

Der Lehrer drehte sich zu den Soldaten um, die am Rand des Feldes postiert waren.

»Ich bezweifle, dass Herr Khan einen von ihnen anlocken wird«, sagte er.

»Springen Sie ins Loch, dann können wir reden.« Ich bemühte mich verzweifelt, ihn zum Schweigen zu bringen.

»Machen wir es lieber von hier«, erwiderte er. »Ich bleibe, wo ich bin, und Sie bleiben im Loch.«

»Worum geht's denn?«, fragte ich.

»Ich weiß einiges über Khan«, sagte er. »Ich habe im Unterricht einen Tag lang die Großtaten des Mongolenführers durchgenommen. Als Ihr Bruder nach Hause kam, hat er Ihnen wahrscheinlich alles …«

»… erzählt, ja. Er war ganz aufgeregt wegen der zwanzig Millionen Menschen. Ich konnte es nicht glauben. Wir haben es mit Bleistift und Papier ausgerechnet, zwanzig Millionen mal ein Meter fünfzig (durchschnittliche Größe) sind dreißig Millionen Meter oder dreißigtausend Kilometer hintereinander gelegte Leichen. Es stand nicht im Schulgeschichtsbuch, deshalb bin ich in die Bücherei gegangen. Ich glaube, Khan hat meine Leselust geweckt. Ich muss ihm dankbar sein.«

»Ihre Dankbarkeit wäre Khan egal«, erwiderte er. »Er besaß ein Heer, das schneller und besser war als alle anderen damals. So gewinnt man Schlachten. Er hat seine Feinde nicht besiegt, sondern ausgelöscht.«

»Da braucht man sich nicht vor langen Messern in Acht zu nehmen«, sagte ich. »Keine rachsüchtigen Verwandten. Keine Hunde von Verwandten, keine Pflanzen, die in den Ruinen wuchsen. Er radierte die Städte aus. Er übertrug die Herrschaft wieder dem Wind, dem sich nichts mehr entgegenstellte, wenn er über das Land fegte.«

Mir gefiel der Klang meiner Worte.

»Und wer übernimmt die Rolle von Khan in unserem Stück?«, fragte mich der Lehrer.

»Das hier ist nicht Ihr Klassenzimmer.«

»Ach, kommen Sie. Sie können den Khan spielen.«

»Bei diesem Thema können Sie sich nicht mit mir messen«, warnte ich ihn.

»Dann sollten wir es kurz machen, damit Sie Ihren Vorteil nicht mehr ausnutzen.« Er holte tief Luft und schloss die Augen. »Fangen wir an, ja?«

Das Wetter verschlechterte sich. Vielleicht kam es mir auch nur so vor, weil es dunkel wurde und die Sonne dem Feld nicht mehr die geringste Wärme spendete. Meine Finger waren trotz der Handschuhe ganz blau und wund. Ich führte mir die Hoffnungslosigkeit meiner Lage vor Augen, wohin das ganze Lesen mich gebracht hatte. *Warum nicht?*, dachte ich. Wir können Theater spielen. So erkaufe ich mir und ihm noch etwas Zeit. Vielleicht bricht die Dunkelheit herein, und man vergisst uns. Ist das nicht eine Beschreibung des Lebens? Man stürzt ins Licht, Dunkelheit bricht herein, und man wird vergessen. Man wird ersetzt. Die eigenen Freunde finden andere Freunde. Sie müssen auch leben. Das Wesen der Freundschaft: das Stärkste und Zerbrechlichste auf der Welt.

In der Schule hatte ich einen Freund. In der Pause umrundeten wir immer den Fußballplatz. Wir teilten uns Süßigkeiten. Comic-Hefte. Erzählten von unserem Liebeskummer. Der ersten Rose, die wir für ein Mädchen gekauft hatten. Dann wurden wir erwachsen, und da zählten nur noch Geld, der Nachname und das, was der Vater tat. Mein Vater war kein bedeutender Mensch. Wir wuchsen heran, bis wir die Schule beendeten, und plötzlich waren wir siebzehn. Mein bester Freund fand ein Mädchen, und ich fand keins. Er ist verheiratet, ich nicht.

Was hat es für einen Sinn, das Ganze noch besser zu begreifen? Ich verlor, und sie gewannen. Ich stand außerhalb und beobachtete, wie sie ein erfolgreiches Leben führten. Es passierte einfach. Mein bester Freund ist jetzt bestimmt überglücklich. Ich nicht. Er hätte auf mich warten sollen, aber da gibt's nichts zu verstehen. Man muss sich die Fakten ansehen und eine Überlebensstrategie entwerfen, denn eins ist sicher: Diese Aufgabe nimmt einem niemand ab. Man muss die jeweilige Fahne hissen, sich darunter verstecken und sein Gesicht vor der Welt verbergen. Mit allen einer Meinung sein. Alle Sprachen sprechen und keine. Lernen, unsichtbar zu sein. Man darf sich für nichts einsetzen. Muss lernen, unter Pappkartons in Tunneln zu leben, im Verborgenen atmen, auf die süße Welt der Romantik scheißen. Ja, scheiß drauf, die können sich alle zum Teufel scheren. Meine Freunde haben mich ganz alleingelassen. Sie haben mich alleingelassen, ohne sich darum zu kümmern. Aber ich habe überlebt. Ich brauche ihre Unterstützung nicht mehr. Meine Stärke ist meine Gleichgültigkeit. Ich habe ihre Grausamkeit überlebt.

EIN DREHBUCH ÜBER DEN GROSSKHAN

»Falls wir das tun«, sagte ich.

»Ja?«

»Wen spielen Sie, wenn ich der Khan bin?«

»Alle, die er besiegt hat.«

»In Ordnung. Dann spielen Sie die Chinesen, die Koreaner, die Russen, die Länder des Nahen Ostens, die Osteuropäer, die Mitteleuropäer und alle Völker dazwischen.«

»Mögen die Spiele beginnen«, sagte der Lehrer.

»Es ist ein Film und kein Spiel.«

»Erst Nachrichten und jetzt ein Film?«

»Es muss ein Film sein«, erwiderte ich. »Sonst würde sich das keiner anhören. Ein Drehbuch ist am besten. Mit Hintergrundmaterial, das den wahren Khan zeigt. Interviews mit den Opfern. Ein Interview mit Dschingis.

1. IM ZELT DES GROSSKHANS – INNENAUFNAHME – TAG

Ein Interviewer sitzt in einem Zelt vor Dschingis Khan. Die Zeltklappe ist offen, und der Wüstenwind lässt immer wieder die Kerzen flackern. Der Interviewer schaut in seinem Notizheft nach und spricht mit einem Anflug von Nervosität.

INTERVIEWER: Dschingis Khan, ich würde gern einen Ihrer Aussprüche zitieren.

KHAN: Ja?

INTERVIEWER: Sie haben einmal gesagt: »Ich habe viele grausame Taten begangen und unvorstellbar viele Männer getötet, ohne zu wissen, ob das richtig war. Aber es ist mir gleichgültig, was die Leute von mir denken.«

KHAN: Sie prägen sich nur das ein, was Ihnen passt. Was kann ich da noch hinzufügen?

INTERVIEWER: Ihre Geschichte.

KHAN: Meine Geschichte ist Macht, die schönste Geschichte der Welt. Sie bringt die Menschen zum Singen, Schreien, Tanzen und Stampfen, macht sie heißblütig, unbekümmert, schön, wild und stark. Wir haben über das größte Reich geherrscht, das es je gab und geben kann. Seien Sie vorsichtig mit dem, was Sie sagen, Geschichtsschreiber. Ich kann die Hand noch aus dem Jenseits ausstrecken. Ich kann Ihnen die Worte aus Ihrer Kehle schneiden, wenn Sie mir etwas Falsches in den Mund legen.

INTERVIEWER (nickt und schluckt merklich): Darf ich Ihnen den Anfang eines Drehbuchs vorlesen, das ich über Ihr Leben geschrieben habe?

KHAN: Lesen Sie vor, was Sie über mein Leben denken, auch wenn es mir gleichgültig ist.

INTERVIEWER: Mein Drehbuch trägt den Titel »Khan«.

TITELEINBLENDUNG: KHAN

Vorspann. Wir sehen die Sonne am Rand des Horizonts aufgehen. Es ist das Jahr 1219 n. Chr. Hintergrundinformationen über die politische und stammesgeschichtliche Situation im Fernen Osten. Informationen über den Ort der Handlung.

2. DIE RUSSISCHE STEPPE – AUSSENAUFNAHME – MORGENDÄMMERUNG

Keine Musik, keine Worte, nur Stille. Die Sonne geht auf, ein Hauch von Rot zeigt sich unten am Himmel. Und aus diesem Halbkreis der aufgehenden Sonne bricht das immer lauter werdende Stampfen schwerer Reiterei hervor: Die mongolischen Horden reiten mit donnernden Hufen aus dem Osten heran!

SCHNITT ZU

AUSSENAUFNAHME: FLUSS IN DER NÄHE EINER MONGOLISCHEN SIEDLUNG

Ein Fluss strömt im Sonnenschein, im Hintergrund ein kleines Mongolenlager. Zwei Jungen angeln nebeneinander. Mongolische Reiter preschen Pfeile verschießend und ihre Säbel schwingend über die Felder, doch das einzige Geräusch ist das Plätschern des Wassers. Die beiden Jungen sehen den Reitern zu, legen ihre Angelruten hin und tun so, als gehörten sie zur Reiterei; sie greifen sich spielerisch an und werfen sich gegenseitig zu Boden.

GROSSAUFNAHME

Einer der Jungen sieht, wie sich eine der beiden Angelruten biegt. Er springt auf und ergreift sie, versucht, den Fisch an Land zu ziehen. Der andere Junge schreit.

ERSTER JUNGE (zur Linken): Der gehört mir! Das ist meine Angelrute! (Er will sie ergreifen, aber der Junge zur Rechten stößt ihn mit der freien Hand weg.)

ZWEITER JUNGE: Der Fisch gehört mir. Lass die Finger weg.

ERSTER JUNGE: Nein, du bist ein Betrüger! Der Fisch gehört dir nicht. Gib ihn her!

Die Kamera schwenkt zum Wasser des Flusses, und wir sehen, wie die Schatten der Jungen um die Angelrute kämpfen. Der Junge zur Linken reißt die Angel an sich und zieht den Fisch aus dem Wasser. Der Schatten des zweiten Jungen geht rechts aus dem Bild und kehrt mit einem Gegenstand in den Händen zurück, den er dem ersten Jungen auf den Kopf schlägt.

SCHNITT ZU
Blut im Gras. Der zweite Junge geht allein mit dem Fisch ins Lager zurück. Er singt ein Lied.

3. EIN MONGOLENZELT – INNENAUFNAHME – TAG
Eine Frau blickt von ihrem Stuhl auf einem reich verzierten roten Teppich auf. Der Junge tritt lächelnd ein und hält den Fisch hoch.

FRAU: Temudschin! Was für ein schöner Fisch!

Sie winkt ihn zu sich und umarmt ihn. Stille.

FRAU: Wo ist dein Bruder? Hat er auch einen gefangen?

ERSTER JUNGE schüttelt den Kopf.

FRAU: Temudschin, hol deinen Bruder, dann braten wir den Fisch und essen ihn.

Der Junge lässt den Fisch fallen. Starrt ihn an. Die Frau sieht kurz den Fisch und dann den Jungen an. Schließlich schlägt sie die Zeltklappe zurück und blickt nach draußen. Der Junge betrachtet den Fisch, ohne sich vom Fleck zu rühren. Die Frau dreht sich zu ihm um.

FRAU: Was hast du mit deinem Bruder gemacht, Temudschin? Habt ihr euch wieder geprügelt? Antworte mir!

4. IM ZELT DES GROSSKHANS – INNENAUFNAHME – TAG

INTERVIEWER: Im zarten Alter von zwölf Jahren haben Sie Ihren Halbbruder wegen eines Fisches umgebracht, stimmt's?

KHAN: Warum ich ihn umgebracht habe, spielt keine Rolle. Wichtig ist nur, dass ich damals Temudschin hieß.

INTERVIEWER: Die Welt kennt Sie als Dschingis Khan.

KHAN: Die Welt weiß kaum etwas über uns. Nur wenige haben uns gesehen und davon berichtet. Sie haben geschrieben, was ihnen passte. Jemanden wie uns wird die Welt nie wieder zu Gesicht bekommen.

An diesem Punkt des Drehbuchs hatte ich keine Lust mehr, jede Einstellung genau zu beschreiben, deshalb raunte ich dem Lehrer zu: »Ab jetzt erzähle ich das Ganze normal.«

Er nickte.

»›Khan, wir zeigen in dem Film noch ein paar Szenen aus Ihrer Kindheit und springen dann zwanzig Jahre weiter. Sie haben die mongolischen Stämme vereinigt und ein kleines Volk zu einer Militärmacht erhoben. Sie haben das Reich der Mitte besiegt. Jetzt blicken Sie nach Westen. Sie ergreifen die Macht in der westlichen Mongolei, die heute Kasachstan heißt. Sie stehen an der Schwelle des gewaltigen islamischen Reiches. Jenseits davon Europa, der Atlantik.‹

›Schwache, unwissende Völker, die sich für den Nabel der Welt halten. Sie müssen noch viel lernen.‹

›Wir schreiben das Jahr 1218. Samarkand im Land Choresmien, eine bedeutende Stadt.‹

›Ein Gebiet, das heute Afghanistan und Iran heißt. Ich will keinen Krieg mit diesen Leuten. Wir können miteinander Handel treiben. Das sage ich ihnen. Sie verfügen über ein großes Heer, vierhunderttausend Mann. Über das Land herrscht der

Schah Mohammed. Er befehligt zwar ein riesiges Heer, aber er hat noch nie gegen einen taktisch geschickten Feind gekämpft und hält sich für unbesiegbar.‹

›Sie brauchen den Stoff, der dort hergestellt wird, denn in der Mongolei gibt es keine Weber. Nur sesshafte Menschen weben. Sie und Ihre Leute schlafen in Zelten, Sie legen mit Ihren Pferden alljährlich riesige Entfernungen zurück.‹

›Mit dem Wind in unserem Haar. Durch tausend Meilen Steppe.‹

›Was unternehmen Sie, um mit Schah Mohammed Freundschaft zu schließen?‹

›Ich brauche den Stoff, der in Samarkand hergestellt wird. Ich will Frieden mit diesen Leuten und schicke Abgesandte. Schließlich muss ein Mann im Leben ein Ziel haben. Ein gutes Pferd, ein fernes Land, die Hand einer Frau, ein weiter Blick von einem hohen Hügel, ein Tal voller Früchte und schattiger Bäume.‹

›Ihre Boten hatten fünfhundert Kamele, Gold, Edelmetall, Seide und Elfenbein dabei.‹

›In meinem Brief an den Schah habe ich geschrieben: *Ich habe Kenntnis von Eurer Macht und der unermesslichen Größe Eures Reiches. Ich habe den Wunsch, in Frieden mit Euch zu leben. Ich werde Euch als meinen Sohn betrachten. Ihr wisst, dass es in meinem Land von Kämpfern wimmelt und ich nicht nach weiteren Ländereien trachten muss. Uns ist beiden daran gelegen, den Handel zwischen unseren Untertanen zu fördern.*‹

›Und was hat der Schah geantwortet?‹

›Sein Statthalter hat meine Geschenke an sich gerissen und meine Männer umgebracht.‹

›Und wie haben Sie reagiert?‹

›Mit Geduld. Ich habe einen weiteren Abgesandten geschickt, einen meiner Hofbeamten. Diesmal mit fünfhundert Kamelen und Pelzen. Ich habe ihrem Volk Achtung erzeigt.‹

›Und?‹

›Meine Männer kamen in eine Grenzstadt namens Otrar. Der Statthalter des Schahs ließ die meisten von ihnen niedermetzeln und brachte meinen Hofbeamten um. Beschlagnahmte meine Geschenke.‹

›Ein törichter Mensch, dieser Schah.‹

›Ich ließ es durchgehen. Sie verstehen nicht, wie Macht vonstatten geht. Macht ist Gleichgültigkeit. Ich schickte einen weiteren Abgesandten, einen Muslim.‹

›Guter Schachzug. Ein Zeichen von Respekt.‹

›Einen Muslim, den der Schah enthaupten ließ. Seine Begleiter schickte er mit kahlgeschorenen Köpfen zu mir zurück. Dann bestätigte er seinen Statthalter in Otrar, den Mann, der meine Abgesandten beleidigt hatte.‹

›Und das ließen Sie wieder durchgehen?‹

›Dreimal ist genug. Im Sommer 1219 versammelte ich zweihunderttausend Reiter. Meine vier Söhne und ich zogen gegen den Westen in den Krieg.‹

›Ja! Das ist der Vorspann des Films. Es fängt an. Man hat Sie nicht kommen sehen.‹

›Ich bin müde. Gehen Sie, und kommen Sie in drei Stunden wieder.‹«

DAS GROSSE TÖTEN

»Fünfte Szene«, sagte ich. »In Dschingis Khans Zelt – Innenaufnahme – Tag. Dschingis Khan sitzt in anderer Kleidung da und wirkt ausgeruht. Die Hand am Schwert, verfolgen seine Leibwächter jede Bewegung des Interviewers. Der Interviewer fragt:

›Wie verteidigt Schah Mohammed sein Reich? Sein Heer ist Ihren Streitkräften zahlenmäßig weit überlegen.‹

›Er verteilt sein Heer entlang der gesamten Ostgrenze. Als würden wir auf dieselbe Art angreifen! Zahlen haben keine Bedeutung. Ich reite direkt nach Otrar. Die Stadt ist befestigt, aber ich habe meine Wurfmaschinen aus China, zehntausend Gefangene, die sie bedienen, und mehrere Fachleute, die Granaten und Raketen mit Schießpulver herstellen können.‹

›Noch andere Waffen?‹

›Gewaltige Armbrüste, die riesige Pfeile abschießen, Katapulte, die Felsbrocken über die Mauern schleudern. Meine Sappeure untertunneln die Mauern, meine Rammböcke zertrümmern die Tore. Die Feinde wagen nicht, uns in offener Schlacht gegenüberzutreten. Sie ziehen sich in befestigte Städte zurück.‹

›Die erste Schlacht dauert einen Monat. Mann gegen Mann.‹

›Wir dringen in die Stadt ein. Der Statthalter, der meinen Abgesandten umgebracht hat, leistet mit seinen Männern Widerstand. Als wir ihn gefangen genommen haben, wird er mir vorgeführt. Ich lasse ihm geschmolzenes Silber in Augen und Kehle gießen.‹

›Und dann?‹

›Meine Heere nehmen in der Nähe zwei große Städte ein. Außer den Handwerkern, die wir brauchen, schneiden wir in der ersten Stadt allen Bewohnern die Kehle durch. In der zweiten nehmen wir sie zu Sklaven.‹

›Ihr nächstes Angriffsziel ist die Stadt Chodschent.‹«

Der Lehrer fuchtelte zitternd mit der Hand.

»Tut mir leid, dass ich Sie unterbreche, aber mir ist kalt«, sagte er. »Können wir das Ganze nicht abkürzen?«

»Haben Sie's eilig?«, fragte ich.

»Das habe ich nicht gesagt. Ich habe gesagt, mir ist kalt. Nun machen Sie schon! Khan, Bäcker – wer auch immer Sie gerade sind –, Sie haben weitere Städte erobert und die Bewohner hingerichtet.«

»Ich nahm Nur und Buchara ein. Das Schicksal der heiligen Stadt Buchara ist unvergessen. Die Verteidiger entkamen, aber ich verschonte die Bewohner. Ich sagte: ›Ich bin die Geißel Gottes. Hättet ihr keine schweren Sünden begangen, so hätte Gott keine Strafe wie mich über euch gesandt.‹ Viele brachten sich um. Die Stadt brannte nieder. Jahrelang kehrte niemand zurück. Tausende von Toten liegen herum. Der Gestank verbreitet sich meilenweit. Ein Leichentuch. Kein Hund bellt, kein Zweig bewegt sich. In den umliegenden Gebieten ziehen alle Menschen weg. Mit meinem Sieg säe ich Stille. Stille wie eine weite Ebene, durch die ich Pferde schicke, Zehntausende von Geisterpferden. Die Pflanzenwelt in Wüste verwandelt. Kein Leben blieb übrig. Ich habe die Stadt ausgelöscht.«

»Die Stadt Samarkand. Sie wurde von türkischen Söldnern verteidigt. Schon im 13. Jahrhundert war sie etwa zweitausend Jahre alt. Lederarbeiter, Goldschmiede, Schnitzer. Sie stellten Papier und Keramik her.«

»Ich erreichte die alte Stadt Anfang 1220, verkleidete Tausende von Gefangenen als Mongolen und ließ sie beim Sturm auf die Stadt in vorderster Linie kämpfen. Die Türken griffen sie an. Meine Leute täuschten den Rückzug vor, drehten plötzlich um, vernichteten die heranstürmenden Türken, und ich nahm die Stadt ein. Ich tötete dreißigtausend Soldaten und ließ die Bewohner laufen.«

»Als Nächstes kam die Hauptstadt Urgentsch an die Reihe.«

»Die Bewohner leisteten Widerstand. Nach sechsmonatiger Belagerung fiel die Stadt an mich. Die Leute wussten, was sie erwartete. Männer, Frauen und Kinder bekämpften uns mit Äxten, Stöcken und Fingernägeln, mit ihren Verwünschungen, ihren Tränen. Sie flehten um Gnade. Wir setzten die ganze Stadt unter Wasser, und ließen alle, die sich versteckt hatten, ertrinken. Von der Stadt blieb nichts übrig.«

»Es ging immer weiter, eine Stadt nach der anderen.«

»Den Sommer verbrachte ich in Nasaf, dann griff ich Termez an. Als eine Frau Edelsteine verschluckte, um sie zu verbergen, ließ ich allen Bewohnern den Bauch aufschlitzen, um die versteckten Schätze zu finden.«

»Die Stadt Balch.«

»Dreitausend Jahre alt. Dort hatte Alexander der Große Roxane geheiratet. Auf das Versprechen, dass ihnen nichts geschehen werde, ergaben sich die Bewohner, aber ich ließ viele von ihnen töten. 1222 kehrte ich zurück und tötete auch die Überlebenden. So waren wir. Wenn man uns am Horizont sah, bedeutete das den Tod. Wir machten alles dem Erdboden gleich.«

»Ein chinesischer Mönch hat berichtet, in den leeren Straßen hätten die Hunde gebellt. Kein einziger Mensch überlebte in Balch.«

»Wir nahmen noch viele Städte ein. Es gab kaum Überlebende, die sie hätten wiederaufbauen können. Wo die Städte gestanden hatten, hinterließen wir offenes Land. Das ist siegreiche Kriegführung.«

»Die Stadt Nessa leistete Widerstand«, sagte der Lehrer.

»Wir fesselten alle siebzigtausend Bewohner und benutzten sie als Zielscheiben für unsere Schießübungen.«

»Ihr Sohn Tolui …«

»Ach, natürlich – der Gewalttätigste. Er beunruhigte sogar mich.«

»Beging eine Gräueltat …«

»Er besiegte den Feind.«

»… in der Stadt Merw. Er kam mit siebzigtausend Reitern, griff die Stadt an und wurde zurückgeschlagen. Aber der Statthalter übergab die Stadt, weil man den Bewohnern Gnade zusicherte. Doch Ihr Sohn brach sein Wort.«

»Versprochen ist versprochen. Mein Sohn verschonte vierhundert Handwerker und einige Sklaven. Ihnen gegenüber hat er Wort gehalten.«

»Aber das war ein mühsames Gemetzel. Manche Zeugen zählten 1,3 Millionen Tote. Andere sagen, es seien nur 700 000 hingerichtet worden.«

»Merw hatte viele Einwohner. Tolui teilte die Aufgabe unter den Soldaten auf. Jeder musste drei- bis vierhundert Menschen umbringen.«

»In Nischapur ließ Ihr Sohn allen Bewohnern die Bäuche aufschlitzen, ihre Eingeweide nach Schmuck durchsuchen und drei Haufen mit insgesamt 1,7 Millionen Schädeln von Männern, Frauen und Kindern aufstapeln.«

»Tolui war grausam. Ich habe ihn nicht zum Khan ernannt, aber was er getan hat, war nötig. So konnte man uns nicht verfolgen.«

»In Herat verschonte Ihr Heer alle außer den Söldnern. Dennoch lehnte sich die Bevölkerung auf. Sie ließen alle Bewohner niedermetzeln, versteckten sich und warteten, bis die Überlebenden hervorkamen. Insgesamt töteten Sie 1,6 Millionen Menschen. Nicht eine einzige Ähre blieb übrig. Kein einziger Kleiderfetzen.«

»Der Wind mag keine Hindernisse. Wir mögen keine Mauern.«

»Sie haben Ihre Soldaten noch einmal nach Balch und Merw geschickt, damit sie alle umbrachten, die dorthin zurückgekehrt waren.«

»Ich durfte nicht verfolgt werden. Das Gemetzel in Merw war nötig.«

»1227 sind Sie gestorben.«

»In der Nähe eines Gebirgszuges, auf einem Feld an einem See, kein Zeichen an meinem Grab, der Boden vor langer Zeit von Pferden flachgestampft. Im Leben galoppieren die Pferde unter uns; nach dem Tod über uns. Ich habe befohlen, jeden zu töten, der mein Grab anstarrt.«

»Warum?«

»Menschen glotzen gern. Sie stehen ihr ganzes Leben an einem Ort, blicken sich um und wünschen sich bei einer Sternschnuppe, sie könnten ihr Schicksal ändern.«

»Warum sind Ihre Nachkommen nicht in Westeuropa eingefallen?«

»Zwanzig Jahre nach meinem Tod saßen unsere Spähtrupps in den Hügeln auf ihren Pferden und konnten die Türme Ihrer so kostbaren europäischen Städte sehen. Nur noch ein paar Wochenmärsche entfernt wartete am Rand von Europa der Atlantik auf uns. Aber im Angesicht Ihrer Vernichtung kehrten wir um. Wir ritten nach Hause.

Und kehrten nie zurück.«

EIN GESPRÄCH AUF DEM FELD, DAS NICHT ZUM DREHBUCH GEHÖRT

Die Wetterfront zog vorüber, hinterließ ein paar Tupfen blauen, von den Wolkenrändern silbern getönten Himmels, und in dem unerwarteten Licht leuchteten unsere Gesichter auf. Für einen Augenblick schien das Feld ein schöner Ort zu sein, und der Himmel sah aus, als wäre da oben wirklich etwas, er wirkte weit offen und tief, so tief, dass man für immer hinauffallen könnte. Als Kind hatte ich mir vorgestellt, der Nachthimmel befinde sich unter mir, und ich könnte zwischen den Sternen hineinfallen. Doch als ich älter wurde, bekam ich Angst vor allem, was unten bedeutete. Das Licht glitt über den Schnee und an unserem Loch vorbei, gefolgt von einem wuchtigen Grau, das nur ein paar Zentimeter über dem Boden hing. Plötzlich wirbelte der Schnee wieder durch die Luft, und es spielte keine Rolle mehr, ob sich der Himmel oben oder unten befand.

»Was denn, wir befinden uns nicht mehr im Drehbuch?« Der Lehrer wirkte verwirrt.

»Nein, wir sind durch.«

»Gut, Sie haben bestanden«, sagte er. »Mit Bravour.«

Ich verbeugte mich aus Dank für sein Kompliment. »Mit meinem Khan kenne ich mich aus.«

Der Lehrer kniete sich hin und fragte mit großem Feingefühl: »Und was haben Sie über ihn gelernt? Über seine Kriege?«

»Dass er, obwohl er viele Menschen getötet hat, nicht böse

war. Er war erfolgreich, ein Herrscher seiner Zeit, ein großer Soldat. Ich habe aus seiner Lebensweise gelernt.«

Verblüfft warf der Lehrer die Arme in die Luft und lachte. »Das ist ja furchtbar. Man hätte ihn bei der Geburt beseitigen sollen. Ihn aus dem Mutterleib herausziehen und ihm ein Schwert ins winzige Herz stoßen. Irgendwer muss doch gewusst haben, dass er kommt. Irgendwo hat es ein Prophet in den Eingeweiden eines Vogels gesehen oder im Raunen eines Orakels gehört. Aber niemand hat etwas unternommen.« Er schlug die Fäuste gegeneinander. »Manchmal habe ich das Gefühl, die Welt folgt einem Selbstzerstörungstrieb.«

»Herr Lehrer, der Khan lässt sich doch nicht auf seine Kriege reduzieren. Entschuldigen Sie, aber ich bin nicht dumm. Das habe ich Ihnen gesagt. Vielleicht weigern ja Sie sich, die Welt so zu sehen, wie sie war. Sie leben nach Ihren Unterrichtsnotizen.« (Ich kann mit Stolz sagen, dass mir dieser Satz aus dem Stegreif einfiel.)

»Unterrichtsnotizen?«, sagte der Lehrer. »Ich sehe zwanzig Millionen Leichen in ebenso vielen Jahren. Ein Menschenalter des Tötens.«

»Und was ist mit dem taoistischen Mönch, mit dem sich der Khan in seinen letzten Jahren anfreundete? Der Khan fragte ihn nach dem Geheimnis der Unsterblichkeit. Als er es ihm nicht sagen konnte, brachte der Khan ihn nicht um, sondern wurde sein Freund.«

»Ein Menschenalter des Tötens«, sagte der Lehrer.

»Sie sollten«, entgegnete ich, »Ihren Schülern Folgendes beibringen: Nachdem die Mongolen die Chinesen und Russen besiegt hatten, schlugen sie die Perser und die Syrer. 1241 jagten sie den König von Ungarn auf ihren kleinen Pferden durch Jugoslawien. Ihre Heere waren immer klein. Kleine Pferde, kleine Männer.«

»Und?«

»Alles, was Sie von der Natur des Menschen wissen, wussten auch die Mongolen. Aber mit einem Unterschied, Lehrer. Der Wind, die offene Steppe, die Silhouette einer alten Stadt, ein paar tausend Jahre alt, was die anderen den Mongolen angetan hätten, wenn die Mongolen es nicht ihnen angetan hätten. Wann haben Sie sich zum letzten Mal so gefühlt? Durchleben Sie nicht immer denselben Tag, haben Sie nicht ein Leben lang immer denselben Tag durchlebt?«

»Sind Sie der Khan oder der Bäcker? Ich bin verwirrt. Spielen wir noch das Spiel?«

»Die Menschen, die von den Mongolen getötet wurden, Chinesen, Russen, die Länder, die von ihnen vernichtet wurden, ebneten einen gewaltigen Weg durch die Welt, von Ost nach West. Das haben die Mongolen mit ihrer Gewalttätigkeit erreicht.«

»Zwanzig Millionen Gewalttätigkeiten, Bäcker Khan.«

»Marco Polo, der Held des christlichen Abendlandes«, entgegnete ich. »Dieser Mann konnte nur wegen der Mongolen ungehindert reisen. Er zog von einer Siedlung zur nächsten, auf Straßen, die die Mongolen erst sicher gemacht hatten, auf denen er vorher keine zehn Meilen weit gekommen wäre, ohne überfallen zu werden, oder er wäre in Venedig geblieben und hätte seine kostbaren Bücher gelesen. So sah das nämlich aus. Das finde ich an Leuten wie Ihnen zum Kotzen. Sie lieben die Künste, aber die wurden durch Gewalt verbreitet.«

»Sie machen mich krank!«, rief der Lehrer.

»Und Sie sind überheblich! Lesen Sie Ihre verdammte Geschichte. Europa vor den Mongolen. Kein Geld, keine Gebäude, keine Straßen, keine Bücher, keine Kunst, keine Wissenschaft. Dörfer in dunklen Wäldern. Hunderte von Jahren nichts, bis die Völker Grenzen zogen und Soldaten die Straßen schützten. Dann kam der Handel. Dann die Zeichner und Schreiberlinge. Die sogenannten Künstler.« Ich sog die Luft ein. »Alles geht auf Militärmacht zurück, Lehrer. Ihre Renaissance und die Künstler und Kaufleute, die auf der Seidenstraße verkehrten, gäbe es nicht ohne rohe Gewalt. Wenn die Straßen sicher sind, kriechen die Künstler aus ihren Löchern hervor, eröffnen ihre kleinen Läden und kaufen Leinwände. Also sparen Sie sich Ihre Überheblichkeit. Wes Brot ich ess, des Lied ich sing!«

»Die Mongolen sind nicht mehr da«, sagte der Lehrer.

»Falsch. Wenn Sie wollen, können Sie sie immer noch sehen. Man kann noch immer die schweren Schleudersteine entdecken, die Hulegus Heer im Jahre 1256 die Berghänge hinaufschleppte, um sie auf die persische Festung Alamut zu katapultieren; die Steine sind immer noch rings um die Ruinen verstreut.«

»Die Mongolen sind nicht mehr da«, sagte er.

WAS IST EIN LOCH?

Der Wind fegte Steine und Kiesel von dem Erdhügel ins Loch zurück. Ein kleiner Haufen sammelte sich auf dem Boden. Wenn ich lange genug wartete, würde alles, was ich herausgeschaufelt hatte, wieder in der Grube landen. Die Natur mag keine Löcher. Sie füllt sie mit Regen, Schlamm, Flüssen, Meeren. An diesem Tag war das Feld mit Schnee, der Himmel mit Wind und unsere Haut mit blauschwarzer Kälte gefüllt, doch alles Reden auf der Welt konnte nicht die Stille füllen, die ringsum herrschte.

Wegen der Schlacht, die vor kurzem in unserer Stadt getobt hatte, musste ich plötzlich an Löcher denken. In der Stadt würde es jetzt viel mehr davon geben als vorher. Löcher in Wänden, Löcher in Armen und Beinen, Löcher in Gewohnheiten, das Loch in meinem Magen, das Loch, das ich grub.

Mir kam ein übermütiger Gedanke.

»Ich würde gern einen fingierten Dokumentarfilm vorführen, der von einer Detektivgeschichte über Löcher handelt. Ich nenne ihn *Was ist in einem Loch?*«

Der Lehrer neigte den Kopf und hörte zu. Vermutlich hatte er das Gefühl, ihm bleibe nichts anderes übrig.

Ich stand in der Grube, tat so, als hielte ich ein Mikrofon in der Hand, und sprach zu dem Erdwall, denn wenn ich den Lehrer die ganze Zeit anblicken würde, bekäme ich Genickstarre. Nach dieser Sache würde ich ein Experte für Löcher sein.

»Guten Abend, meine Damen und Herren«, begann ich. »Ich

begrüße Sie aus einem Gebiet, in dem die Lage nach einigen sehr schwierigen Tagen äußerst angespannt ist. Die letzten Truppen sind auf der Straße in meinem Rücken abgezogen.«

Ferne Explosionen.

»Um die Ereignisse aus lokaler Perspektive zu betrachten – ich muss nur kurz über diese Leiche steigen –, wollen wir mit einem Paar sprechen, das lieber anonym bleiben möchte. Herr und Frau Professor, wie wir die beiden nennen werden, wollen nach der Schlacht um ihre Stadt gerade Abendbrot essen.«

Ich höre die Schritte von Herrn Professor die Treppe herunterkommen. Das Ganze ist natürlich spannend, denn es folgt bestimmt eine Diskussion über die Philosophie von Löchern.

Herr Professor, der einen Schnurrbart trägt, kommt aus dem Bad und sagt zu seiner Frau: »Die Toilette spült wieder nicht richtig.«

»Versuch endlich, einen Klempner zu bekommen«, sagt Frau Professor.

Er deutet auf das Kamerateam und fragt: »Wer sind diese Leute?«

Frau Professor will etwas sagen, aber ich habe das Mikrofon.

»Wir sind die Nachrichten. Würden Sie sich bitte etwas näher zur Kamera begeben? Wir haben gehört, dass Sie inoffiziell der Professor der Löcher genannt werden.«

»Stimmt.« Er rückt seine Brille zurecht.

»Sie studieren die Philosophie der Löcher.«

»Ja.«

»Was philosophisch als schwierig gilt.«

»Richtig.«

»Haben Sie Aufzeichnungen gemacht oder ein Buch geschrieben?«

»Was soll das? Wer sind Sie noch mal?«

»Wir drehen einen Dokumentarfilm über den Ursprung und die Häufigkeit von Löchern.«

»Während hier noch dauernd geschossen wird?«

»Es war für diese Woche geplant. Wir können diesen Dokumentarfilm, der landesweit im Fernsehen gezeigt werden soll, natürlich auch woanders drehen.«

Plötzlich wirkt er bestürzt. »Ach. Na ja, vielleicht können wir weiter darüber reden. Ich trinke nur schnell einen Schluck Tee, dann können wir anfangen. Wie schmeckt Ihr Tee?«

»Also, wir haben die Information, Sie könnten Informationen über die Untergrundaktivitäten eines übereifrigen Studenten haben, dem es gelungen sein soll, durch Abflussrohre in ein anderes Universum einzutreten.«

»Nein.«

»Sie wurden dabei gesehen, wie Sie nach Mitternacht mit einer Taschenlampe, einem Notizheft, einem schweren Trenchcoat aus Kammgarn, einer Tweedmütze und augenscheinlich einem Rohr das Haus verließen.«

»O Gott! Sie haben mich beobachten lassen!«

»Wir haben Nachforschungen anstellen lassen.«

Der Professor blickt in die Kamera und gibt das Zeichen, den Ton auszuschalten. Ich nicke dem Kameramann zu. Der Professor beugt sich zu mir und bedeckt seinen Mund mit der Hand.

»Ich habe von einer seltsamen Studentin gehört, die überall herumschnüffelt, um Hinweise zum Wesen von Löchern zu finden. Sie hat einen hiesigen Universitätsprofessor mit der Waffe bedroht, damit er ihr die Hauptpunkte der philosophischen Debatte über dieses Thema nennt. Und dann hat sie sich auf die Suche nach dem wahren Wesen von Löchern gemacht, nach dem, was wirklich darin ist.«

(Natürlich gebe ich dem Kameramann das Zeichen, den Ton wieder einzuschalten, während der Professor spricht. Die Leute haben ein Recht, Bescheid zu wissen. Frau Professor gießt Tee ein. Großaufnahme.)

Er sagt: »Was hat diese Studentin gefunden? Und hat ihre Suche irgendwas über das Verschwinden von Flug 19 ergeben? Über den Untergang von Atlantis? Über das alarmierende Auftauchen von riesigen Ufos über besiedelten Gebieten, Hunderte von Zeugen, Filmbeweise, verfolgt auf militärischem Radar und dann spurlos verschwunden? Eins der größten Geheimnisse in der heutigen Populärwissenschaft besteht darin, dass niemand es überlebt, wenn er die Wahrheit herausfindet. Aber wir als Nachrichtenleute haben die Verpflichtung, das vielleicht größte Geheimnis seit der Entdeckung eines Jesusgrabs in Kaschmir zu enthüllen. ALLE SIND IN LÖCHER GESTÜRZT.«

Professor Loch, wie wir ihn für den Dokumentarfilm nennen und dessen Gesicht und Stimme wir zu seiner Sicherheit unkenntlich machen werden, führt mich aus dem Haus, blickt in beiden Richtungen die Straße entlang und wendet sich dann nach links. Überall Trümmer. Strömender Regen. Er zündet seine Pfeife an, schlägt den Kragen seines Trenchcoats hoch und marschiert mit auf dem Beton klackenden Lederschuhen in den Wind.

Ich hole ihn ein und halte ihm das Mikrofon vors Gesicht.

»Ihr bisheriger Eindruck?«

»Viele Leute glauben, dass keine Löcher existieren«, sagt er. »Dass Löcher etwas mit dem Sehvorgang zu tun haben und außerhalb unseres Kopfes nicht existieren.«

»Und Ihr eigener Standpunkt? Ich meine, das klingt ein bisschen zu bequem, oder?«

»Nicht jetzt. Da. Wir nähern uns der Uhr.«

Wir stolpern schweigend.

»Sehen Sie die Uhr an«, sagt er.

»Richten Sie die Kamera drauf«, bitte ich den Kameramann.

»Hinterlässt jede verstreichende Sekunde ein Loch, das aus der verstrichenen Sekunde besteht, oder wird sie von der nächsten Sekunde ersetzt, ohne dass eine Leere entsteht? Wohin geht die Sekunde? Wohin? Wenn wir die Vorstellung der Zeit mal beiseite lassen, was könnte sie ersetzen? Wir werden älter. Das Gras wächst. All das sind Prozesse. Wir haben ein Maß erschaffen, damit wir problemlos darüber sprechen können.«

»Und was ist dann in einem Loch?«, frage ich.

Der Professor reibt sich das Kinn. Außer Frage, dass er die Antwort weiß, deutlich zu erkennen, dass er an seiner Erwiderung feilt.

»*Was ist in einem Loch* kann auch heißen: *Was hat Soundso mit seinem Leben angefangen?* Dann ist er in dem Loch. *Was habe ich letzten Monat getan?* Dann ist die Frage in dem Loch. *Wo ist die Zeit hingegangen, als ich noch jung und unbekümmert war?* Wenn ich in so ein Loch schaue, finde ich meine ganze Jugend.«

»Aha«, sage ich. »Und findet man sich selbst? Vielleicht in jüngerer Form? Verlorene Freunde? Erfahrungen? Die erste Liebe? Die eigenen Empfindungen beim Anblick eines Toten?«

»Das habe ich noch nicht herausgefunden«, erwidert er nachdenklich und zwinkert lächelnd. Vermutlich weiß er mehr, als er sagt. Oder zu sagen bereit ist.

»Einstein wusste, dass Zeit Materie ist«, sagt er. »Dass Zeit und Raum verzerrt und verbogen werden können wie ein gespanntes Bettlaken, in dem sich eine Mulde bildet, wenn man einen Stein mittendrauf legt. Ist Ihnen schon mal aufgefallen, dass sich alles verlangsamt, wenn man über den Lenker seines Fahrrads fliegt?«

»Ich besitze kein Fahrrad, Professor, aber manche Leute glauben, weil keine Löcher existieren, gilt das auch für die Vergangenheit.«

»Ja, und dann kann man leugnen, dass die Vergangenheit so war, wie sie war, und stattdessen behaupten, dass sie so verlaufen ist, wie man sie in Erinnerung hat. Das kommt heutzutage sehr oft vor.«

»Ja.«

»Dennoch wird damit nicht widerlegt, dass die Vergangenheit so verlief, wie man es nicht wollte.«

»Ah ja.« Ich kratze mich am Kopf und stelle dann eine Frage, die hoffentlich nicht so zynisch klingt wie sie eigentlich sollte: »Und wie hängt das mit Löchern zusammen?«

»Seien Sie einen Augenblick still.« Seine Hand vor dem Objektiv. Zufrieden betritt er die Hauptstraße.

Wir gehen unter der Stadtuhr hindurch.

»Als Erstes lernen Sie bei diesen Nachforschungen, dass es verschiedene Arten von Löchern gibt.«

»Dann geben Sie also zu, dass Löcher existieren«, flüstere ich.

Er packt mich am Kragen. Stahlgraue Augen, die wie Nägel aussehen.

»Was denn, Herr Professor?«

»Sehen Sie die Uhr?«

»Ja.«

»Sehen Sie die Zeiger, den Minutenzeiger?«

»Ja.«

»Was passiert da gerade?«

»Nichts. Er wurde zerbombt.«

»Ist es dann noch eine Uhr?«

»Ah«, sage ich.

»Sie glauben, eine Uhr zu sehen, stimmt's?«

»Ja.«

»Das heißt nicht, dass sie existiert.«

»Aber ich kann sie doch sehen. Da ist sie.«

»Für jemanden, der Wissen erlangen will, stellen Löcher dasselbe Problem dar«, sagt Herr Professor. »Existieren Löcher? Was ist ein Loch?«

Plötzlich zieht seine Hand meinen Kopf herunter, und er dreht sich zur Wand um. Ein Armeelastwagen braust vorbei.

»Tut mir leid. Wir dürfen hier nicht gesehen werden.« Er seufzt. »Ein Loch ist, wenn Wasser aus dem Eimer läuft, stimmt's? Wenn man die Münzen in seiner Tasche verliert.«

»Ja.«

»Falsch.«

Er klingt wirklich wie ein Detektiv. Ich will diesen Satz ins Mikrofon murmeln, als wir, über die Trümmer stolpernd, auf eine freie Fläche gelangen. Er zieht mich zur durchlöcherten Hauswand eines Bürogebäudes. Durch die Löcher in der Fassade sieht man immer noch Leute auf der Straße, schemenhafte Gestalten im Rauch, schwer zu sagen, ob es sich um kämpfende Soldaten oder flüchtende Einwohner handelt.

»Es ist doch so«, sagt der Professor und blickt in die Kamera.

»Nein, sehen Sie mich an«, fordere ich ihn auf.

»Es ist doch so. Eine Studentin an der hiesigen Universität hat herausgefunden, dass vielleicht keine Löcher existieren. Das hat sie natürlich aus einem Buch, und das ist das Letzte, woraus man etwas lernen will. Sie wissen schon, ein bisschen Gelehrsamkeit.«

Ich nicke. »Natürlich, Professor.«

»Diese Studentin hat davon Wind bekommen, dass es nur zwei Möglichkeiten gibt, Löcher zu begreifen. Deshalb hat sie den Professor überfallen und wollte seine gesamten Unterlagen haben. Wie ich höre, hat sie mit einer Waffe herumgefuchtelt. Wahrscheinlich nicht geladen. Hat sich mit einem Bündel Papiere davongemacht, mehr weiß ich auch nicht.«

»Dann könnte er überall sein«, sage ich.

»Sie.«

»Natürlich. Sie könnte sonst wo sein. Professor, Sie haben mich hierhergeführt, um mir den nächsten Beweis zu zeigen, den Sie bei Ihren Nachforschungen aufgedeckt haben.«

Er schwenkte den Arm über die freie Fläche, die einmal ein Park gewesen war.

»Ja?«, frage ich.

»Über den Park habe ich nichts zu sagen. Ich habe bloß meine Armmuskeln gedehnt.«

Er dreht sich zur Wand. Die geheime Theorie der Löcher. »Sehen Sie sich diese Wand an, die von den Kugeln und Granaten hinterlassenen Löcher. Sind das Löcher?«, fragt er.

Ich stecke die Finger hinein.

»Ja«, sage ich, »das sind Löcher. Da besteht kein Zweifel.«

»Lassen Sie die Finger, wo sie sind, und hören Sie gut zu. Manche Leute würden sagen, die Wand hier ist zerfetzt oder es fehlen Stücke, aber es gibt kein Loch. Wenn noch mehr von der Wand weggeschossen wird, gibt es noch weniger Material, das die falsche Vorstellung von einem Loch nährt. Ein Doughnut ist ein Ring, aber er hat kein Loch. Ein kreisförmiges Stück Doughnut fehlt.«

»Hmmm.«

»Aber das ist gar nicht das Faszinierende.« Herr Professor beugt sich mit hochgeschlagenem Kragen näher heran, blickt sich verstohlen um, und wir drängen uns an die Wand. »Dennoch kann es sein, dass Löcher existieren. Vielleicht existieren sie, aber für uns gehören sie zu den Gegenständen, die sie umgeben. Das Problem ist: Was müsste man tun, um ein Loch zu vergrößern? Wie kann man sich in einem Loch befinden? Stattdessen befindet man sich an der Stelle, wo das Material der Umgebung fehlt. Wie können Münzen durch ein Loch fallen? Die Münzen werden vom Taschenfutter festgehalten, sie nehmen einen bestimmten Raum ein und fallen mit einer bestimmten Geschwindigkeit. Das ist, was man sieht. Das Loch ist nur eine Vorstellung. Man muss vorsichtig sein, sehr vorsichtig.«

»Wir haben nur noch sechs Minuten Aufnahmeband, Herr Professor.«

»Anscheinend hat die Studentin Beweise dafür entdeckt, dass ein Philosoph namens John Locke, der schon lange tot ist, behauptet hat, Löcher seien nicht gegenständlich und könnten deshalb auch nicht die Ursache für irgendetwas sein. Ein Loch zu sehen sei deshalb nur Einbildung. Wenn man ein Wort falsch schreibt, sieht es für die eigenen Augen dennoch wie das richtige Wort aus, denn es entspricht dem, was sie erwartet haben. Auch Löcher kommen damit durch.«

Er beugt sich noch näher heran. »Löcher können sich alles erlauben, sogar einen Mord. Sie vertuschen die Wahrheit.«

»Noch vier Minuten, Professor. Was haben Sie über Löcher herausgefunden?«

Herr Professor kramt murrend in seinen Taschen.

»Geduld. Ich will erst die philosophischen Grundlagen zu Ende bringen. Der Wissenschaft zufolge könnten Löcher fehlende Teile von Gegenständen sein. Aber letztendlich könnten Löcher auch einfach Löcher sein. Sollte das stimmen, dann sind sie Parasiten. Man kann das Loch nicht vom Material trennen. Löcher sind Raum, aber kein richtiger Raum. Man kann sie füllen oder messen, kann hineinfallen.«

»Kann man ein Loch kaputtmachen?«, frage ich.

»Ha! Ausgezeichnete Frage! Ein Loch ist nicht in Stücke unterteilt, deshalb muss die Antwort darauf ›nein‹ lauten. Und jetzt folgen Sie mir.«

Ich folge dem Professor in seinem wehenden Mantel durch den scharfen Geruch von Karbonat. Die Stille nach der Schlacht. Den Rauch, der wie Unkraut aus Spalten und Kratern sprießt.

Wir kommen zu einem Loch, in dem zusammengesunken ein Soldat mit zerschossenem Gesicht liegt. Der Professor winkt die Kamera heran. »Wir legen unsere Toten in Löcher«, sagt er. »Dann zerstören wir das Loch rituell, indem wir es auffüllen. Man wird den Mann zu einem anderen Loch tragen und ihn begraben. Ist es dann noch ein Loch?«

»Zweifellos eine bedenkenswerte Frage«, erwidere ich.

Rasselnde Panzerketten. Ein Schuss, zwei Schüsse, Geschützdonner.

»Ein Gegenangriff, vielleicht eine Partisanengruppe«, sagt der Professor. »Wir müssen jetzt gehen. Wenn man uns in der Nähe dieses Mannes findet, werden wir erschossen.«

Wir laufen zum Haus des Professors zurück. Ich stelle fest, dass er sich für einen Mann seines Alters sehr geschmeidig bewegt. Als wir in der Nähe des Hauses nach Atem ringen, sehen wir, wie Soldaten aus der Haustür gerannt kommen, wie Gewehre feuern und ein Mann zu Boden stürzt. Der Professor macht sich offenbar Sorgen.

»Meine Frau!«, ruft er und stürmt los.

Wir rennen zurück, meine Damen und Herren. Betreten das Haus. Wie zu befürchten stand, ist Frau Professor verschwunden. Einer Ahnung folgend, laufe ich zum Abflussrohr. Am Abfluss liegen ein linker Schuh und eine Brille. Sie hat den Ausgang in eine andere Dimension benutzt. Aber ist das Loch des Abflussrohrs nicht zu klein, um in ein so großes Loch, eine andere Dimension, zu gelangen?

Ich komme zu dem Schluss, dass sich weitere Fragen stellen, meine Damen und Herren. Kann es sein, dass Frau Professor der Detektiv ist? Sie hat uns etwas vorgespielt. Ist sie die Studentin, die den Hochschullehrer überfallen hat? Oder eine Komplizin? Gibt es noch mehr fehlende Bausteine im alten Geheimnis der Löcher?

Das undurchsichtige Ende einer vielleicht langen Verfolgungsjagd.

Herr Professor ist im Haus und tut so, als würde er verzweifelt nach seiner Frau suchen.

Fragen wir Herrn Professor, ob er tatsächlich der führende Löcher-Experte in diesem Haus ist. Doch zunächst ein paar abschließende Worte.

Einstein hat 1905 behauptet, dass sich Zeit und Raum bei Lichtgeschwindigkeit ändern: Entfernungen werden größer, die Zeit vergeht langsamer als normal. Schwarze Löcher sind ein Beispiel für Schwerkraft, der nichts, auch kein Licht, entrinnen kann. Wenn die Schwerkraft zu groß wird, stürzt sie in sich zusammen und reißt jegliche Materie in weitem Umkreis mit, wie bei Cygnus X-1, einem schwarzen Loch, das dreißigmal so groß wie die Sonne ist. Und was ist in seinem Innern? Andere Universen, ineinandergeschachtelt wie russische Puppen? Eine andere Art von Materie?

Löcher sind eine gefährliche Angelegenheit, und man sollte es Fachleuten überlassen, sie aufzufüllen. Aber es bleibt die Frage: Was ist *in* einem Loch?

Das will ich den Professor nun fragen. Auf einmal huscht eine schemenhafte Gestalt an mir vorbei.

»Wer läuft denn da?«, frage ich. »Moment, was ist das? Professor! Professor! Warum laufen Sie weg? Professor, was haben Sie zu verbergen? [*Nach Atem ringend*] Unsere Zuschauer haben ein Recht, Bescheid zu wissen! Die Welt hat das Recht, Bescheid zu wissen! Wir zeigen Ihr Gesicht, wenn Sie nicht mit uns sprechen! Was ist denn da am Himmel? He, richte die Kamera in den Himmel! Da, da! Hast du's im Kasten? Es kam aus dem Abflussrohr geschossen. So was wie ein Projektil. Ja, aus dem Abflussrohr! Hast du's nicht im Kasten? Mein Gott, ich hab doch gebrüllt, du sollst die Kamera in den Himmel richten!

Ich hab Frau Professor gesehen, sie hat das Projektil gesteuert. Ich hab die Frau des Professors gesehen, wenn ich's doch sage. Du brauchst gar nicht den Kopf über mich zu schütteln!«

Ich rang nach Atem. Der Wind ließ nach, und der Schnee fiel sanft in die Grube.

»Läuft der Dokumentarfilm noch?«, fragte der Lehrer.

»Nein, er ist zu Ende.«

»Ich habe nicht den Kopf über Sie geschüttelt«, sagte er.

»Meine Phantasie ist mit mir durchgegangen. Ich hab Hunger. Da kommt so was vor.«

Er lächelte. »Ich weiß.« Er strich seinen Mantel glatt und streckte sich, hüpfte auf der Stelle und ließ den Rumpf kreisen. Schön für ihn dort oben auf dem freien Feld.

»Ich hab keine Angst vor schwarzen Löchern«, rief ich. »Das sind im Weltraum wirbelnde Kraftwerke.«

»Das ist so ähnlich wie Klaustrophobie«, erwiderte der Lehrer. »Ein falsch gelebtes Leben. Im Aufzug eingeschlossen, unter Bettlaken, mit zu vielen Menschen auf einem Pfad. Dann wünschte ich, ich wäre zu Hause, im Garten, säße in einer frischen Brise am Meer, vor meinen Augen nichts als Wasser. Manchmal ist mein Atem in mir eingeschlossen, und alles zieht sich zusammen. Ich falle auf ein Tausendstel meiner Größe zusammen, die Schwerkraft weiß nicht, wo sie hinsoll, also bohrt sie ein Loch zu einem anderen Universum und gräbt sich ins Freie wie eine eingeschlossene Ratte durch eine brennende Stallwand. Was ist im Innern eines schwarzen Loches? Das ist, als würde man fragen: Was ist im Innern des Todes? Wenn einem die Spielregeln nicht gefallen, sollte man aus der Maschine aussteigen und sie ausschalten. Ihnen gefallen schwarze Löcher, Bäcker? Bars, Kinos, Kokain, schnelle Autos, Träume. Darin leben Leute, die das gesamte Universum ausgeschaltet und jegliche Hoffnung aufgegeben haben.«

»In diesem Fall stehe ich gerade in einem schwarzen Loch«, erwiderte ich.

Anscheinend bereute der Lehrer seine Tirade über schwarze Löcher. Vielleicht wollte er, dass ich offener wurde, dass ich seinem Beispiel, seiner offensichtlichen Ermutigung folgte. Geständnisse kurz vor dem Tod haben etwas Verzweifeltes. Ich meine, man hat doch ein Leben lang Zeit, diese Sachen zu sagen.

Er zündete sich die soundsovielte Zigarette an und sog das Nikotin geradezu ein. Auch wenn die Sonne bereits am Horizont verschwunden war, glänzte sein Gesicht wie eine blasse Platte oder der Mond an einem strahlend blauen Nachmittag. Irgendwas stimmte nicht.

Nur noch ein paar Minuten von völliger Finsternis entfernt, ging ich im Loch auf und ab und dachte daran, dass ich den Sonnenuntergang versäumt hatte.

Ich kerbte eine Stufe in die Wand und stemmte mich darin hoch, um zu sehen, was los war. An der Mauer ging es inzwischen lebhafter zu. Die sechs Reihen schlurften ein paar Meter vorwärts und blieben stehen, als eine Pfeife kaum hörbar durch die Windböen und den wirbelnden Schnee herüberdrang. Vermutlich war es schon weit nach drei Uhr, und meine Frist zum Graben des Loches war abgelaufen. Doch ich brauchte noch mindestens eine halbe Stunde.

»Ich muss Ihnen etwas sagen«, rief er.

Ich drehte mich um.

Was wollte er sagen, und warum hielt er plötzlich inne?

Er beschirmte mit der Hand die Augen und spähte auf das Feld. Ich sprang so hoch wie möglich und erblickte einen Schemen im Schneegestöber.

Ich sprang noch mal. Der Schemen war ein Junge, höchstens elf oder zwölf Jahre alt. Er rannte und stolperte in unsere Richtung.

Wieder sprang ich.

»Es ist einer meiner Schüler«, sagte der Lehrer. »Ich kenne die Mütze.«

Ich wartete im Loch, bis der Junge bei uns ankam.

»Bitte helfen Sie mir. Ich suche meine Eltern, meine Familie!«

Ich hielt mich im Loch bedeckt, denn mein erster Impuls war, dass sich der Lehrer darum kümmern sollte, ihn loszuwerden. Doch dort unten konnte ich nicht alles verstehen, deshalb kerbte ich eine weitere Stufe in den Lehm, kletterte höher und lauschte mit der Hand am Ohr. Als der Lehrer den Jungen beruhigt hatte, fragte er ihn aus.

»Und was ist dann passiert?«, fragte er.

»Die Bäume haben meine Eltern verschluckt. Sie sind mit den Soldaten in das Wäldchen am Dorfrand gegangen, und seitdem hab ich sie nicht mehr gesehen. Auf dem Feld da drüben – nein, dem da – sah ich, wie ein großes Loch gegraben wurde. Meine Oma hat im Scherz immer gesagt, wenn ich ungezogen bin, holen mich die Geister. Ich glaube, jetzt haben sie meine Oma geholt.«

»Und was ist dann passiert?«

»Die Dorfbewohner beschlossen zu bleiben, obwohl sie wussten, dass die Soldaten kamen. Die Soldaten gingen in jedes Haus in unserer Straße. Ich hörte Schüsse. Unser Haus war das letzte auf unserer Straßenseite. Ich lief zum Fenster und sah, wie sie das Nachbarhaus verließen und herüberkamen. ›Jetzt sind wir dran‹, rief ich meiner Familie zu, aber alle saßen bloß reglos da. Einer der Soldaten betrat unser Haus, setzte sich an unseren Tisch und zündete sich eine Zigarette an. Er bat meinen Onkel zu gehen. ›Warum wollen Sie nicht gehen? Ihnen bleibt nichts anderes übrig‹, sagte der Soldat und hob das Gewehr. Plötzlich griff sich mein Onkel ans Auge und schrie. Mein Cousin fasste sich an den Bauch und riss den Mund auf. Er stürzte zu Boden und zerbrach wie ein Glas, wie die Familienvase meiner Mutter, die ich mit fünf – nein, fünfeinhalb – fallen gelassen hatte. Damals hat sie geweint, denn sie hatte die Vase von ihrer Mutter geerbt, aber sie nahm mich trotzdem in den Arm und beruhigte mich. Ich hab Ihnen ja schon erzählt, dass die Bäume meine Eltern verschluckt haben.«

»Und was ist dann passiert, mit den Soldaten?«

»Der Soldat hat mich nicht erschossen. Er verließ das Haus und ging mit den anderen zu einem Feld. Sie waren starke Männer, von der Hüfte aufwärts nackt. Ihre Muskeln waren riesig. Sie trugen Sonnenbrillen und hatten Schals um die Köpfe geschlungen. Ich sagte meinem Onkel und meinem Cousin, dass ich zurückkommen würde, und folgte den Soldaten hinter den Bäumen. Sie gingen zu einem Feld und setzten sich mit ihren Gewehren in die Wildblumen. Ich trat zwischen den Bäumen hervor, und einer von ihnen richtete sein Gewehr auf mich, aber ich sagte rasch mit heftig pochendem Herzen, dass ich ihnen Tee machen würde, dass ich alles Nötige suchen würde, um den Tee zu machen, und bat sie, meine Eltern zurückzubringen, wenn ich nett zu ihnen wäre. Ich würde ihnen folgen und ihnen Tee machen. Sie lachten. Einer sagte: ›Wir kommen wieder und bringen dich um.‹

›Ich putze auch Ihre Stiefel‹, sagte ich. ›Bringen Sie meine Familie zurück?‹ Sie sagten, meine Schwester säße in einem Auto. Hinter ihnen sah ich eine Hand im Gras.«

»Und was ist dann passiert?«

»Ich lief zu meiner Oma, um ihr alles zu erzählen. Ihr brennendes Haus erkannte ich an den Vorhängen. Ich hielt mir wegen dem Rauch eine Socke vor den Mund und ging nach oben. Sie saß in ihrem Schlafzimmer, und ich glaube, sie hat meinen Namen gesagt. Als ich noch klein war, hat ihre Hand immer gezittert, wenn sie mir frische Kekse hinhielt, aber jetzt streckte sie die Hand ganz ruhig nach mir aus. Ihre Augen, sonst immer feucht, waren jetzt trocken und klar. Ihre Stimme war nicht mehr die kräftige Stimme, die mich rief, als ich meine ersten Schritte machte. Draußen hörte ich Schüsse. Ich kroch zu ihr und sagte: ›Oma, ich bin jetzt ein Mann, lass mich für dich kochen‹, aber sie schüttelte den Kopf. ›Bitte, lass mich‹, flehte ich. Sie schüttelte immer wieder den Kopf, ohne vom Sessel aufzustehen. Ich rüttelte sie an der Schulter, und ihr Kopf schwang wieder hin und her. Ihre Haut war ganz kalt. Ihre klaren Augen sahen mich an, ohne zu blinzeln. Sie hielt den Atem an. Nachdem ich ihr versichert hatte, dass ich wiederkommen würde, lief ich nach draußen, an den Hauswänden entlang, an denen ich immer gespielt hatte, bevor die Soldaten kamen. Die Wände waren voller Kugeln. Und die Häuser auf der anderen Straßenseite hatten sich in Ruinen verwandelt.

Als die Soldaten die Straße bombardierten, rannte ich zum Dorfplatz, grub ein Loch in einen Trümmerhaufen und wartete, bis die Explosionen vorbei waren. Ich bekam langsam Hunger, blickte aus dem Loch, und als ich nichts sah, ging ich zum Dorfrand, wo die Hauptstraße vorbeiführt. Lange Menschenkolonnen aus anderen Orten eilten die Straße entlang.

Ich suchte etwas zu essen. Den ganzen Tag lang sah ich, wie die Flüchtlinge zurückkehrten, mit starrem Blick. Ihre Augen waren jetzt größer, denn sie hatten vieles gesehen, das darin bewahrt werden musste. Sie schoben Kinderwagen und fuhren Traktoren, beladen mit ihren Habseligkeiten. Der Boden bebte und ließ meine Knochen erzittern. Als ich müde war, legte ich mich schlafen.«

»Und was ist dann passiert?«

»Ich begab mich zu dem Feld, zu dem die Soldaten gegangen waren, nachdem sie meinen Onkel und meinen Cousin erschossen hatten. Sie hatten sich wieder dort versammelt, um sich auszuruhen, die Gewehre, mit denen sie meine Verwandten umgebracht hatten, neben sich. Hinter den Soldaten sah ich Kleidungsstücke im Gras liegen, aus denen Knochen hervorschauten.

Ich fragte die Soldaten: ›Wer wird mich jetzt lieben?‹ Sie sagten: ›Frag deine Mutter.‹ Und dann lachten sie. Ich forderte sie auf, nicht so zu reden. Trotzdem erschossen sie mich nicht. Also kehrte ich in unser Dorf zurück. Auf einer Seite war der Himmel ganz leer, weil die Häuser verschwunden waren, und auch das Haus meiner Oma stand nicht mehr. Die Krähen waren verschwunden, weil die Bäume verschwunden waren. Ich lief einen ganzen Tag lang, bis meine Füße wund waren und bluteten. Ich lief, bis ich die Leute einholte, die auf dem Weg in die Berge durch unser Dorf gezogen waren. Sie sagten, sie könnten mich nicht ernähren, und schickten mich wieder zurück.«

»Was ist dann passiert?«

»Ich fand etwas zu essen und stahl noch etwas von den Soldaten, die geblieben waren, um das Dorf zu bewachen. Es wurde kalt, und ich wurde unvorsichtig. Gestern haben sie mich beim Stehlen erwischt und auf mich geschossen. Ich lief und lief, bis sie aufhörten zu schießen, und als ich zurückblickte, konnte ich sie nirgends mehr sehen. Dann bin ich die ganze Nacht gelaufen, und jetzt hab ich Sie auf dem Feld stehen sehen, und Sie stellen mir Fragen.«

Ich sah, wie sich der Lehrer zu dem Jungen hinunterbeugte und ihn an der Hand fasste, doch er riss sich los.

»Ich bin kein kleiner Junge!«

»Nein, du bist jetzt erwachsen, du bist ein Mann.«

»Können Sie mir helfen, meine Familie zu finden? Ich will zu meiner Mama und meinem Papa! Ich will zu meiner Schwester! Ich bin ganz allein, und ich hab Hunger!«

Der Lehrer riss die Augen auf und rief: »Verschwinde jetzt. Lauf, lauf! Los!«

»Nein, ich will bei Ihnen bleiben.«

»Kommt nicht in Frage. Los, verschwinde!«

Ich sah, wie der Lehrer die Hand hob, als wollte er ihn schlagen oder einen Stein werfen.

Die Mütze des Jungen war am Rand des Loches zu sehen, und ich beobachtete, wie ihr der Kopf des Lehrers folgte. Als ich hochsprang, sah ich, wie der Junge durch den Schnee zum Wald stapfte. Der Lehrer blickte ihm eine Weile nach, und als er sich wieder zu mir umdrehte, wusste ich, dass sein Schüler mitsamt seinem Hunger und seiner hoffnungslosen Suche verschwunden war.

DRITTER TEIL

16:00 Uhr

»Wie spät ist es?«, fragte ich.

»Kurz vor vier«, lautete die unverzügliche Antwort.

»Und die Frist?«

»Haben Sie es eilig?«, fragte er.

»Nein.«

Der Lehrer verstummte, die Augen glasig vom Nachdenken. Plötzlich trat er an den Rand der Grube, musterte mich eingehend und sagte: »David Hume, der Philosoph und Historiker, kennen Sie den zufällig?«

»Natürlich«, sagte ich. *Hatte noch nie von ihm gehört.*

»Dann wissen Sie vielleicht, dass er als Jugendlicher eine Art Nervenleiden hatte, einen völligen Ausfall seines Empfindungsvermögens, was erklären könnte, warum er später den Standpunkt vertrat, dass die Identität eines Menschen unbeständig ist. Meiner Meinung nach sind diese beiden Ereignisse miteinander verknüpft. Der Nervenzusammenbruch hatte auf ihn eine große Auswirkung.« Der Lehrer ballte die Hand zur Faust.

»Wissen Sie, Bäcker, es war der schwarze Hund.«

Ich wusste nicht, ob der Lehrer mich quälte, weil ich mit der Bemerkung, ich stünde in einem schwarzen Loch, vielleicht zu viel von mir offenbart hatte.

»Was passierte mit ihm?«, fragte ich. »Und was für ein Hund?«

»Er schrieb einen Brief«, sagte der Lehrer.

»Ja?«

»1734 schrieb er einen Brief an Dr. George Cheyne. Das weiß ich noch, weil ich ihn oft meinen Schülern vorgelesen habe, denn viele von ihnen, besonders die jungen Männer, haben schwer am Leben zu tragen.«

»Und was stand in dem Brief?«, fragte ich.

»Hume schrieb Cheyne, Anfang September 1729 sei seine Leidenschaft für das Leben, für Bücher und fürs Denken von einem Moment auf den anderen erloschen. Und seitdem habe er in seinem Denken nicht mehr jenen Gipfel erreicht, der ihm einst so viel Freude bereitet habe. Er beschrieb das Ganze als Kälte. Als Verlassenheit. Und dieser Zustand habe neun Monate angehalten. Kein Arzt habe ihm helfen können. Deshalb habe er die Philosophie der Wahrheit studiert und über den Tod nachgedacht.«

»Was? Hatte er eine Erkältung?«, fragte ich. »Einen Virus?«

»Es geht um eine viel tiefere Erschöpfung, Bäcker. Der schwarze Hund. Er kommt zu Jung und Alt, zu Menschen jeglicher Rasse, an allen Orten, legt sich auf ihren Kopf und wirft auf jedes Gefühl einen Schatten, drückt aufs Gemüt. Baut sich ein Nest und schläft dumpf im Glas ihrer Seele. Die Menschen geben ihm seit Tausenden von Jahren verschiedene Namen.«

»Hören Sie, ich kann hier nicht den ganzen Tag rumstehen. Was war mit Hume genau los?«

»Abgesehen von dem Brief weiß ich darüber nichts. Wissen Sie, Hume schrieb, dass ihm schließlich ein Arzt antihysterische Pillen verschrieb und ihn mit Bittermittel behandelte. Hume trank auch täglich einen halben Liter Rotwein und ritt zehn bis fünfzehn Kilometer. Obwohl er nicht mehr zu seinen geistigen Höhenflügen fähig war, ging es ihm besser. Er arbeitete weniger und ernährte sich vernünftig. So lebte er sieben Monate lang. Beklommen.«

»Warum denn? Sie haben doch gesagt, es ging ihm besser. Hume hat geschrieben, dass es ihm besser ging.«

»Weil der Hund immer noch schwanzwedelnd und mit heraushängender Zunge vor der Tür stand und um Aufmerksamkeit heischte. Und als Hume nicht hinschaute, kam er wieder zur Tür herein. Von April bis Mai 1741 wurde der hochgewachsene, schlanke Hume innerhalb von sechs Wochen fett und bekam einen Herzanfall. Nach seiner Genesung beglückwünschten ihn seine Freunde zu seiner kräftigen Erscheinung. Seine Familie empfand ihn als ausgeglichen und fühlte sich in seiner Gesellschaft wohler als je zuvor. Trotz seiner Ahnung machten ihm ihre Äußerungen Hoffnung, und er ritt zweimal täglich mindestens zehn Kilometer, nahm wieder Bittermittel und besuchte eine berühmte Mineralquelle. Aber der Hund ließ ihm keine Ruhe. Durch verzweifeltes Studium entdeckte er eine starke Verbindung zwischen Geist und Körper.«

»Zielloses Umherschweifen der Gedanken«, sagte ich, nicht weil ich eine Meinung äußern wollte, sondern eher um den Lehrer von der Bühne zu holen. Er entwarf eine gewaltige Landkarte für mich. Kein Wunder, dass mein Bruder bei diesem Mann nichts gelernt hatte. Viel Geschwätz und keine Gelehrsamkeit. Kein Sinn und Zweck.

Seufzend warf ich die Schaufel hin.

Ohne eine Miene zu verziehen, sagte der Lehrer: »Er studierte die Moralphilosophie des Altertums und setzte daran aus, dass man Lebensentwürfe ersonnen hatte, die seinen Worten zufolge eher auf Erfindungsgabe als auf menschlicher Erfahrung gründeten. Hume glaubte, dass sich alle moralischen Schlussfolgerungen auf die menschliche Natur stützen sollten. Er ging seine früheren Schriften noch einmal durch und sah nur, was er als ›seitenweise meine eigene Erfindung‹, als Phantasie und Illusion bezeichnete.«

Der Lehrer ballte die Faust. »Und dann tauchte Humes nächstes Problem auf. Eins, das ihm schwer zu schaffen machte.«

»Was denn nun wieder?«, fragte ich.

»Er konnte sich nicht mehr auf die Einzelheiten konzentrieren, konnte all diese Einzelheiten nicht mehr in klare, elegante Prosa, sein Denken nicht mehr in flüssige Zeilen verwandeln. Wandte alle zehn Minuten den Blick ab. Er konnte sich nicht genügend konzentrieren, um seine Ideen aufzuschreiben.«

»Ich hab langsam die Nase voll«, sagte ich, »das tun Sie doch aus reiner Grausamkeit. Ich muss mir dieses Geschwafel nicht länger anhören.«

Sofort fuchtelte der Lehrer mit den Händen. »Nein, nein. Das Ganze hat einen Sinn. Haben Sie bitte Geduld. Lassen Sie mich bitte zu Ende erzählen.«

Ich starrte ihn an, und das fasste er als Ja auf.

»Hume konnte den winzigen Unterschied an geistiger Bewegung zwischen seinem Zustand und völliger Gesundheit nicht ignorieren, denn er hatte keine äußeren Anzeichen für eine Krankheit«, sagte er. »Dieser Unterschied quälte ihn. Und er stellte sich den Unterschied zwischen seiner ›Unpässlichkeit und Schwermut‹, wie man das Ganze damals nannte, und dem Wahnsinn als ebenso klein vor. Vielleicht konnte er noch weiter abrutschen. Am Schluss des Briefes schrieb er, dass er aus der Wolke nicht herausgekommen sei und die Hoffnung aufgegeben habe, je wieder gesund zu werden. *Ob ich jemals auf Genesung hoffen kann? Ob ich lange darauf warten muss? Ob meine Genesung jemals vollendet sein wird und meine Lebensgeister ihre einstige Spannkraft und Vitalität zurückgewinnen? Ob ich den rechten Weg zu meiner Genesung eingeschlagen habe? Ich glaube, alle geeigneten Arzneien wurden angewandt, aus diesem Grunde muss ich nicht mehr davon sprechen.* Wirklich traurig, Bäcker.«

Ich rieb mir mit dem kalten Handschuh die Stirn. »Dann wissen Sie nicht, wie das Ganze weiterging?«

»Nein. Das weiß ich wirklich nicht und wollte es auch nie

herausfinden. Wissen Sie, die Schönheit dieses Briefes liegt in der Nachforschung, der Menschlichkeit, der Ehrlichkeit, der Angst und Verwirrung. Trotz all seiner Gelehrsamkeit wusste Hume, dass er in Schwierigkeiten steckte.«

»Und was für einen Zweck hatte das Ganze nun? Es bläst ein Sturm, und die Zeit läuft mir davon, wissen Sie noch?«

»Worauf würden Sie von Humes Symptomen schließen?«, fragte der Lehrer.

»Ich schließe, dass man heute nicht mehr solche Briefe schreibt, Lehrer. Heute benutzt man ein Telefon«, sagte ich trocken. *Gut, in diesem Moment einen Schlag in die Magengrube zu landen.* Ist ein bisschen zu eingebildet und sieht sich wohl gern im Spiegel, dieser Gelehrte.

»Bäcker, der schwarze Hund ist die Depression. Eine ausgesogene Seele. Der Hund raubt den Leuten ihre Lebenskraft wie ein Dieb in einer von Menschen wimmelnden Straße eine Handtasche. Und auf einmal blickt man sich um und fragt: *Wo ist sie?* Man steht im Nebel und kommt nicht an die wirkliche Welt heran. Man sieht genauso aus wie vorher, man hört sich genauso an. Aber man ist ein Gespenst. Fremd in seinem eigenen Leben. Eine Abweichung von ein paar Zentimetern, einen einzigen Schritt vom Glück entfernt.«

»Ich hab schon mal von Depressionen gehört.« Mein Herz raste. Der Lehrer hatte gerade mein Leben beschrieben.

»Da bin ich mir sicher«, sagte er.

»Wie meinen Sie das?«

»Vielleicht haben Sie selbst welche.«

Ich lachte, denn mir blieb nichts anderes übrig. Mir fiel nichts ein, was ich ihm hätte entgegenschleudern können. Ich sah einen Mann voller Wut oder Leidenschaft, der mit jedem Schlag die Wahrheit traf.

»Ich bin derselbe Mensch, der ich immer war«, sagte ich.

»Sie müssen Depressionen haben. Wie sonst hätten Sie all

das tun können, was Sie getan haben? Wie hätten Sie Ihren Abscheu so leicht verlieren sollen? Vielleicht geht es Ihnen genauso wie Hume, vielleicht können Sie es jetzt erkennen. Ich will, dass Sie begreifen, Bäcker. All das darf nicht vergeblich sein. Was haben Sie …?«

»Nein …«

»… entdeckt?«

»Ich bin kein bisschen traurig.«

»Nein! Das ist keine Traurigkeit!«, rief er. »Es ist schwarze Galle. Der schwarze Hund. So viele Namen, so viele Leben, so viele Jahrtausende. Mein Gott, schon ein paar Pillen hätten Sie wiederherstellen können.«

»Ich bin nicht traurig. Vielleicht sollten Sie diese Pillen ausprobieren, Lehrer.«

»Vielleicht hat der schwarze Hund Sie irgendwann in Ihrer Bäckerei entdeckt«, erwiderte er. »Hat sich von hinten an Sie herangeschlichen. Vielleicht sind Sie deshalb so gleichgültig. Vielleicht haben Sie das Ganze deshalb getan.« Er deutete mit dem Finger auf mich. »Ich will es wissen!«

»Sie sollten sich mal reden hören«, sagte ich. »Sie sind es, der Depressionen hat. Können Sie denn nur an Versager denken, an Hume und die ganzen anderen?«

Wir wandten uns voneinander ab, und nur das Schneetreiben füllte den Raum zwischen uns aus.

EIN KOLLABORATEUR SPRICHT

Diese Gegend ist eine Halbinsel. Die wichtigste Küstenstadt ist nur ein paar Kilometer entfernt. An der Uferpromenade weht eine Flagge jeder Provinz, im Sommer legen ein paar Fähren an, obwohl wir für die Sonnenhungrigen zu weit nördlich liegen, auch wenn uns vor vier Jahren ein schöner Sommer mit endlos langen Tagen beschert wurde. Die Mädchen waren spärlich bekleidet, die Jungen trugen Shorts und weiße Hemden. Alle gingen zum Strand, und das Gerede vom Krieg und die ständigen Kriegsdrohungen lösten sich in Luft auf. Den größten Teil des Jahres braucht man in diesem Land Schal und Handschuhe. Und meistens tragen wir die auch, halten die Köpfe gesenkt und kümmern uns um unsere eigenen Angelegenheiten.

Doch manchmal beschließen die Leute vielleicht, dass sie sich um die Angelegenheiten von anderen kümmern wollen. Wer sich ihnen widersetzen kann, darf sich glücklich schätzen, besonders wenn diese Leute Waffen besitzen.

Ich konnte mich nicht widersetzen.

Die Dunkelheit senkte ihren Schmutz auf mich herab, und ich verspürte den Drang zu reden.

»Lehrer«, rief ich.

Keine Antwort.

»He, ich bin hier drin! Ich will reden!«

Er tauchte wieder am Loch auf, ein schmales Schneeband auf Schultern und Kopf, als hätte man ihn mit Kleister bestrichen. Sein Gesicht eine Mischung aus Blau, Tintenschwarz und weißem Raureif auf den Lidern.

»Lehrer, wollen Sie es immer noch wissen?«

Er verschränkte die Arme. Obwohl ich mir nicht ganz sicher sein konnte, spürte ich in jenem Moment, wie sich das letzte Licht an den Bäumen vorbei davonstahl. Wir befanden uns in der zweiten Nachmittags- oder der ersten Abendhälfte. Die Welt drehte sich, und wir drehten uns mit.

»Die Soldaten kamen zu meinem Haus«, sagte ich.

»Das wissen wir. Das haben wir gesehen.«

»Sie kamen am Abend des ersten Tages zu meinem Haus, kamen aus der Schenke und gaben mir eine Minute Zeit, mich für das Leben oder den Tod zu entscheiden. Ich war gesund und kräftig, unverheiratet, stark vom jahrelangen Brotkörbetragen. In meiner Lage konnte man normalerweise davon ausgehen, dass man sich zu Tode schuftete oder erschossen wurde.«

»Verstehe.«

»Wenn ich ihnen half, meine eigenen Leute überwachte und ein paar anfallende Aufgaben erledigte, würde ich den Konflikt überleben. Natürlich willigte ich ein.«

»Natürlich«, sagte er und spitzte die Lippen rings um die Zigarette. »Sie hatten Glück. Vielleicht hätte auch ich eingewilligt, wenn man mich gefragt hätte.« Er drückte die Zigarette aus.

»Hat man aber nicht«, erwiderte ich.

»Und hier stehen wir«, sagte er.

»Nein, nicht ganz. Ich stehe hier, und Sie stehen da.«

»Das finde ich besonders schlimm, weil Sie einer von uns sind.« Ich sah, wie sein Mund zitterte, und fragte mich, was er von mir wollte.

»Wollen Sie, dass ich mich entschuldige?«, fragte ich. »Ist es das, was Sie hören wollen?«

Er zog sich in den heulenden Wind zurück.

VERSCHIEDENE WINDARTEN UND IHRE AUSWIRKUNG AUF DAS MENSCHLICHE BEFINDEN

Ich habe in allen Einzelheiten von den Auswirkungen des Windes auf das menschliche Befinden gelesen. Ich glaube, die Verfasser dieser Bücher waren Windphilosophen. Ihnen zufolge haben die Menschen im windigen Norden viele verschiedene Namen für den Wind: Säuseln, Brise, Bö, Sturm. Das Wort, das ein kaum merkliches Zittern auf einem Teich im Frühling beschreibt, das Wort für den Luftstrom, der das tiefste Meer aufwühlt. Für die Luftbewegung über flacher oder hügeliger Landschaft, über einer Großstadt oder einer Kalkfläche ohne jegliche Fußspuren. Wind, sagt der Geograph, kann warm, kalt, eisig, geradlinig oder, wie im vorliegenden Fall, ein tosender Sturm sein, der Schnee mit sich führt, eine Art Schneesturm, nur dass man in alle Richtungen hundert Meter weit sehen kann, wenn man sich dazu überwindet. Der Wind hier kommt von den winterharten Sträuchern der nördlichen Tundra herübergeweht. Er streckt alles Standfeste nieder, das sich ihm in den Weg stellt, Büsche und junge Bäume, gebeugt vom vorherrschenden Wind. Alles, was nicht so standfest ist, wie zum Beispiel Menschen, geht sogar an windstillen Tagen breitbeinig, denn sie stemmen sich eher dem Wind entgegen, als ihm nachzugeben, und wenn einmal kein Wind weht, schlendern sie überrascht und munter daher, als wären sie von einer Schuld oder einer schlechten Übereinkunft befreit. Und was gar keine Standfestigkeit besitzt, wie zum Beispiel Wasser – also, ich kann Ihnen sagen, der wichtigste Ort in dieser Provinz liegt an der Küste, an schönen Tagen eine weite blaue Fläche, bei Bewölkung ein einziges Schiefergrau, kleine Schaumkronen unter schwarzen Wolken, wenn der Wind vom Meer kommt. An diesem trostlosen Tag lagen die Stadt und ihr Hinterland ein paar Zentimeter hoch unter zarten, kalten, feuchten, zerbrochenen, gefrorenen weißen Regensplittern, die wie ängstliche Schafe vor dem Wind zusammengetrieben wurden. Wind ist ein anderes Wort für Wetter. Das Wetter hier an diesem Ort ist wie ein Schlag ins Gesicht. Man kann über das Klima diskutieren, wie man will, doch früher oder später muss man vor die Tür treten. Dann gibt es kein Entrinnen mehr. Zum Teufel mit der Windphilosophie. Wenn ich huste, ist es Wind, wenn ich rede, ist es Wind, wenn ich schnarche, ist es Wind. Wind ist das Gerücht, dass oben in der Stadt ein anderer Bäcker einen Laden aufmacht, Wind ist zwischen den Münzen in meiner Kasse, Wind dringt ins Gehirn und macht einen dumm, wenn man zulässt, dass Güte und Freundlichkeit die Tage des eigenen Lebens ausfüllen, oder wie es so schön heißt. Man muss den Wind in Bewegung halten, dann geht es einem gut. Man darf ihn nicht in seinem Körper lassen, sonst platzt man. Man muss furzen, statt die andere Wange hinzuhalten. Das Wetter hat es seit meiner Kindheit auf mich abgesehen. Auf dem Schulweg wurde ich klatschnass, saß stundenlang in nasser Kleidung herum. Als Erwachsener, durchnässt auf dem Weg zur Bäckerei, arbeitete ich in nassem Hemd. Der Wind und sein Cousin, der Regen, wurden meine Feinde. Das ist meine Windphilosophie.

WIE DER BÄCKER SEINEN BACKOFEN BAUTE

Wahrscheinlich war es schon längst vier Uhr vorbei.

Verdammt noch mal, ich konnte nichts sehen. Ich würde mich in den Fuß hacken, wenn ich weiterarbeitete. Genug. Ende. Das Loch war fertig. Wer würde schon nachmessen? Ich legte Schaufel und Spitzhacke in die Ecke, ging auf und ab und schlug mit den Armen. Das Loch war zehn Schritte lang und vier Schritte breit.

Ich hätte gern ein Selbstgespräch geführt. Mir etwas erklärt.

Auch in meinem Garten hatte ich ein Loch gegraben.

Vor etwa zwei Wochen war eines Abends nach der Arbeit ein Briefumschlag angekommen, eine Broschüre, in der geschildert wurde, wie man einen Backofen baut. Um genau zu sein, einen hitzespeichernden Steinofen. Und dieser Augenblick meines Lebens war ungeheuer wichtig, denn ich hatte noch nie irgendetwas gebaut. Nur um jegliche Missverständnisse zu vermeiden, bemühe ich mich, so genau zu sein, und benutze so viele Worte.

Im Bad schloss ich das Fenster, sperrte die dunklen, kahlen Novemberbäume aus und setzte mich auf die Toilette. Da war alles! Die Bauanleitung, die Skizzen, die Abbildungen, der Zeitrahmen. Zwei Tage! Ein kleiner, schlichter, mit Holz geheizter Backofen aus Trockenlehmziegeln. Ich verschlang die Broschüre; meine Augen wurden schmal wie Schlitze.

Das Ganze ging folgendermaßen vonstatten:

Erster Schritt. Ich grub in meinem Garten ein Loch, goss

aus Beton ein Fundament und einen Sockel für den Backraum.

Zweiter Schritt. Ich markierte die Mittelachsen und entwarf den Backraum. Als Größe hatte ich mich für zwei mal drei Meter entschieden.

Dritter Schritt. Ich baute den Backraum mit feuerfesten Steinen und Sand und füllte Trockenmörtel dazwischen. Die Steine klopfte ich mit einem rückschlagfreien Holzhammer an ihren Platz. Dann kontrollierte ich mit der Wasserwaage, ob alles gerade war, trat einen Schritt zurück und überprüfte das Ganze noch mal mit bloßem Auge. Dabei ließ ich mich weder von den Baumreihen noch von den Häuserzeilen aus dem Konzept bringen.

Vierter Schritt. Ich errichtete die Seitenwände und markierte die Mörtelfugen; dann baute ich die Rückwand und wusch die Steine ab.

Fünfter Schritt. Ich zeichnete einen Bogen auf ein Holzbrett und berechnete mit Hilfe einer Schnur den richtigen Bogenwinkel, damit ich ganze Steine verwenden konnte und sie nicht zerteilen musste (langweilige, zeitraubende Arbeit). Ich maß eine Höhe von vierzig Zentimetern über dem Backraum aus.

Sechster Schritt. Ich sägte den Bogen aus dem Holzbrett und nagelte alles zusammen; dann baute ich mit Lehmziegeln und Mörtel die Frontschürze.

Das war der erste Tag.

Am zweiten Tag setzte ich für das Gewölbe den ersten Ziegelsteinring auf die hölzerne Unterkonstruktion. Während alles hart und fest wurde, füllte ich die Mörtelfugen aus und versetzte den Bogen nach vorn. Dann kam das Schwierigste: Ich verkleinerte das Gewölbe zur Türöffnung hin und schloss die Ecken. Dann legte ich ein Drahtgeflecht darüber und benutzte Sperrholz als Füllmaterial.

Ende des zweiten Tages.

Am dritten Tag schlug ich im Wald Holz und lagerte es in meinem Schuppen. In der Broschüre stand, dass ungefähr achtzig Kilogramm Holz den Backofen achthundert Stunden lang auf der richtigen Temperatur halten würden.

Und am vierten Tag zündete ich das Holz unter dem Backraum an, buk meine Fladenbrote und verzehrte sie zu einem kalten Bier, weil ich trotz des kalten Wetters leicht schwitzte. Mein Garten war klein, mein Haus, mein Backofen waren klein, kleines Brot, kleiner Magen, klein ist der Geschmack des Brotes. Klein ist der Geschmack des Brotes, *ach, Brot, Brot*, man muss es auf der Zunge schwimmen und sich schmecken lassen, Weizenteig und Feuerholz. Herr meiner Ländereien, König mit einer Burg in der Stadt und einem Wochenendlandsitz. Überall eine Bäckerei, eine Zuflucht, falls die Burg einmal gestürmt werden sollte. Lieblich riechendes Brot, lieblich riechendes Feuer, moderiges Holz in meinen Armen, Holz, das ins Lagerfach purzelt, die Rinde vom Feuer verzehrt, Hartholz, Esche, Buche, Eiche, alles ins Feuer, ins Feuer mit euch, und aus der Hitze kommt das am lieblichsten riechende Brot, der frischeste Geschmack auf der Welt. Der Geschmack des Brotes. Brot. Jesus lebt heutzutage darin. Sogar er lebt darin.

Brot! Brot! Brot! Brot! Brot! Und Brot!

Die fette Katze eines Nachbarn beobachtete mich mit einem Auge. Ich warf einen Stein nach ihr.

Spion.

SIND SIE BEREIT FÜR IHREN PROZESS?

»Sind Sie bereit für Ihren Prozess?« Der Mantel des Lehrers hing herab, seine Schultern waren hochgezogen, die Beine zusammen, die Arme verschränkt.

»Von was für einem Prozess reden Sie da, sind Sie noch ganz bei Trost?«, rief ich wie aus der Pistole geschossen.

»Wollen Sie einen Verteidiger haben?«

»Nein. Was? Nein!« Ich wollte keine Missverständnisse aufkommen lassen. Wenn der Lehrer den Verstand verlor, musste ich ihn beruhigen.

»Haben Sie eine Frau, von der wir nichts wissen? Kinder? Leben Ihre Eltern noch?«

»Über meine Eltern kann ich nicht sprechen.«

»Frau?«

»Ich hab keine Frau, hab nie eine gebraucht.«

»Sie brauchen einen Verteidiger«, sagte er.

»Ich verteidige mich selbst.«

Dann trat er wieder einen Schritt zurück, der Wind fegte glänzenden Schneeregen quer über das Loch, und es hatte den Anschein, als wäre die Grube mit einer durchsichtigen Plastikfolie bedeckt.

Ich überlegte verzweifelt. Es wäre gefährlich, im Dunkeln aus dem Loch zu klettern. Ich musste drinbleiben. Den Lehrer hinhalten. *Ihn hinhalten.*

DIE THEORIEN DES BÄCKERS ÜBER FRAUEN

Ich würde reden, um ihn hinzuhalten. Aber worüber? Über Frauen. Jemand, der so kultiviert ist wie er, hat natürlich eine Frau. Aber was soll ich sagen, wenn wir über Frauen reden?

Können Männer ohne Frauen leben?, dachte ich. Gute Frage. Ich muss ihm das Gefühl geben, dass er wieder im Unterricht ist und seine Predigten hält. Das zur Diskussion stehende Thema: Sind Männer ohne Frauen hart- oder weichherziger? Sind sie ohne Frauen glücklicher? Ohne Frauen. Ohne Frauen. Frauen ohne Männer ohne Frauen.

»Ich muss was mit Ihnen diskutieren, das ins Reich der Philosophie und dergleichen fällt«, sagte ich.

»Ja?« Er schien kein besonders großes Interesse daran zu haben. Anscheinend war er fertig mit mir. Das wollte ich nicht. Es konnte noch so viel schiefgehen.

»Eine Welt voll Männer ohne Frauen«, sagte ich. »Würde uns das nicht alle zum ABC zurückbringen? Wahrscheinlich müssten wir wieder eine neue Sprache des Lebens lernen.«

»Reden Sie da?«, fragte mich der Lehrer.

»Natürlich. Hören Sie mich denn nicht? Kommen diese Worte nicht aus meinem eigenen Mund?«

»Sie sagen eine ganze Menge, aber meistens stammt es aus irgendwelchen Büchern.«

»Das ist meine Theorie über Frauen. Ganz allein meine, ja, aus Büchern zusammengetragen, das gebe ich zu; aber ich habe alles selbst zusammengestellt!«

Doch ich würde sagen, was der Lehrer hören wollte.

»Also gut«, sagte er.

»Frauen haben's Ihnen angetan, stimmt's, Lehrer?«, sagte ich. »Aber Sie wurden allein geboren und werden allein sterben, egal, ob Sie eine Frau haben oder nicht, das will ich sagen.«

Ich redete immer schneller, mein Kopf füllte sich mit Wörtern, die einander jagten, und ich hoffte, dass alles einen Sinn ergab.

»Ich habe alles darüber gelesen«, sagte ich. »Hören Sie, die Ehe, wie wir sie kennen, ist erst um die tausend Jahre alt. Die Kirche hat sich das ausgedacht um des schnöden Mammons willen. Das war alles. Sie wollen heiraten? In Ordnung, hier ist die Genehmigung. Das macht fünfzig Scheine, mein Freund. Natürlich jede Menge Schäfchen dabei. Halleluja und Orgelmusik, Reis, bindende Versprechen, Weiß bedeutet, ich bin rein, ein unbeschriebenes Blatt. Männer ohne Frauen? Nein, wir wären wieder beim ABC, wenn man das Leben ohne eine einzige Frau auf dem Planeten neu lernen müsste.«

»Wie würden wir …?«

»Uns fortpflanzen? Durch das, was man sagt, durch die richtige Wortfolge.«

»Um Himmels willen.«

»Frauen haben in diesem Plan, dieser Vision nie existiert, also verschonen Sie mich mit Ihrer Bestürzung, Lehrer. Ich hab das Ganze ausgearbeitet. Das hat mich mehrere Wochen gekostet.«

Er starrte mich an, während ich so schnell redete, dass ich kaum Luft holen konnte.

»Also, wie gesagt, die richtige Wortfolge. So was wie: Hallo, wie geht's?, und schon kommt ein Mädchen zur Welt (ach, tut mir leid, keine Mädchen). Schönes Wetter, was haben Sie heute vor? Dann wird es ein Junge. Man muss also wirklich aufpassen, mit wem man redet. Eine einfache Unterhaltung, und schon ist man Vater. Überall Männer. Männer, Jungen und

Greise. Männer an Fenstern. Männer im Park. Männer auf den Feldern. Männer zu Hause. Männer am Arbeitsplatz. Spielende Männer. Männer in Konzerten. Männer, die im Restaurant essen. Sex kein Problem, ja nicht mal ein Gedanke.«

»Sie sind wahnsinnig«, sagte der Lehrer.

»Passen Sie auf, was Sie sagen. Ich bin nicht so machtlos, wie Sie glauben. Ich habe immer noch Einfluss. Also, wie ich zum Thema Krieg schon gesagt habe: Männer kämpfen von Natur aus, und das wird auch in meiner visionären Welt so sein, aber nicht um Frauen. O nein! Wegen eines hübschen Gesichts laufen nicht tausend Schiffe aus, wie ich's mal gelesen habe. Sie kämpfen um das, was sie wirklich brauchen, und eigentlich braucht kein Mann eine Frau. Das glaubt er bloß. Deshalb rufe ich jetzt das neue Alphabet für eine Männerwelt aus!«

»Ich höre.«

»Ich trage mein neues Alphabet vor! A steht für den Apfel, den ich nie gegessen habe. B steht für Bodybuilding. C steht für Hallo, was haben Sie heute vor? D steht für Disput und alles, was man gewinnen kann, und E steht für eigentlich brauche ich mir übers Masturbieren keine Gedanken zu machen, denn der Penis ist zum Pinkeln da. F steht für Fotze, weil ich weiß, dass Sie daran gerade gedacht haben.«

»Sie sind ja wahnsinnig. Bringen Sie's endlich hinter sich und gestehen Sie, dass Sie ein Kollaborateur sind.«

»G steht für ganz rasch einen Blick auf die rosa Schichten menschlichen Fleisches werfen, das den gesamten Erdball mit Haut überzieht. H steht für das ganze, gewaltige und sehr bedeutsame Wort ›hart‹ oder für sein Gegenteil ›halb‹. I steht für die Welt, wie sie sein sollte, und J steht für Johanniskraut, das glücklich macht (und übrigens ist das J in Wirklichkeit nur ein anderes I und wurde erst vor kurzem von Herrn Johnson in sein Wörterbuch aufgenommen).«

»Ich glaube Ihnen.«

»K steht für Katastrophe. L steht für Lettern oder Titel wie bei Leutnant 3. Blitzkrieg, und M hat dieselbe Funktion wie bei Majorgeneral Soundso. N steht für nett, wenn ich Sie nicht bekämpfe; O steht für Opus, die ganze Musik, die ganze Literatur. P steht für prophetisch, für alle Möglichkeiten, mit den Buchstaben des Alphabets ein neues Wort zu bilden, das etwas Zukünftiges bedeutet, wie bei mystischem Bewusstsein, der Kraft zu begeistern. Q steht für Qual, nachts oder frühmorgens in der Dämmerung, wenn sich die Zimmerdecke herabsenkt und einen fragend anblickt. R steht für recht haben.«

»Sie haben nie unrecht.«

»S steht für Sex und T für Tücke, ein Netz der Frauen, das wir bald von den vier Ecken der Welt reißen. U steht für Uterus, inzwischen auf Schrottplätzen gestapelt; V steht für Vulva, ähnlich gestapelt, aber bis zum Mond. W steht für Weiber, die ans Ende der Liste gehören, weil sie von der Welt verschwunden sind. X steht für die Straßensperren, an denen die letzten von ihnen gefasst werden, die Nachzüglerinnen, die nicht glauben können, dass all das wirklich passiert. Y steht für die Fragen, die mir kommen, wenn ich, die Decke bis ans Kinn gezogen, wach liege. Und Z steht für den Schlaf, den ich jetzt lange nicht mehr finden werde.«

Ich war fertig. Jetzt wollte ich seine Erwiderung hören. Von meinem Bruder hatte ich erfahren, dass der Lehrer trotz seiner Unzulänglichkeiten oft etwas Interessantes sagte. Ich wollte hören, was er über Frauen zu sagen hatte. Er verschwand vom Rand der Grube, und ich rief ihm nach, denn er brauchte noch niemanden zu holen.

»Ich bin mit dem Loch noch nicht fertig!«, brüllte ich. »Der Schnee macht meine Arbeit zunichte. Ich bin noch nicht fertig!«

Ich packte die Schaufel, machte mich über den Schnee her

und schleuderte ihn über meinen Kopf. Ich konnte weitergraben, das Loch musste noch tiefer werden, und ich war dafür der richtige Mann.

»Süßifurz ist noch am Arbeiten!«, brüllte ich, um den Wind zu übertönen.

Der Lehrer kam zurück.

»Tantalus auch.« Er starrte mich an.

»Tantalus?«, fragte ich.

»In einer griechischen Sage hat er die Götter beleidigt. Sie steckten ihn bis zum Hals in einen Fluss und ließen über seinem Kopf Früchte baumeln. Jedes Mal, wenn er danach griff, entfernten sich die Früchte genauso weit. Jedes Mal, wenn er aus dem Fluss trinken wollte, zog sich das Wasser von seinen Lippen zurück, bis es außer Reichweite war.«

»Was hat er getan, um so eine Strafe zu verdienen?«

»Er hat etwas gestohlen und wollte es nicht zurückgeben. Etwas, das den Göttern gehörte.«

»Er stahl etwas, das den Göttern gehörte?«, fragte ich. »Das klingt, als würde er mit einem Messer zu einer Schießerei kommen.«

»Und König Midas, alles, was er berührte, verwandelte sich in Gold.«

»Reich, aber keine Weiber.«

»Scharf beobachtet, mein brotbackender Freund. Ja, allen Reichtum der Welt, aber kein bisschen Liebe. Mir ist zu kalt, um über Ihre Worte lachen zu können – Reich, aber keine Weiber –, aber ich würde es gern tun. Manchmal überraschen Sie mich.«

Er lachte dennoch und sagte: »Das gefällt mir an Ihnen.«

»Was denken Sie über Frauen?«, fragte ich. »Oder um Ihr Lieblingswort zu gebrauchen: Was *verstehen* Sie von ihnen?«

Das brachte mir bestimmt etwas Zeit. Informationen, die ich gebrauchen konnte, auch wenn ich sie eigentlich nicht anwenden konnte. Wie immer gab er keine direkte Antwort. Er hielt die Hände vor den Mund.

»Der Winter hier löscht einen aus«, sagte er und verzog das Gesicht. »Ich meine, er entzieht einem alle Erfahrungen, die man in sein Gedächtnis gezwängt hat, er schüttelt und rüttelt sie vollständig aus jeder Pore des Körpers. Sehen Sie sich die Stadt an. Jede Stadt in einem winterlichen Land. Die Kälte und die Angst, einsam zu sein, treiben die Männer in die Bars, wo sie sich betrinken, um ihre Verzweiflung zu verscheuchen und den Traum heraufzubeschwören, dass sie einmal etwas Bedeutendes leisten werden, den Traum, der sie ihre ganze Jugend hindurch begleitet hat.«

Ich fand es witzig, dass er seine Worte herausschrie.

»Ich hab Sie nach Frauen gefragt, und Sie reden von Philosophie und vom Winter, aber ich will was über Frauen erfahren, das heißt über Ihre Gedanken dazu. Ich hab Ihnen meine Gedanken anvertraut. Da ist es doch nur gerecht, wenn Sie für mich dasselbe tun, oder?«

»Sie kapieren's nicht, Bäcker. Sie hatten noch nicht viel mit Frauen zu tun, das sehe ich, wie soll ich Ihnen da irgendetwas begreiflich machen?«

»Vergessen wir mal das Begreifen. Ich will alles wissen, was Sie über Frauen denken.«

»Jedes Wort aus Ihrem Mund ist eine Gewissheit oder das Verlangen danach«, sagte er. »Ihre Lieblingswörter sind *alle*, *jeder*, *immer*. Ich habe gelernt, dass das Glück nicht in diesen Worten liegt, sondern dazwischen. Um das zu lernen, habe ich vierzig Jahre gebraucht.«

»Ich warte immer noch auf Ihre Gedanken über Frauen. Ich will weder wissen, was Glück bedeutet, noch, welches meine Lieblingswörter sind.«

»Mein Wissen über Frauen beruht auf einer einzigen Frau, die ich liebe, seit ich weiß, wie das geht, ohne die mein Leben keine Bedeutung, die Bäume keine Farbe, das Gras kein Lied gehabt hätten.«

»Ganz wie Sie wollen. Dann eben nur die eine Frau.«

»Sie steht nicht zur Diskussion.«

»Aber …«

»Weder mit Ihnen«, sagte er und blickte zur Seite, »noch mit jemand anderem.«

Er wischte sich mit der Hand über die Stirn, rollte die Schultern, strich mit der Hand übers Haar. Offenbar aus irgendeinem Grund nervös. Ich sah, dass er Angst vor meiner Frage hatte, deshalb trug ich meinen Angriff energisch vor.

»Sie wissen eigentlich gar nichts über Frauen, stimmt's? Nur über eine einzige. Das reicht mir nicht. Tut mir leid, ich dachte, Sie wüssten mehr. Tut mir leid.«

Seufzend schüttelte er den Kopf. Ich weiß nicht, ob das herablassend gemeint war. Erst starrte er mich an, dann ließ er den Blick über das Loch schweifen, als überlegte er, ob er hineinspringen solle, doch schließlich wedelte er mit dem Finger.

»Sie können die Leute gut ködern, Bäcker.«

»Was wissen Frauen?«

»Ich werde ergründen, was Frauen wissen.«

»Wie denn?«

»Indem ich Sie anschaue. Sie!«

»Das wird bestimmt eine Beleidigung, aber ich kann mir Ihren Beweis ja anhören.«

Mit einem Sprung war er plötzlich bei mir im Loch. Ich wich zurück.

Gott sei Dank, die Schaufel und die Spitzhacke lagen hinter mir.

Sein Mantel streifte mich, und ich schreckte zurück.

Sein Mund offen wie eine Höhle.

»Beweis? Einen Beweis? Der Beweis, dass Männer wie Sie existieren, besteht darin, dass Ehefrauen zu Hause das Gesicht in die Kissen drücken und von einem fremden Mann träumen, der ihren Körper kennt und wunderbar in sie eindringt, mit einem Schwanz, einem beliebigen Schwanz und beliebigen Eiern, ihre Schenkel streift, Wogen der Freude auslöst, sie leckt und streichelt, bis sie eine pralle, geballte Freude verspüren, an die sie sich so lange wie möglich klammern, und dann gleiten sie wieder ins Bett oder auf das Kissen, zu ihren Männern, die nirgends zu entdecken sind, auch wenn sie im selben Zimmer liegen. Männer lassen sich treiben, Frauen denken. Männer treiben davon und kommen nicht wieder. Sie nehmen sich nicht die Zeit, die Körper der Frauen kennenzulernen. Sie wollen ihre Lust schnell und sofort befriedigen, und dann wollen sie im Dunkeln schlafen, wo sie eine weitere Entlastung erwartet. Und die Frauen liegen neben ihren schlafenden Männern und streicheln sich in eine einsame Ekstase, um ans Ziel der Reise zu gelangen, die ihre Männer beginnen, aber nicht zu Ende bringen können. Männer beginnen Sachen, die sie nicht beenden können. Sie machen ihre Kleidung schmutzig und werfen sie auf einen Haufen. Sie zeugen Kinder und werfen sie auf einen Haufen. Sie behaupten, die Frauen zu lieben, mögen sie aber nicht einmal. Sie wollen um die Welt reisen, kommen aber nicht mal am Fernseher vorbei. Sie treiben dem Alter entgegen und werden verbittert und enttäuscht. Sie finden andere Frauen attraktiv, weil es ihren Ehefrauen nicht gelungen ist, ihre Schönheit zu bewahren. In Cafés kann man das beobachten. Stellen Sie sich vor, Sie sind eine Ehefrau, die mit ihrem Mann spricht, und sein Blick gleitet über Ihre Schulter hinweg. Als Sie sich umdrehen, sehen Sie eine junge, hübsche Frau, die rasch in eine Zeitschrift blickt, in der sie nicht liest, und ein Lächeln unterdrückt.

Frauen sind nicht neidisch auf Männer«, sagte der Lehrer, »sie sind neidisch auf das Leben, das ihnen die Männer nicht bieten konnten. Nachts liegen sie neben ihren Männern und sind wieder jung und schön. Ihre Bäuche schrumpfen, und ihre Schenkel werden wieder straff. Männer beobachten und begehren sie. Sie sind nicht mehr verzweifelt. Sie verzweifeln nicht mehr daran, dass sie in den Phantasien gefangen sind, die sie den nächsten Tag überstehen lassen. Sie liegen neben ihren Männern und hoffen, dass der nächste Tag ihnen neue Kraft bringt, ein neues Gesicht, die Berührung eines Fremden, einen Roman in Form eines perfekten Tages, der sich von allen anderen unterscheidet, der ihre Erfahrungen aus dem Buch hervorholt, sie mühelos und atemlos mit seinen Worten entkleidet und zu ihnen sagt: *Jetzt kannst du leben. Ab jetzt sollst du bessere Tage erleben.* Und dann verzweifeln sie. Sie wenden sich ihren schlafenden Männern zu und sagen voller Verbitterung: *Ich habe dir meinen Traum geschenkt. Was hast du damit angestellt? Wo hast du ihn gelassen? Gib ihn mir wenigstens zurück.*«

All das brüllte mir der Lehrer zu. Noch nie habe ich jemanden so lange brüllen hören.

»Wovon reden Sie da? Ich hab kein Wort verstanden«, sagte ich.

»Frauen sind mit Männern geschlagen, die nichts verstehen.«

Er trat einen Schritt vor und ich einen Schritt zurück. »Lehrer, Sie tragen eine schwere Last auf den Schultern. Alle Frauen der Welt. Kein Wunder, dass Sie aufgeregt sind.«

Er kam immer noch auf mich zu. Hinter mir war kaum noch Platz.

»Führen wir diesen Prozess«, sagte ich. »Gleich jetzt.«

Bei meinen Worten wich der Lehrer zurück. »Sie bekommen Ihren Prozess. Das ist alles, was ich wollte. Und der ganze Unsinn, den ich mir anhören musste.« Er nahm sich ein paar Steine und reihte sie zwischen uns auf.

»Führen wir noch ein historisches Stück auf.«

»Und das wäre? Noch eine Schlacht, noch einer von Ihren unbegreiflichen Vorfällen, ein kleineres Unglück? Stehe ich diesmal auf der richtigen Seite?«

»Solange Sie die Wahrheit sagen, ist das durchaus möglich.«

»Die Wahrheit? Sie meinen, was passiert ist?«

»Ja.«

»Wenn ich mich dran erinnern kann. Wenn's was ist, das ich gelernt hab.«

»Das Folgende werden Sie kennen. Das garantiere ich Ihnen.«

»Und was wollen wir nachspielen?«

»Einen Prozess.«

»Ach, das ist alles? Und wessen Prozess?«

»Ihren.«

»Weshalb? Worum geht's hier?«

»Um Ihre Schuld.«

Ich fand, dass er allmählich die Kontrolle verlor. Kurz vor dem Zusammenbruch. Ein Wunder, dass er so lange durchgehalten hatte. Stress ging den besten Leuten an die Nerven. Bomben, Schüsse, Leichen, brennende Häuser.

»Was für eine Schuld?«, fragte ich. »Ich hab mit zwölf ein

Bonbon gestohlen. In der Schule hab ich mal einen Stein in eine Gruppe von Jungen geworfen und mich geduckt, als sie sich umschauten. Ich hab ein Leben lang hart gearbeitet, um dahin zu kommen, wo ich jetzt bin.«

»Bei dem Prozess soll in einem Gerichtssaal vor einem Richter, den Geschworenen und den Zuschauern Ihre Schuld bewiesen werden. Vor den Augen der Welt.« Er lächelte und hielt den gekrümmten Finger ans rechte Auge, als hätte er eine Kamera in der Hand. »Blitz, blitz«, sagte er. »Bitte lächeln. Blitz!«

Der Lehrer stand in förmlicher Haltung da, wie auf einem Podium, und sagte: »Erheben Sie sich vor dem ehrenwerten Richter.« Dann drehte er sich einmal um die eigene Achse und sagte in gehobenem, beflissenem Ton: »Herr Staatsanwalt, verlesen Sie bitte die Anklage.« Danach drehte er sich noch mal um sich selbst und sagte:

»In den Wochen, die dem Angriff auf unsere Stadt vorausgingen, begab sich der Bäcker ins Grenzgebiet, weil er eine Invasion und die Zerstörung seines Ladens fürchtete, und nahm noch während der Grenzgefechte Kontakt zum Feind auf. Nachdem man ihm Sicherheit garantiert hatte, verriet er dem Feind, wo und wann die Stadt am besten anzugreifen sei. Man schickte ihm die Pläne für zwei Backöfen, die er im Garten hinter seinem Haus bauen sollte, einer eine harmlose Attrappe, der andere wesentlich größer. Beide Öfen wurden in der zweiten Novemberwoche errichtet, zwei Wochen vor dem Angriff des Feindes. Den ersten Ofen baute er allein. Beim Bau des zweiten Ofens half man ihm heimlich. Die Zeugen werden bestätigen, dass am Abend des Angriffs zwei Wochen später Unbekannte in Zivilkleidung den Bäcker mit schwarzen Plastiksäcken besuchten, die man nur zu zweit schleppen konnte.«

»Unsinn.«

»Deshalb stand der Name des Bäckers ganz oben auf der Liste. Deshalb hat man ihn zuerst aufgesucht. Der Bäcker war ein Kollaborateur.«

»Unsinn.«

»Sein Laden wurde während der Kämpfe nicht beschädigt.«

»Glücksache.«

»Und wir glauben, zu den Vorfällen, die sich in der fraglichen Zeit im Garten des Bäckers zutrugen, eine zugegebenermaßen noch unbewiesene Theorie entwickeln zu können.«

»Ich hab einen Backofen gebaut. Jeder weiß das.«

DER PROZESS BEGINNT

»Aber Sie haben noch einen Ofen gebaut, Bäcker, ist das richtig?«

»Das ist eine Frage und keine Beschuldigung«, erwiderte ich.

»Wollen Sie Einspruch erheben?«

»Sind Sie der Lehrer oder der Staatsanwalt?«

»Im Augenblick bin ich der Richter«, sagte der Lehrer.

»Herr Richter, ich verteidige mich selbst. Ich bin der Bäcker.«

»Wie Sie wünschen«, sagte der Lehrer/Richter/Staatsanwalt.

»Wissen Sie, das Ganze ist ungerecht. Damit alles gerecht verteilt ist, müsste ich der Richter sein«, entgegnete ich.

»Angeklagter und Richter in einer Person?«, fragte er.

»Sie stellen ja auch Staatsanwalt, Richter und alle Belastungszeugen dar.«

»Man kann nicht zugleich Angeklagter und Richter sein«, sagte er.

»Warum nicht? Ein Richter soll unparteiisch sein. Es darf ihn nicht interessieren, wer gewinnt oder verliert.«

»Na gut, dann sind Sie der Richter.«

»Danke«, sagte ich. »Und als Richter gebe ich dem Einspruch des Bäckers statt.«

Der Staatsanwalt sagte: »Lassen Sie mich noch einmal die Anklage formulieren, Euer Ehren. Wir beschuldigen den hier vor uns stehenden Bäcker, in Erwartung der Besetzung oder in ihrem Verlauf einen zweiten, größeren Backofen errichtet zu haben.«

»Ihre Erwiderung?«, fragte ich.

»Ich weiß nicht genau«, sagte ich als Angeklagter.

»Antworten Sie mit Ja oder Nein«, verlangte ich.

»Tut mir leid, Euer Ehren. Nein.«

»Danke«, sagte ich.

»Ich rufe unseren ersten Zeugen auf«, erklärte der Lehrer.

»Ich erteile Ihnen das Wort.«

»Ich muss alle Zeugen darstellen«, raunte der Lehrer. »Sie können nicht gegen sich selbst als Zeuge auftreten.«

Das klang logisch. Und ich wollte sowieso nicht sagen müssen, was ich wusste.

»Vereidigen Sie den Schuhmacher«, sagte ich.

Der Schuhmacher wurde ordnungsgemäß vereidigt und trat am Rand des Loches in den Zeugenstand.

»Sie wohnen in derselben Straße wie der Bäcker, ist das richtig?«, fragte der Lehrer.

SCHUHMACHER: Ja.

»Herr Schuhmacher, erzählen Sie uns, was Sie in der zweiten Novemberwoche beobachtet haben.«

SCHUHMACHER: Sie meinen dieses Jahr?

»Ja.«

SCHUHMACHER: Ich habe am Haus des Bäckers ungewöhnliche Aktivitäten gesehen.

»Und wie würden Sie diese ungewöhnlichen Aktivitäten beschreiben?«

SCHUHMACHER: Moment, da muss ich kurz nachsehen. Ich habe mir nämlich Notizen gemacht.

Neugieriger Mistkerl, raunte ich.

»Kam dieser Kommentar aus dem Saal?«, fragte der Richter.

»Ich hab's auch gehört«, erwiderte ich. »Eine Schande, Euer Ehren.«

»Bitte fahren Sie fort«, sagte ich.

SCHUHMACHER: Ich habe gesehen, wie frühmorgens vor dem Haus des Bäckers ein Konvoi hielt. Ein Lastwagen mit Zementmischer, Schaufeln und Sperrholz und zwei Lastwagen mit Zement und feuerfesten Steinen.

»Wer hat das Baumaterial von den besagten Lastwagen abgeladen?«

Der Schuhmacher blätterte in seinem Notizheft.

SCHUHMACHER: Seite zwei.

»Was?«

SCHUHMACHER: Meiner Notizen.

Alle warteten.

SCHUHMACHER: Männer in Zivilkleidung, die sich wie Soldaten verhielten. Wahrscheinlich waren es Soldaten.

»Haben Sie sonst noch etwas zu sagen?«, fragte der Staatsanwalt.

SCHUHMACHER: Ich glaube nicht.

»Danke.«

Der Richter fragte mich: »Kreuzverhör?«

»Nein. Das Notizheft würde sowieso keine Antwort geben.«

Der Staatsanwalt erhob sich wieder. »Ich rufe die Putzfrau auf.«

Sie wurde ordnungsgemäß vereidigt.

PUTZFRAU: Es war ein Freitag. Ich habe in dem neuen Haus die Fenster geputzt, um mir ein bisschen dazuzuverdienen, obwohl ich eigentlich mit den anderen jungen Leuten hätte ausgehen, etwas trinken, mich amüsieren sollen, na ja, haben die zwar auch nicht gemacht, aber Sie wissen schon, was ich meine …

»Bitte kommen Sie zur Sache«, sagte der Richter.

PUTZFRAU: Ich hab gesehen, wie Sie, nicht der Richter, ich meine den Bäcker, einen großen Backofen gebaut haben, der viel größer war als der erste. Der war ungefähr fünf Meter lang und zweieinhalb Meter breit. Ein riesiger Backraum. Keine Ahnung, für wen Sie da backen wollten, vielleicht für ein ganzes Bataillon. Ich hab Sie von den oberen Fenstern des Gebäudes zwei Häuser weiter gesehen. Hab alles gesehen. Die Männer haben Ihnen geholfen. Und ich kann Ihnen sagen, ich hab diese Fenster so lange geputzt, dass ich sie fast durchgescheuert hätte! Also behaupten Sie lieber nicht, dass sie nicht sauber waren. Ich hab Sie gesehen! Jawoll!

Sie deutete auf mich.

»Die Zeugin ist entlassen«, sagte der Richter.

»Kreuzverhör!«, forderte ich.

»Bitte sehr«, sagte ich zu mir selbst.

Ich wandte mich der Putzfrau zu.

»Könnten Sie bitte dem Gericht mitteilen, wo Sie am Mittwoch, dem 2. Februar, um 16:35 Uhr waren?«

PUTZFRAU: Mittwochs arbeite ich halbtags. Aber ich bin mir sicher, dass ich geputzt hab, nein, das muss morgens gewesen sein.

»Ich frage noch einmal: Was haben Sie zu diesem Zeitpunkt getan?«

PUTZFRAU: Das ist schon so lange her, dass ich mich nicht genau erinnern kann.

»Sie können sich nicht mehr erinnern, ist das richtig?«, fragte ich immer lauter werdend.

PUTZFRAU: Ja, und schreien Sie mich nicht an, junger Mann.

»Und letzte Woche Mittwoch, um 10:40 Uhr, woran haben Sie da gedacht?«

PUTZFRAU: Wahrscheinlich an die üblichen Sachen.

»Und was sind die üblichen Sachen? Essen? Karten? Wodka?«

PUTZFRAU: Nein, Sie frecher Kerl! Bloß das, woran ich eben denke, wie bei allen anderen auch.

Ich bemühte mich, gelangweilt zu klingen: »Woran … haben … Sie … gedacht?«

PUTZFRAU: Ich weiß nicht.

»Dann geben Sie also zu, dass Sie nicht mehr wissen, was Sie an zwei verschiedenen Mittwochen dieses Jahres getan oder gedacht haben?«

PUTZFRAU: Das ist …

»Danke«, sagte ich, gab ihr durch die Betonung zu verstehen, dass sie entlassen war, und kehrte ihr den Rücken zu. Dann wandte ich mich höflich an den Richter.

»Keine weiteren Fragen, Euer Ehren. Kein Beleg für den so genannten ›zweiten Backofen‹.«

»Der nächste Zeuge der Anklage«, sagte der Richter.

»Mit Ihrer Erlaubnis, Euer Ehren, rufe ich die Amsel in den Zeugenstand.«

Die Amsel trat in den Zeugenstand und wurde ordnungsgemäß vereidigt.

»Was haben Sie an dem fraglichen Tag gesehen?«, fragte der Staatsanwalt.

AMSEL: Ungefähr zwei Wochen vor der Schlacht habe ich gesehen, wie dieser Mann im Licht von vier blauen Lampen, die an Verlängerungskabeln hingen, nachts im Freien etwas gebaut hat. Ich habe überlegt, was es wohl sein könnte. Er hat gehämmert und gesägt. Auf dem Boden lagen Papiere, auf denen irgendwas aufgezeichnet war. Er hat keine Kinder; die Nachbarskinder hab ich noch nie in seinem Haus oder auch nur in dessen Nähe gesehen, denn sie haben Angst vor ihm. Es war ein großes Projekt, auf das er stolz war. Den fremden Männern, die ihm halfen, hat er ständig erzählt, dass er einen kleineren Backofen, den »hitzespeichernden Steinofen«, innerhalb von zwei Tagen gebaut hätte. Kein Wunder, dass er keine Angst hatte, erschossen zu werden. An dem Abend, an dem die Stadt angegriffen wurde, sah ich aus dem Rohr des großen Backofens Rauch aufsteigen.

»Rauch?«

AMSEL: Rauch.

»Keine weiteren Fragen.«

»Und die Verteidigung?«, fragte der Richter.

»Keine Fragen an die Amsel, nur die Bemerkung, dass es sich um eine Amsel handelt.«

AMSEL: Das hab ich gehört. Ich höre alles und sehe alles. Als die Kämpfe in der Stadt losgingen, hab ich großen Lärm gehört, Kanonendonner und Schüsse, und hab gesehen, dass die Stadt halbleer war und alle sich versteckten. Ich habe auch gesehen, wo sie sich versteckten. Im Winter sehe ich gut, wegen der kahlen Zweige, wissen Sie. Und ich hab gesehen, wie Männer schwarze Plastiksäcke in den Garten des Bäckers schleppten, ja, in Ihren Garten, mitten in der Nacht.

Als Nächstes trat die Katze in den Zeugenstand, und ihr wurden dieselben Fragen gestellt.

KATZE: Ich weiß, was ich gesehen habe. Er hat etwas gebaut, mehr sage ich nicht. Außerdem hat er einen Stein nach mir geworfen. Und ich heiße Buddy.

Plötzlich musste der Staatsanwalt auf die Toilette. Als er wiederkam, präsentierte er weitere Augenzeugenberichte. Leute, von denen ich noch nie gehört hatte.

»Die Zeugen haben von einer Lastwagenladung Zement und zwei Lastwagenladungen Ziegelsteinen berichtet. Interessant. Hat die Verteidigung dazu irgendetwas zu sagen?«

»Dieser Lüge ist nichts hinzuzufügen«, erwiderte ich. »Vielleicht nächstes Mal.«

»Bäcker, Sie wohnen in einem Reihenhaus, da kann es sich wohl kaum um einen Anbau gehandelt haben. Eine Terrasse für Ihre Pflanzen? Ich glaube nicht. Die Leute haben von Rauch gesprochen. Rauch über den Baumwipfeln. Rauch über den Bäumen, zwei Tage, nachdem Sie den zweiten Backofen gebaut hatten.« Die letzten vier Worte betonte er.

»Hören Sie«, sagte ich. »Der Garten hinter meinem Haus ist von Bäumen umgeben. Niemand kann sehen, was ich dort tue. Der Rauch kam aus dem einzigen Ofen, den ich gebaut habe, einem kleinen Backofen.«

»Nein, nein!«, rief der Staatsanwalt, und zu meiner Überraschung reagierte der Richter nicht auf die offensichtliche Schikane.

»Sie haben noch einen zweiten, einen größeren Backofen gebaut«, sagte der Staatsanwalt. »Ist es nicht so?«

»NEIN NEIN NEIN«, sagte ich mit gelangweilter Stimme, jedes Wort in einem anderen Ton, eine kleine Melodie.

»Dann haben also alle Leute in diesem Gericht gelogen?«

»Ja.«

»Der Schuhmacher hat gelogen?«

»Ja.«

»Die Putzfrau?«

»Die ganz besonders.«

»Die Amsel?«

»Ja, unglaublich, dass sie überhaupt ernst genommen wird.«

»Die Katze?«

»Auch die Katze.«

KATZE: Ich heiße Buddy.

In der zweiten Runde wurde der Angeklagte mit tiefergehenden, philosophischen Fragen konfrontiert.

»Jetzt kommen wir zur philosophischen Befragung«, sagte ich (als Richter). »Ja, Herr Staatsanwalt?«

»Euer Ehren, erlauben Sie, dass ich den Angeklagten als gegnerischen Zeugen behandle?«

»Bewilligt.«

Gegnerischer Zeuge! Hatte ich mir das tatsächlich gerade selbst eingebrockt? Tja, jetzt musste ich zumindest den Schein wahren.

»Haben Sie in den letzten zehn Tagen jemanden umgebracht?«

»Das ist aber keine philosophische Frage«, sagte ich als Angeklagter.

»Beantworten Sie die Frage!«, forderte ich als Richter.

»Jemanden umgebracht? Ganz bestimmt nicht.«

»Wie definieren Sie Mord?«

»Jemanden umbringen.«

»Ist Ihnen klar, dass es im Deutschen einmal ›jemanden im Verborgenen töten‹ bedeutet hat, im Gegensatz zu ›es offen tun‹?«

»Nein.«

»Wenn Sie das nicht wussten, dann haben Sie auch nicht zwischen den beiden Bedeutungen unterschieden.«

»Richtig.«

»Verstehen Sie, warum dieser Unterschied gemacht wurde?«

»Nein.«

»Dann muss ich Sie fragen, ob Sie in den letzten beiden Tagen jemanden ermordet haben, Bäcker.«

»Nein.«

»Also gut. Sie behaupten, niemanden ermordet zu haben.«

»Ja.«

»In den letzten beiden Tagen.«

»Ja.«

Er drehte sich um.

»Und vorher?«

»Nein.«

»Haben Sie einen Mord begünstigt?«

»Nein. Ich backe jeden Tag, und vor kurzem, das heißt heute früh, hat man mich gezwungen, ein Loch zu graben.«

»Haben Sie den einmarschierenden Truppen geholfen?«

»Nein. Ich habe bloß getan, was mir gesagt wurde.«

»Also haben Sie ihnen geholfen.«

»Ich musste tun, was mir gesagt wurde.«

»Nein, das stimmt nicht.«

»Ich wollte leben. Ich habe ein Recht zu leben. Ich hab getan, was mir gesagt wurde, um am Leben zu bleiben. Selbsterhaltung kann doch kein Verbrechen sein.«

»Nur wenn als Folge davon andere ihr Leben verlieren.«

»Nein. Es sei denn, Sie sind bereit, dieser Argumentation bis ans Ende zu folgen.«

»Ich verstehe Sie nicht.«

»Ich erkläre es Ihnen. Es hat die ganze Woche geregnet. Der Fluss tost durch die Stadt. Ein Kind fällt ins Wasser und wird rasend schnell zur Brücke und in Richtung offenes Meer getrieben. Wenn man nicht in den Fluss springt, um das Kind zu retten, hat man dann seinen Tod begünstigt?«

»Nein.«

»Aber man hätte doch hinterherspringen können.«

»Möglicherweise.«

»Und hat es nicht getan. Weil man hätte ertrinken können. Selbsterhaltung.«

»Ich stelle hier die Fragen«, sagte der Staatsanwalt.

»Herr Staatsanwalt, bleiben Sie bei der philosophischen Befragung«, forderte der Richter.

Ich ärgerte mich, weil er sich gerade in dem Augenblick einmischte, als ich die Oberhand gewann. Diese Richter! Halten sich immer für was Besseres.

Der Staatsanwalt verschränkte die Hände hinter dem Rücken und erklärte in theatralischem Ton: »Also gut. Sie sollen Ihren Willen bekommen. Ich rufe noch einmal die Katze auf!«

»O Gott«, sagte die Katze.

Ich beobachtete, wie die Katze in den Zeugenstand trat, und verschränkte seufzend die Arme.

»Tut mir leid«, sagte der Staatsanwalt, »dass ich Sie erneut aufrufen muss, aber ich bitte Sie, mir noch einmal ganz genau zu erzählen, was Sie an dem fraglichen Tag im Garten des Bäckers gesehen haben.«

KATZE: Er hat einen Backofen gebaut.

»Wie groß war der?«

KATZE: Ich hatte kein Lineal dabei.

»Größer als ein normaler Backofen?«

KATZE: Wie groß ist denn normal?

»Ungefähr wie ein Außenkamin.«

KATZE: Wie weit kann ein Hund in den Wald laufen?

Der Richter unterbrach die Katze. »Das ist eine unsinnige, völlig unerhebliche Frage, und außerdem dürfen Sie gar keine Fragen stellen.«

KATZE: Wie weit?

»Ich weiß nicht«, sagte der Staatsanwalt.

KATZE: Bis zur Hälfte. Dann läuft er wieder aus dem Wald hinaus. Und man braucht nichts nachzumessen, um das zu wissen. Es ist allgemein anerkannt.

»Ah, ausgezeichnet.«

KATZE: Und so groß war auch der Backofen. Größer als ein normaler Backofen.

»Aha.«

KATZE: Ich heiße Buddy.

»Vielen Dank, Herr Buddy.«

Der Staatsanwalt rieb sich die Wangen, und der Richter ordnete eine fünfminütige Unterbrechung an. Nach der Pause bat der Staatsanwalt, weitere Beweise philosophischer Natur vorbringen zu dürfen.

Nach einem kurzen Gespräch stimmte der Richter zu. Alle setzten sich.

»Bäcker«, sagte der Staatsanwalt, »haben Sie schon mal von

einem Herrn namens JOHN LOCKE gehört?« Er schrie den Namen heraus, und ein Speicheltropfen verfehlte nur knapp mein Gesicht. Dann fuchtelte er mit ein paar Blättern in der Luft herum.

»Ich erhebe Einspruch«, sagte ich. »Dieses Beweismaterial war vermutlich schon bekannt und hätte vorgelegt werden müssen.«

»Einspruch abgelehnt«, sagte ich zu mir selbst.

»Also?«, fragte der Staatsanwalt mit hämischem Grinsen und beugte sich vor, bis sein Atem in meine Nasenlöcher stieg und ich sein Frühstück schmeckte.

»Noch nie von ihm gehört. Reicht Ihnen das?«

»Dann haben Sie auch noch nie vom unbeschriebenen Blatt gehört.«

»Nee.«

»*Tabula rasa.*«

»Das hab ich auch noch nie gehört.«

»Dann können Sie den redlichen Menschen dieses Gerichts bestimmt nicht erklären, was es bedeutet.«

»Hab noch nichts davon gelesen, wie sollte ich das dann können?«

Der Staatsanwalt wandte sich mit elegantem Schwung dem Richter zu.

»Euer Ehren, das Volk würde gern John Lockes Philosophie als Beweismittel aufnehmen.«

»Nennen Sie es Beweismittel 00 001–01«, sagte ich trocken.

Jemand hustete. Ich glaube, ich war es.

»War das ein Kommentar, oder haben Sie bloß gehustet?«, fragte der Richter.

Als ich aufstand, hustete ich noch mal und dachte: *Wer zum Kuckuck ist John Locke?*, sagte jedoch: »Worin liegt die Berechtigung dieses Beweismaterials? Ist das ein sachkundiges Beweisstück?«

»Was ist das?«, fragten beide gleichzeitig.

»Ist das Beweismaterial eine anerkannte Autorität?« Anhand dessen, was ich über Gerichtsverhandlungen gehört hatte, suchte ich nach den richtigen Worten.

»Sie meinen, ob John Locke eine anerkannte Autorität ist?«

»Ja.«

Der Staatsanwalt wandte sich dem Richter zu.

»Euer Ehren, darf ich eine kurze Biografie John Lockes zu Protokoll geben, um seine Eignung für diese Verhandlung nachzuweisen?«

»Ja, das dürfen Sie.«

»John Locke, Philosoph, Naturwissenschaftler, Erforscher des menschlichen Geistes. 1632 in England geboren, 1704 in England gestorben. Half, in England und Frankreich die philosophischen Grundlagen für die Aufklärung zu legen, beeinflusste die Verfassung der Vereinigten Staaten. Sein größtes Werk ist eine Abhandlung über Verstand und Wissen des Menschen. 1675 bis 1679 schrieb er auf seinen Reisen durch Frankreich kürzere Abhandlungen über Botanik, Medizin, Statistik, Zoologie, wissenschaftliche Instrumente und das Wetter. Von 1683 bis 1689 ging er nach Holland ins Exil, wo er seinen *Brief über Toleranz* verfasste. 1685 wurde er von der englischen Regierung wegen Landesverrats gesucht …«

»Genug«, sagte ich als Richter. »Ich meine, Sie haben genug Qualifikationen genannt.«

»Darf ich dann mit der Beweisführung fortfahren?«, fragte der Staatsanwalt.

»Ja.«

Lächelnd sagte der Staatsanwalt, an niemand Bestimmten gewandt: »Ihnen ist vermutlich der Satz auf Seite A-1 aufgefallen: ›Die Menschheit ist ein unbeschriebenes Blatt.‹«

»Ein umgetriebenes Rad?«, fragte ich (als Richter).

»Ein unbeschriebenes Blatt. Hören Sie mich, Euer Ehren?«

»Der Wind wird immer lauter, Herr Staatsanwalt.«

»Ein unbeschriebenes Blatt oder *tabula rasa.*« Er sprach jetzt lauter.

»Fahren Sie fort.«

»Das ist Lockes Theorie vom Wissen und folglich von der Psychologie. Oder in allgemeinverständlichen Worten: woher wir etwas wissen.«

»Was wissen?« Wieder der Richter.

»Wenn Sie aus dem Fenster schauen, Euer Ehren, woher wissen Sie dann, dass Sie da einen Baum sehen? Wie kommt es, dass Sie manches für moralisch und anderes für unmoralisch halten?«

»Na gut, fahren Sie fort«, sagte ich als Richter.

Als Angeklagter, der unbekümmert wirken wollte, konnte ich sehen, dass dem Staatsanwalt das ganze Beweismaterial, das sich in seinen Akten stapelte und darauf wartete, mich wie eine Lawine zu überrollen, große Freude bereitete. Er nahm sich Zeit. Hielt ein Streichholz an die Kanone. Dieser selbstgefällige Mistkerl.

»Aber dieser Gedanke stammte gar nicht von Locke«, erklärte der Staatsanwalt. »Schon lange vor ihm glaubten Aristoteles und auch die Stoiker, dass der menschliche Geist, obwohl er bei der Geburt noch leer ist, von den fünf Sinnen Informationen aufnimmt, sie mit einem schlafenden Verstand verbindet und daraus Wissen erschafft. So ähnlich wie beim Brotbacken, Euer Ehren.«

Als Angeklagter seufzte ich. Eine Zangenbewegung. Manchmal sieht man alles kommen und muss dennoch dasitzen und den Zusammenstoß abwarten. *Kein bisschen Glück. Kein bisschen Glück.*

»Aber der wahre Kern des Ganzen kommt erst zweitausend

Jahre später. 1690 schrieb Locke in seinem *Versuch über den menschlichen Verstand*, von dem ich hier ein Exemplar in der Hand halte« – er fuchtelte damit in der Luft herum –, »dass der Geist bei der Geburt ein unbeschriebenes weißes Blatt ist und jegliches Material für Verstand und Wissen sich ihm erst durch Beobachtung und Überlegung einprägt. Darin widersprach er Descartes, der glaubte, dass wir mit einer geistigen Ausrüstung, inklusive Verstand, geboren werden.«

»Zum Teufel mit Descartes«, sagte ich.

»Wie meinen Sie das?«, fragte ich als Richter mich als Angeklagten.

»Ich konnte ihn noch nie leiden, egal, was er geschrieben hat. Ich hab Descartes schon bei meiner Geburt gehasst.«

Ich zupfte meine Robe zurecht. »Der Angeklagte möge jeglichen Sarkasmus unterlassen.« Dann wandte ich mich dem Staatsanwalt zu.

»Drücken Sie sich bitte klarer aus. Sie verwenden sehr große Worte.«

»Sehr gern, Euer Ehren. Locke glaubte, wenn wir bei der Geburt noch nichts wissen, dann beruhen all unsere moralischen Werte auf schmerzlichen oder freudigen Erfahrungen. Gut ist, was Freude bringt. Der Geist nennt böse, was ihm Schmerz bereitet. Nichts weiter. Niemand kommt gut oder böse auf die Welt. Niemand wird als Teufel oder Diktator geboren.«

»Das ist interessant«, sagte ich. »Dem könnte ich zustimmen.«

»Und außerdem lautet Lockes endgültige moralische Schlussfolgerung: Da wir weder gut noch böse geboren werden, wird unser moralisches Bewusstsein vollständig von unserer Umwelt geformt. Von allem, was wir sehen, hören, schmecken, fühlen, riechen. Wir sind moralische Schöpfungen unserer Sinne.«

»Ja«, sagte der Richter, »ich verstehe. Fahren Sie fort.«

»Und deshalb, wenn ich das hier vor Gericht noch weiter ausführen darf, hielt Locke die Erziehung für entscheidend, da sie vernunftgeleitete moralische Werte gegenüber irrationalen Werten förderte, die auf Aberglauben oder religiösem Glauben beruhten. Schulen sollten den Schülern kein falsches Denken beibringen. Sie sollten ihnen beibringen, *wie* und nicht *was* man denkt.«

»Moment«, sagte ich als Angeklagter und stand auf.

»Ich bin gleich fertig«, sagte der Staatsanwalt.

Der Richter nickte, und der Staatsanwalt fuhr fort. »Locke sprach sich für Toleranz aus, da wir die Summe unserer Erfahrungen sind.«

»Das reicht«, sagte ich. »Ich meine, Einspruch! Der Staatsanwalt hält eine Ansprache!«

Der Richter gab mir recht. »Sie schweifen ab, Herr Staatsanwalt. Dem Einspruch wird stattgegeben. Kommen Sie zur Sache.«

»Jawohl, Euer Ehren«, erwiderte der Staatsanwalt. Er holte tief Luft und kam näher.

Ein bisschen zu nah.

»Also, Angeklagter, lässt das Beweismaterial, das ich dem Gericht über die Sinne und das Wissen vorgelegt habe, darauf schließen, dass Locke glaubte, all unser Wissen beruhe auf Wahrnehmung?«

»Scheint so.«

»Ja oder nein?«

»Ja.«

»Das, was wir Intuition nennen, sei eigentlich ein Gewirr von Eindrücken, so tief in unserem Geist verborgen, dass wir dazu keinen Zugang mehr haben, sondern nur die undurchdringliche Tiefe spüren – Formen, Wörter, Farben, Ansichten, Ängste, Eindrücke usw.?«

»Ja.«

»Etwas, das wir Gespür nennen?«

»Ich weiß nicht, ob Locke das gesagt hat oder nicht.«

»Und dass wir uns deshalb nichts vorstellen können, was nicht aus etwas schon Gesehenem, Gehörtem, Geschmecktem, Gerochenem, Gefühltem besteht?«

»Vielleicht.«

»Ja oder nein?«

»Vielleicht.«

»Ja oder NEIN!«

»So eine Frage hab ich noch nie beantwortet, deshalb weiß ich nicht, was Ja oder Nein als Antwort bedeuten würde. Locke würde mich da unterstützen.«

»Sie müssen wissen, was Mord ist, wenn Sie jeglichen Mord geleugnet haben.«

»Ja.«

»Sie kannten die Leute, die verschwunden sind?«

»Ja.«

»Sie wurden zuletzt beim Betreten Ihres Gartens gesehen.«

»Das habe ich nicht gesagt.«

»Und wenig später stieg über den Baumwipfeln Rauch auf!«

»Davon weiß ich nichts.«

»Und Sie sind Bäcker und haben im Freien einen Backofen gebaut?«

»Ja.«

»Und Sie besaßen eine Bauanleitung?«

»Ja.«

»Also hätten Sie auch ein zweites, größeres Modell bauen können?«

»Ja.«

»Haben Sie das getan?«

»Nein.«

»Schluss mit diesen Lügen! Ich rufe den Schuhmacher noch mal auf!«

»Einspruch!«, rief ich.
»Abgelehnt!«, rief ich.

Alle kritzelten irgendwas, während der Schuhmacher nach vorn gehumpelt kam.

SCHUHMACHER: (hob die rechte Hand) Ich schwöre.

»Bitte setzen Sie sich.«

»Herr Schuhmacher, Sie haben gesagt, am fraglichen Tag hätten Sie Zement, Ziegelsteine, Baumaterial, Lastwagen und Soldaten vor dem Haus des Bäckers gesehen«, sagte der Staatsanwalt. »Ist das richtig?«

SCHUHMACHER: Ja.

»Haben Sie all das schon mal zusammen oder einzeln gesehen?«

SCHUHMACHER: Ja, schon oft.

»Und deshalb wussten Sie, worum es sich handelte?«

SCHUHMACHER: Ja.

»Sie waren nicht auf Ihr Gedächtnis angewiesen, als Sie das Ganze sahen. Sie haben es erkannt. Würden Sie dieses Wort dafür verwenden?«

»Suggestivfrage«, warf ich ein.

»Stattgegeben«, sagte der Richter.

»Also gut. Welches Wort würden Sie verwenden?«

SCHUHMACHER: Ich habe die Baumaterialien und Lastwagen erkannt.

»Das haben Sie nicht bloß hineingedeutet? Vielleicht hatte all das ja nur eine gewisse Ähnlichkeit mit den genannten Sachen, aber in Wirklichkeit handelte es sich um Narzissen oder Fahrräder.«

SCHUHMACHER: Es waren keine Narzissen, und ein Fahrrad besitze ich.

»Waren es Sternbilder?«

SCHUHMACHER: Nein.

»Toilettenschüsseln?«

SCHUHMACHER: Nein, auch nicht.

»Vielen Dank für Ihre Geduld, aber zu guter Letzt noch die Frage: Hatte das Ganze Ähnlichkeit mit Kaugummi?«

SCHUHMACHER: Nein.

»Und trifft es zu, dass Ihnen von Kindesbeinen an beigebracht wurde, dass gewisse Wörter bestimmten Gegenständen entsprechen?«

SCHUHMACHER: Ja.

»Und in den Lehrbüchern waren die Bilder und Wörter richtig zugeordnet.«

SCHUHMACHER: Ich glaube schon …

»Zurück zum Garten. Haben Sie den Bäcker in der fraglichen Nacht gesehen?«

SCHUHMACHER: Ja, er wuselte umher …

»Einspru…«

»Stattgegeben! Der Zeuge soll das Ganze anders formulieren.«

SCHUHMACHER: Er brachte ein paar leichtere Werkzeuge von den Lastwagen in den Garten. Die anderen Männer trugen die schwereren Sachen, wie Ziegelsteine und Zement.

»Haben Sie den Garten als Garten erkannt?«

SCHUHMACHER: Ich habe selbst einen Garten, und es war alles da, was zu einem Garten gehört. Er lag hinter dem Haus, und es gab Gras und einen Weg, der zu einem Schuppen an der hinteren Mauer führte.

»Danke. Keine weiteren Fragen an diesen Zeugen.«

»Kreuzverhör?«, fragte der Richter.

»Nur ein paar Fragen«, erwiderte ich.

»Bitte sehr.«

»Danke«, sagte ich zu mir selbst. »Herr Schuhmacher, wie würden Sie die Beziehung zu Ihrer Frau beschreiben?«

Der Staatsanwalt sprang mit zur Decke gestrecktem Finger

und offenem Mund auf. Er hatte anscheinend begriffen, was ich vorhatte, doch diesmal war der Richter auf meiner Seite.

»Setzen Sie sich«, sagte der Richter, blickte auf seine Uhr und wandte sich an den Schuhmacher: »Beantworten Sie bitte die Frage. Kurz und bündig. Ich habe nämlich Hunger.«

SCHUHMACHER: Wir sind seit dreiundzwanzig Jahren verheiratet und führen eine glückliche Ehe.

»Interessant«, sagte ich. »Sie haben gerade etwas, das schon seit dreiundzwanzig Jahren besteht, nämlich Ihre Ehe, mit einem einzigen Wort beschrieben, aber als Sie schilderten, wie um halb zwei Uhr früh vor meinem Haus Baumaterialien von ein paar Lastwagen abgeladen worden sein sollen, haben Sie minutiöse Einzelheiten aufgeführt.«

SCHUHMACHER: War das um halb zwei?

»Hab ich das gesagt? Keine Ahnung«, erwiderte ich. »Wie oft waren Sie mit Ihrer Frau dreiundzwanzig Jahre lang verheiratet?«

SCHUHMACHER: Einmal.

»Einmal. Sehr interessant. Woher wissen Sie dann, dass Ihre Ehe, im Gegensatz zu einer anderen, glücklich ist? In Ihrem Erfahrungsschatz gibt es doch nichts, womit Sie sie vergleichen können. Wie Sie selbst zugegeben haben, waren Sie nur einmal mit Ihrer Frau verheiratet.«

SCHUHMACHER: Stimmt schon.

»Und wenn schon Ihre Betrachtungsweise von etwas so Vertrautem wie Ihrer Ehe fehlerhaft ist, wie können wir da der Genauigkeit Ihrer Angaben trauen, wenn Sie mich nur flüchtig in den frühen Morgenstunden gesehen haben?«

SCHUHMACHER: Ich weiß nicht … nur einmal verheiratet.

Ich lächelte, während der Staatsanwalt vor Wut kochte. Ich hatte ihn mit seinen eigenen Waffen geschlagen. Mit dem umgekehrten John-Locke-Würgegriff.

»Keine weiteren Fragen.«

Der Richter entließ den Schuhmacher, der mit tölpelhaftem Gesichtsausdruck aufstand.

»Da haben wir also einen Mann«, sagte ich, (in Nachahmung des Staatsanwalts) an niemand Bestimmten gewandt, »der weder erkennt, was sich vor seinen Augen abspielt, noch seine eigene Ehe beurteilen kann und dennoch behauptet, nachts vor einem dunklen, über dreißig Meter entfernten Haus einzelne Gegenstände wie Ziegelsteine, Zement oder Lastwagen gesehen zu haben, obwohl er wahrscheinlich ziemlich erschöpft war. Ziehen Sie daraus Ihre eigenen Schlussfolgerungen.«

»Mein letzter Zeuge ist der Angeklagte«, sagte der Staatsanwalt.

»Also gut. Angeklagter, treten Sie bitte in den Zeugenstand. Herr Staatsanwalt, schließen Sie das philosophische Verhör bitte ab. Wir haben gleich Mittagspause.«

»Ich bitte um die Erlaubnis, eine moralische Komponente in die Befragung einzubeziehen«, sagte der Staatsanwalt.

»Bewilligt. Aber nehmen Sie sich in Acht, Herr Staatsanwalt. Ich passe auf, dass Sie nicht wieder abschweifen.«

Der Staatsanwalt lächelte mich an, den Kopf schiefgelegt, als würde er etwas lauschen, das nur er hören konnte. Schneidender Sarkasmus.

»Sie wissen, dass ich Sie das fragen muss«, sagte er. »Wer hat das angerichtet? Wer hat Sie zu so einem Menschen gemacht? Ihr Vater? Ein Onkel? Ein Schulfreund? Ein Fremder im Bushäuschen, der Ihnen ein paar Bilder gezeigt hat? Oder sollte das Unvorstellbare möglich sein?«

»So was muss ich nicht beantworten. Ich glaube …«

»Beantworten Sie die Frage!«, forderte der Staatsanwalt.

»… nicht.«

»Beantworten Sie die Frage, Angeklagter! Ich sehe Ihr schuldbewusstes Stirnrunzeln.«

»Welche Frage, verdammt?«

»Die Möglichkeit, dass Sie schon böse geboren wurden. Hat die Finsternis, noch bevor Sie den Mutterschoß verließen, die Hand nach Ihnen ausgestreckt und Sie mit ihren eisigen Fingern berührt? Was sollen wir mit Ihnen anstellen?«

»Ich bin kein Experte für ungeborenes Leben, ich weiß auch nicht, was Sie mit dem Wort ›böse‹ meinen, und ich bin kein Richter. Sie bringen mich ganz durcheinander.«

»Sollen wir Menschen wie Sie bei der Geburt ausfindig machen und ihrem Leben ein Ende setzen?«, fragte der Staatsanwalt. »Warum sollen wir warten, bis Sie Ihr Werk verrichten?«

Auf den Zuschauerbänken meldete sich eine schrille Stimme zu Wort.

PUTZFRAU: Ich bin nicht hergekommen, um mir so was anzuhören. Abtreibung ist Mord, und es ist absolut schrecklich, ein so kleines Kind umzubringen.

»Halten Sie den Mund«, sagte der Richter.

PUTZFRAU: Sie halten mich für ungebildet, stimmt's? Aber gibt das Ihnen das Recht …

»Halten Sie den Mund und setzen Sie sich«, rief der Richter.

PUTZFRAU: … daraus abzuleiten, dass meine Worte wertloser sind als Ihre?

»Ich fordere Sie jetzt zum letzten Mal auf, den Mund zu halten.«

Da die Putzfrau beschloss, nichts mehr zu sagen, trat Stille ein. Ich spielte mit einem imaginären Bleistift, bis sich der Richter räusperte.

»Fahren Sie bitte fort. Angeklagter, ich glaube, Sie haben gerade eine Aussage gemacht.«

Ich sagte: »Ich hab nichts getan, nur das, wozu man mich mit vorgehaltener Waffe gezwungen hat. Wenn das mein Verbrechen ist, dann müssen Sie noch andere Leute aus dieser Stadt anklagen. Der Schuhmacher misst die Schuhgröße der Soldaten und fertigt ihnen Stiefel an. Leute aus dieser Stadt haben den Kaffee aufgebrüht, den die Soldaten im Restaurant trinken. Wenn ich morgens kein Brot backen würde, wie ich es auch heute tun musste, hätten mich die Soldaten verprügelt oder noch was Schlimmeres mit mir angestellt. Soll sich eine Stadt gegen ihre Besatzer erheben und schuldig gesprochen werden, wenn sie es nicht tut? Wenn Sie das beweisen können, bin ich beeindruckt. Ich will bloß sagen, dass Sie mich wie alle anderen behandeln sollen. Suchen Sie keinen Sündenbock.«

»Aber vielleicht wird das Böse ja vererbt wie die Kinderkleidung in einer armen Familie«, sagte der Staatsanwalt. »Die Sünden des Vaters in den Genen des Sohnes.«

»Aber wie könnte das passieren?«, fragte ich.

»Das nennt man Zeit und Raum überwinden.«

»Aber Zeit und Raum lassen sich nicht überwinden, wenn wir nicht die Voraussetzungen mitbringen.«

Der Staatsanwalt sagte einen Augenblick nichts, doch es kam mir unendlich lange vor.

Nach diesem Schweigen trat der Lehrer einen Schritt vor und sagte: »Der Prozess ist vorbei.«

»Dann kann ich also wieder ich selbst sein.«

»Bäcker, ich leide an Schlaflähmung«, sagte er.

Ah, tatsächlich wieder der Lehrer. Schwach, jämmerlich, ausgebrannt.

»Der Staatsanwalt ist nach Hause gegangen«, sagte er. »Sie werden nichts mehr von ihm hören.«

»Mir fällt ein Stein vom Herzen«, sagte ich. »Ich glaube, der Richter wollte das Ganze auch zu Ende bringen. Er hatte Hunger. Und was ist diese Schlaflähmung?«

»Das ist seltsam, beängstigend. Mein Körper erstarrt. Ich bin wach, kann mich aber nicht bewegen. Das passiert manchmal, kurz bevor ich einschlafe oder aufwache, manchmal sogar im Schlaf. Ich träume, dass ich kurz vorm Aufwachen bin. Die Luft im Zimmer verändert sich, etwas schwebt durch die Dunkelheit, ein schreckliches Geräusch dringt in mein Ohr, als würden sich Leute in einem kleinen Radio hinter dem Kissen unterhalten, und jedes Mal, Gott, jedes einzelne Mal, wenn diese schreckliche Sache passiert, versuche ich aufzustehen, den Finger zu bewegen oder zu schreien, aber es geht nicht. Ich liege bloß da und bete, dass mir das Bettlaken nicht aufs Gesicht fällt und mich erstickt. Ich bin wach, Bäcker, hellwach, außerstande, mich zu bewegen. Ein Gewicht auf meiner Brust, etwas, das schwer auf mir lastet, unglaublich böse, ein Gefühl, etwas Schlechtes im Zimmer, und ich kann mich nicht bewegen. Meine Frau weiß nichts davon.«

»Wie lange dauert das?«, fragte ich.

»Manchmal bis zu zehn, fünfzehn Minuten. Ich würde am liebsten schreien. Ein schartiges, raues Gefühl, als würde mein Bewusstsein in Scheiben geschnitten. Mein Körper schläft, und ich atme trotz meines inneren Aufruhrs langsam und gleichmäßig. Die Bosheit sitzt auf meiner Brust oder wandelt in aller Ruhe durchs Zimmer. Meistens von rechts nach links, nur selten von links nach rechts. Ich habe versucht zu rufen: sinnlos. Ich liege da und habe Angst zu ersticken. Ich konzentriere mich auf meinen rechten Zeigefinger und versuche ihn zu bewegen, versuche, mit dem Mittelgelenk zu zucken, damit meine Nerven in Gang kommen, damit ein Neuronenfeuer oder das Streichholz meiner Energie sich entzündet und mich wieder ins Feuer der Lebenden zurückbringt. Und so lange kann nichts die Kluft zwischen meinem Gehirn und meinem Körper überspringen, Bäcker. Aber dann dringt aus meinem tiefsten Innern ein leises Signal an meine Nerven, eine Botschaft, nein, ein Signal, das verzweifelt durch den Nebel zum Licht am Ende der Straße galoppiert. Und wenn ich mich wieder bewegen kann, stehe ich wütend auf, erhole mich von meiner Angst und frage: *Wer bist du? Was willst du?* Immer wieder dieselben Fragen.«

»Grundlegende Fragen«, sagte ich.

»Die Polizei findet manchmal unverletzte Leichen mit schreckgeweiteten Augen. Über Ländergrenzen und Generationen hinweg wurde diese Erscheinung altes Weib oder alte Hexe genannt. Ein mittelalterlicher Holzschnitt zeigt eine Hexe, die auf der Brust eines bewegungsunfähig auf dem Boden liegenden Ritters in voller Rüstung sitzt. Ich kann Ihnen ohne Zögern versichern, dass dieser Ritter vor vielen hundert Jahren dasselbe verspürt hat wie ich, dass ich seine panische Angst genau kenne, über all die Zeit hinweg, die zwischen uns liegt, über all Ihre Erfindungen, Bäcker, und all Ihre kostbaren Kriege hinweg.«

»Dann …«, begann ich, doch er schenkte mir keine Beachtung.

»Und obwohl ich glaube, dass es menschlichen Kontakt über die Zeit hinweg gibt, ob in der Dichtung oder in direkter Erfahrung, muss diese Lähmung eine wissenschaftliche Ursache haben.«

»Ja, natürlich!«, rief ich erleichtert.

»Manche Leute behaupten, dass die Gene im Körper kurz vor dem Übergang zum Schlaf auf die Erinnerung der Frühmenschen an Eindringlinge in der schwarzen, muffigen Höhle reagieren. Verstehen Sie? Angst und bevorstehender Tod gelangen über eine Kluft von Hunderttausenden von Jahren zu uns. Vielleicht verhält es sich mit dem Bösen genauso. Es überfällt manche Menschen wie ein Trieb, dem man nicht widerstehen kann.«

»Moment mal …«

»Es sucht sie wegen der Taten ihrer Verwandten heim, die lange vor ihrer Geburt begangen wurden; es klopft an die Tür ihrer Seele und sagt: *Hier bin ich, und du musst Folgendes wissen*. Wie würden wir …«

»Ja?«

»Wie könnten wir so ein Bewusstsein nennen?«

»Todesangst«, sagte ich. »Ich weiß nicht, wovon Sie reden.«

»Bäcker, Sie haben Böses getan, nicht wahr?«

»Ich weiß nicht, wovon Sie reden.«

»Böses Böses Böses Böses.«

»Ich weiß nicht, wovon Sie reden.«

Er nagelte mich mit seinem Blick fest und sagte: »Ich glaube, Sie wissen es.«

NACHMITTAGS UM ZWANZIG NACH VIER

Der Lehrer kletterte aus dem Loch, strich seine Kleidung glatt und streifte den Schnee vom Mantel. Ich machte mit einigem Getue das Schaufelblatt sauber, auch wenn sich zu dieser Tageszeit, bei diesem Licht kein Mensch darum scheren würde, ob mein Werkzeug schmutzig war. Es war eine gute Markham-Schaufel, für die Ewigkeit gemacht, ein paar Kratzer am Griff, leicht, strapazierfähig. Ein verlässlicher Gefährte für die tägliche Arbeit. Wahrscheinlich hatte man sie einem Arbeiter, einem Maurergehilfen, abgenommen. Sie war jedenfalls besser als eine einfache Bauernhofschaufel.

Der Lehrer blickte wichtigtuerisch auf seine Uhr. »Es ist zwanzig nach vier«, sagte er. »Wir nähern uns dem Ende dieser Angelegenheit, da können wir das Ganze auch zu einem würdigen Abschluss bringen. Alles für die Nachwelt aufbereiten. Die Endfassung.«

Ich legte die Schaufel weg, nahm die Spitzhacke und ließ sie herabsausen.

»Ich weiß nicht, worauf Sie hinauswollen.«

»Bäcker, bereiten Sie sich auf das Urteil der Geschichte vor.«

Ich lehnte mich auf die Spitzhacke und fragte: »Was wird jemand wie ich in fünfzig Jahren über diese letzten paar Tage lesen?«

Er streckte den Finger in den Himmel, und zum ersten Mal an diesem Nachmittag hatte sein Gang etwas Zielstrebiges.

»Wir können Schopenhauers Teleskop benutzen.«

»Schopenhauers Teleskop?«, fragte ich. »Es ist dunkel und bewölkt. Da kann er kaum was sehen. Wo wohnt er denn?«

»Der große Philosoph des 19. Jahrhunderts hat gesagt, um Probleme richtig einschätzen zu können, sollten wir etwa fünfzig Jahre in die Zukunft reisen, von dort durch das falsche Ende eines Teleskops auf uns im Hier und Jetzt blicken und mit dem inzwischen erworbenen Wissen unsere Entscheidungen treffen.«

»Sie meinen, sich selbst aus der Zukunft beobachten und dann sein Handeln danach ausrichten, was man in diesen fünfzig Jahren über sich gelernt hat?«

»Stimmt. Benutzen wir das Teleskop. Hier ist es.«

Er hob einen gefrorenen Stock auf und hielt ihn ans Auge.

»Bäcker«, sagte er, »was sehen wir?«

Ich tat so, als würde ich durch ein Objektiv blicken.

»Nichts.«

»Ich sehe zwei Männer, die bei Einbruch des Winters an einem Loch stehen«, sagte er. »Es wurden schwere Verbrechen begangen. Ein maschinegeschriebener Bericht, das endgültige Urteil über das, was Sie und ich getan haben, liegt auf einem Regal, verdeckt von Berichten über andere, spätere Gräueltaten.«

»Achten Sie auf Ihre Wortwahl.«

»Über andere schreckliche Ereignisse.«

»Schon besser.«

»Und jetzt wollen wir uns das Dokument mal ansehen.« Er

tat so, als würde er einen Umschlag aufreißen oder eine Lasche öffnen. »Bereiten Sie sich darauf vor, Ihr Schicksal zu hören, Bäcker.«

Ich nahm Haltung an und kam mir ziemlich dumm vor. Meine Schultern waren mit Schnee bedeckt, weil ich eine Weile nicht mehr geschaufelt hatte. Gefährlich, unter diesen Bedingungen nicht in Bewegung zu bleiben. Erfrierungen. Da konnte man die verdammten Finger oder sonst was einbüßen.

Mit viel zu lauter Stimme verkündete er: »Hier kommt der Bericht.«

»Mir ist kalt«, sagte ich.

»Dann überspringe ich die Einleitung.« Er räusperte sich. »In der Zwischenzeit konnten sich die beiden Länder nicht über die Schürfrechte in ihrem nördlichen Grenzbereich einigen. Ohne staatliche Gegenmaßnahmen oder diplomatische Kontakte verschärften sich die örtlich begrenzten Feuergefechte. Schließlich weitete sich der Grenzkonflikt nach Süden aus. Alle Orte im Umkreis von fünfzehn Kilometern wurden von den einmarschierenden Truppen beschossen, die nach zwei Tagen heftiger Kämpfe die Herrschaft über die gesamte Halbinsel übernahmen. Es entstand eine Pattsituation mit unbedeutenden Vormärschen und Rückzügen. Obwohl keins der beiden Heere besonders gut ausgerüstet war, zeichnete sich die Auseinandersetzung durch eine hohe Zahl an zivilen Opfern aus. Diese Zahl war weitaus größer, als es bei einem Schlachtfeld in freiem Gelände und einem ländlich geprägten Hinterland mit ziemlich abgelegenen Orten zu erwarten war. Satellitenaufnahmen von Gräbern deuteten darauf hin, dass die Invasionstruppen die Bürger systematisch umbrachten. Ein nach dem Konflikt eingesetztes Kriegsverbrechertribunal konnte nicht genug Zeugen ausfindig machen, um daraus eine stichhaltige Anklage zu basteln, doch im Süden wurden Kollaborateure vereinzelt von Scheingerichten strafrechtlich verfolgt und hingerichtet.«

»Hingerichtet?«

»Der Fall des Bäckers. Fallnummer 00 001.«

»Was, ich bin Nummer eins?«

»Ist es nicht schön, auf der Liste ganz oben zu stehen? Mit einem Schlag berühmt. Stellen Sie sich das bloß vor! Hitler, Stalin, Leopold, Khan, der Bäcker. Ach, den Kindern werden unter der Bettdecke die Knie zittern, wenn Papa sagt: ›Schlaf jetzt, sonst holt dich der Bäcker, und das willst du doch nicht, oder?‹«

»So würde man nicht über mich reden! Nein! Das glaube ich einfach nicht.«

»Natürlich wird man das tun. Sie werden berühmt sein!«

Ich lachte und trat nach dem Schnee. »Nein, das kann nicht sein. So wichtig bin ich nicht, oder? Oder?«

»Sie sind ungeheuer wichtig, Bäcker. Darf ich fortfahren? Danke. Der Bäcker soll den Invasionstruppen geholfen haben, seine Mitbürger in ihren Verstecken aufzuspüren, darunter auch den Polizisten und seine Frau. Er behauptete, unter Zwang gehandelt zu haben; doch es wurde nachgewiesen, dass er an die Besatzungskräfte herangetreten war, ohne auch nur ein einziges Mal bedroht worden zu sein, und ihnen seine Dienste angeboten hatte. Das gab er offen zu. Ja, er zeigte ihnen, wo sich die Frau des Polizisten versteckt hielt, und sah dabei zu, wie sie sich mit ihr vergnügten und sie dann erschossen. Man erklärte ihm, dass bestimmte wichtige Personen verschwinden müssten. Der Bürgermeister erschien nicht zur Arbeit und wurde nie mehr gesehen. Seine Frau war wohl mit ihm gegangen. Der Arzt war mit einem zur Front fahrenden Lastwagen weggebracht worden. Vor dem Bungalow des pensionierten Obersts hing nicht mehr der gewohnte Geruch einer Havanna in der Luft. Die Nichte der Schwester seines Dienstmädchens, eine junge Frau, die man oft in Begleitung des Obersts gesehen und der er gern Geschichten aus einem früheren Krieg gegen denselben Gegner erzählt hatte, schien zusammen mit dem Oberst, dem Bürgermeister, seiner Frau, dem Polizisten und dessen Frau den Ort verlassen zu haben. Die Terrasse des Bungalows konnte der Bäcker vom Fenster seines Hauses aus einsehen, und vermutlich gab er dem feindlichen Geheimdienst genaue Informationen über alle Leute, die beim Oberst ein und aus gingen.«

»Moment, das klingt aber nicht nach einem amtlichen Bericht.«

»In fünfzig Jahren wird man sie so schreiben.«

»Oh«, sagte ich.

»Aber es fehlt noch etwas in diesem Bericht.«

Ich schüttelte den Kopf. »Ja? Ich dachte, Sie hätten gesagt, er wäre im Nachhinein geschrieben worden.«

»Das stimmt auch. Aber die letzte Information müssen Sie mir jetzt geben. Na los, Sie haben doch nichts zu verlieren, wenn Sie die Wahrheit sagen, oder? Ich meine, betrachten Sie mal die Lage.«

Er legte das Teleskop auf seine Schulter und fragte: »Was haben Sie mit ihnen angestellt?«

Woher wusste er das alles? Funktionierte das Teleskop tatsächlich? Warum hatte ich noch nichts davon gehört? Mir wurde klar, wie schwach und verwundbar ich an diesem Ort war, doch das Teleskop war eine so schreckliche Waffe, dass ihm nichts verborgen blieb.

Ich kapitulierte innerlich.

»Lehrer, ich bin kaum in die Sache verwickelt, ich meine …«

»Bäcker, sind Sie ein Mörder?«, fragte der Lehrer. »Sind Sie wie die *Frevlerbrut, gefällt nach Recht für unsres Bruders Mord*?«

Er hätte mich reden lassen sollen. »Ich verstehe diese Sprache nicht«, sagte ich.

»Was haben Sie mit ihnen angestellt? Was hat es mit dem zweiten Backofen auf sich? Na los!« Er brüllte so laut, dass ich erschauderte.

Offensichtlich war der Staatsanwalt wieder da. Ich rief nach dem Richter.

»Ich kann Ihnen nicht helfen«, sagte er.

Ich wich so weit wie möglich zurück, doch der Lehrer betrachtete mich immer noch vom Rand der Grube.

»Sie müssen mir glauben«, sagte ich. »Man hat mich gezwungen. Man hat mir gesagt, diese Leute müssten eine Weile verschwinden. Ich sollte keine Spuren hinterlassen. Man hat mein Leben bedroht.«

»Sie hatten keine Wahl, ist das richtig?«

»Ja, das stimmt. Sie verlangten immer mehr von mir. Sie brachten die Leichen in der Nacht. Ich zündete die Öfen an und ließ die Leute verschwinden.«

Der Lehrer rieb sich die Stirn. »Was ist aus ihnen geworden? Na los, Mann, reden Sie es sich von der Seele. Ihnen bleibt nicht mehr allzu viel Zeit.«

»Sie wollen es wissen?«, schrie ich. »Was würde ein Bäcker wohl tun? Ich habe die Überreste von ihnen, die nicht verbrannt sind, zermahlen und im Garten verstreut.«

Stille im Saal.

Auch wenn es dem Lehrer die Sprache verschlug, hielt das den Staatsanwalt nicht davon ab aufzuspringen.

»Mein Gott, das ist ein Kriegsverbrechen!«

»Die Verteidigung erhebt Einspruch«, rief ich. »Zivilisten können keine Kriegsverbrechen begehen.«

»O doch, das können sie.«

»O nein, das geht nicht.«

Der Richter vertrat den Standpunkt, dass diese Frage in

einem anderen Prozess geklärt werden müsse. Wichtig sei jetzt, dass der Zeuge der Verteidigung, der Angeklagte, gestanden hatte, auf Befehl der Besatzungskräfte bestimmte Taten begangen zu haben.

Der Staatsanwalt lief kopfschüttelnd auf und ab. Ich reckte den Hals, um ihm mit dem Blick folgen zu können, bis er sich umdrehte.

»Sie haben diese Leute zu Staub zermahlen«, sagte er. »Das ist wohl folgerichtig. Und was haben Sie mit den Teilen gemacht, die Sie nicht zertrümmern konnten?«

»Die hab ich versteckt.«

»Wo?«

»Sie sind versteckt.«

»Wo sind sie, verdammt noch mal?«, brüllte er.

»Ich weiß es nicht, und es ist mir auch egal!«

Ohne ein Wort der Entschuldigung fiel der Lehrer dem Staatsanwalt ins Wort: »All das Entsetzliche, das in Ihrem Schuppen liegen muss, jagt mir einen Schauder über den Rücken.«

»In meinem Schuppen ist nichts«, erwiderte ich.

»Da bin ich mir sicher. Sie haben die Überreste wohl kaum im Haus untergebracht. So was hätten Sie nicht getan.«

»Ich hab nur auf Befehl gehandelt, aber ich wollte diese Leute auch verstehen. Sie in mir haben, ihr Wissen erlangen. Wie es die Menschen mit Jesus tun. Daher hatte ich die Idee. Ich wusste, dass an dem Zeug was dran sein musste, an der Vorstellung, seinen Körper, sein Blut zu sich zu nehmen. Ich wollte von den Toten so viel wie möglich lernen. Bin mir aber nicht sicher, ob Jesus zurückkommt. Die ersten fünfzig, hundert Jahre hätte ich nachts und am nächsten Morgen aus dem Fenster geschaut, aber inzwischen ist es zu lange her. Anscheinend gefällt's ihm da, wo er ist, warum sollte er da zurückkommen? Ich sage, nimm von jedem das Beste und erwarte nichts außer dem, was du dir genommen hast.«

»Bäcker, ich habe gerade das Gesicht des Bösen gesehen. Es ist wie ein kleiner Junge, so harmlos, dass man nicht auf der Hut ist, ein kleiner Junge, der alles weiß, aber nichts begreift. Und er richtet denselben Schaden an wie ein Insekt, das ununterbrochen frisst und dadurch unauffällig ein ganzes Feld vernichtet, weil sich das Feld nicht wehrt und dazu da ist, gefressen zu werden. Weil das Insekt von einem einzigen Ziel besessen ist. Die Frage lautet nicht mehr …«

»Nicht mehr wie?«

»Wer böse ist oder wer diesen unersättlichen Hunger hat. Die Frage muss lauten: Woher kommt das Böse?«

»Wollen Sie das wirklich wissen?«, fragte ich.

»Warum nicht?«

»Und, was würden Sie tun? Würden Sie sagen: *Hallo, Böses. Wie geht's? Was gibt's Neues? Du siehst heute aber schlecht aus?*«

MASKEN

Ich fragte mich, was ich über das Gesicht des Bösen wusste. Die Antwort, die ich mir gab, sprach von Masken.

Was ich über Masken weiß:

Über Persönlichkeit habe ich etwas von der Modewelt im Fernsehen gelernt. Als ich die Frauen beobachtete, die den Laufsteg entlangschwebten, erkannte ich etwas äußerst Wichtiges. Dass Kleidung eine Maske ist. Und da dachte ich, unter Menschen, zu denen man nicht gehört, lässt es sich am besten leben, wenn man eine perfekte Maske trägt, so täuschend echt, dass sie nicht von der eigenen Haut zu unterscheiden ist. Man muss sorgfältig auswählen, jede einzelne anprobieren und mindestens einen Tag lang darin herumlaufen.

Sehen, wie die Leute reagieren.

Um mich für eine Persönlichkeit zu entscheiden, probierte ich einige Monate lang verschiedene Rollen und die dazugehörigen Masken aus. Zu den unterschiedlichsten Zeiten testete ich mein Aussehen und meine Haltung gegenüber den Kunden; ich testete hochmütig, freundlich, ungeduldig, missmutig, schmeichlerisch, respektvoll; ich rang die Hände oder lächelte über die teuflische Angewohnheit meiner Kunden, so zu tun, als würden sie überlegen, was sie kaufen sollten, obwohl sie in Wirklichkeit dasselbe wie immer nahmen! Am liebsten hätte ich ihnen ihren Kassenzettel um die Ohren geschlagen und gefragt, ob darauf nicht dieselbe Ware vermerkt war wie auf den anderen Kassenzetteln, die sie aus meinem Laden mit nach Hause genommen hatten.

Diese letzte Eigenschaft, meine Ungeduld, überzeugte mich, dass ich das Ganze auf natürlichem Weg in den Griff bekommen musste.

Letztlich entschied ich mich für Gleichgültigkeit, denn da brauchte ich nicht zu handeln. Und es war eine Erleichterung, als ich wieder frei atmen und einfach ich selbst sein konnte. Dennoch trug ich die Maske den ganzen Tag, da die Leute, mit denen ich zu tun hatte, unerträglich waren. Und wenn ich zu Hause war und zu viel getrunken hatte, ging ich manchmal ins Bad und betrachtete die Maske im Spiegel, die inzwischen so fest saß, dass ich sie nicht mehr abstreifen konnte, und dann zupfte ich an meinem Gesicht herum, schob eine erwartungsvolle Braue zurecht oder strich eine von Ungeduld kündende Falte auf meiner Stirn glatt.

In solchen Augenblicken befürchtete ich, die Maske sei unlöslich mit meinem Gesicht verbunden, wie der Griff eines Mannes mit dem Klippenrand, an dem er hängt. Ich versuchte sogar, sie abzuschälen, und konzentrierte mich auf das Rasiermesser, wenn ich es über mein Kinn zog, für den Fall, dass es einen Hautlappen lösen und das wahre Ich hinter dem wahren Ich mein wahres Ich im Spiegel anstarren würde. Eigentlich ganz gut, dass die Maske mein Ich war. Man stelle sich vor, man ist das eine, sieht aber wie etwas anderes aus. Das nennt man wohl eine gespaltene Persönlichkeit, zumindest glaube ich das gelesen zu haben.

Ich bin mit mir immer eins geblieben.

Als Bäcker habe ich stets etwas ins Feuer geschoben und gewartet, bis der Duft eines knusprigen, schmackhaften Brotes die Luft mit köstlicher Frische erfüllte. Jeder Augenblick meines Durchschnittslebens hat mich zu dieser Begegnung mit dem Lehrer geführt. Und wenn jetzt ich an der Reihe wäre, dann würde ich mich mit meinem Schicksal abfinden.

Es war so unvermeidlich wie ein Brand in einem trockenen Wald.

Das ist für mich Philosophie. Was passiert, nicht warum etwas passiert.

Dann quält man sich nicht so. Schimpft nicht auf das Kruzifix oder das Orakel und fragt: Warum ich? Als wäre man etwas Besonderes oder hätte eine besondere Auszeichnung verdient, obwohl Tausende das Gleiche denken. Jedes Mal Tausende von Menschen, und, sagen wir, jeder fünfte fragt: »Warum ich?« oder »Warum passiert so was immer mir?« Und das Orakel sagt: »Weil so was immer dir passiert, klar? Anders geht's nicht. Wer hat dir gesagt, dass es anders geht? Für wen hältst du dich eigentlich?«

DER VIERTE LASTWAGEN

Die Geräusche eines weiteren Lastwagens, der Rauch aus dem Auspuff, die kreischenden Bremsen, die rutschenden großen Räder, eine schlagende Tür. Der Wagen hielt am Feld, die Scheinwerfer beleuchteten den Schnee wie der Mond.

Diesmal quietschten die Halterungen am Heck, und die Ladeklappe fiel.

Doch es kamen keine Zivilisten zum Vorschein.

Uniformierte sprangen herunter, blickten sich misstrauisch um und hielten ihre Mäntel zu. Selbst bei diesem Licht sah ich ihre grimmigen, zusammengepressten Kiefer, als sie sich zueinander umdrehten. Ihre riesigen Augen.

Ich spürte, wie die Angst mir im Magen lag.

Mit unsicheren Schritten gingen sie vorwärts, die Gewehre locker in Hüfthöhe, eine Hand am Lauf. Sie waren so professionell, dass sie auch unter Stress entspannt wirkten, näherten sich der Mauer zu unserem Feld, sprangen geschmeidig darüber hinweg und landeten auf flachen Füßen, in perfektem Gleichgewicht, mit erhobenem Kopf und einsatzbereit. Sie hatten bereits gekämpft. Wenn man schon mal ein Gefecht mit eigenen Augen gesehen hat, statt nur darüber zu lesen, erkennt man das.

Zwei von ihnen trugen ein schweres Maschinengewehr zur Geschützstellung, wo die beiden Soldaten den ganzen Nachmittag gewartet hatten, hoben die Plastikplane hoch und montierten es auf einen Dreifuß. Der Hilfsschütze zog die Handschuhe aus, holte aus einer grünen Metallkiste einen Patronengurt und legte ihn ein. Um die Hand trug er eine Bandage, auf der ein ringförmiger Fleck prangte. Die beiden deckten wieder alles ab, rauchten, klatschten die Hände zusammen. Auf dem Feuer klapperte der Kessel.

Der Lehrer blickte hinter sich und sah dann mich an.

»Sind Sie bereit?«, fragte er.

»So bereit wie Sie.«

»Heute Abend könnte ich bei meiner Frau sein, aber vielleicht sehe ich sie auch nicht mehr wieder«, sagte er.

»Ihre Frau? Was ist mit ihr? Ist ihr irgendwas zugestoßen?«

»Sie können das, was Sie angerichtet haben, nicht ungeschehen machen. Nicht hier.«

Und dann tat er etwas, das mich überraschte.

Er lachte.

»Spielt keine Rolle«, sagte er.

Ich glaube, es gab einen Grund dafür, dass in jenem Moment der Wind nachließ. Noch immer fiel Schnee, doch jetzt glitt er senkrecht aus der Nacht herab. Und er ließ sich Zeit.

EIN GESPRÄCH ÜBER VERRAT

»Es spielt keine Rolle«, sagte der Lehrer, »weil Sie nie etwas lernen würden, nicht einmal wenn Sie tausend Jahre vor derselben Seite desselben Buches säßen, den Blick auf dasselbe Wort gerichtet, die ganze Welt ringsum erstarrt, kein Geräusch, kein Geschmack, kein Geruch.«

»Ich weiß eine ganze Menge«, erwiderte ich und lächelte zurück. »Vielleicht haben Sie davor Angst.«

Zeit, meinen Standpunkt zu verfechten. Ich nahm die Schaufel und hielt sie hoch in die Luft.

»Dieses Thema meiden Sie, stimmt's?«

Er zündete sich eine weitere Zigarette an, wahrscheinlich schon die fünfzehnte an jenem Nachmittag. Um ehrlich zu sein, ich hatte den Überblick verloren, und das ärgerte mich. So was war wichtig.

»Keineswegs«, sagte er und warf das Streichholz weg. »Heute habe ich von Ihnen viel über Gräueltaten gelernt. Vielleicht sollten wir Gräueltaten vergleichen, wir beide.«

»Selbst jetzt noch ein Spiel?«

»Kein Spiel.«

»Was dann?«

»Wir sollten über unsere Unterschiede sprechen.«

»Zu spät, ist Ihnen das noch nicht aufgefallen?«

Er schenkte mir keine Beachtung, betrachtete die Zigarette, stieß den Rauch aus, und dann sprach er.

»Sie haben die altbewährten Leute erforscht, Dschingis Khan und alle Übrigen, aber ich habe ständig an die örtlichen Gräueltaten gedacht. Das Mädchen, das verschwunden ist und zuletzt gesehen wurde, als es auf der Wiese spielte, der vorsichtige Mann, der einen Sack voll Hundewelpen von der eisigen Brücke wirft, dann wieder nach Hause geht, um neben seiner Frau ins warme Bett zu schlüpfen, und seinem Kind am nächsten Morgen erzählt, der Weihnachtsmann hätte die Welpen zum Nordpol mitgenommen und versprochen, sich um sie zu kümmern. Der Geistliche, der die Münzen der Witwen im Klingelbeutel zählt und jede vierte in die eigene Tasche steckt, um sich davon Zigaretten zu kaufen.« Er klopfte auf seine Hosentasche. »Das Versprechen, dass man seine toten Eltern wiedersehen wird. Das Versprechen, dass das eigene Leid nicht unbeachtet bleibt und dass die Täter von unsichtbarer Hand, die alles irgendwie in Ordnung bringt, bestraft werden. Dass ich meine Frau vorgestern Abend um fünf nach sechs zum letzten Mal gesehen habe. Wir wohnen in Sichtweite dieses Feldes. Unter dem Baum da drüben habe ich ihr einen Heiratsantrag gemacht.« Er streckte den Finger aus, aber ich folgte ihm nicht mit dem Blick.

»Ich verstehe nicht«, sagte ich.

Der Lehrer neigte den Kopf.

»Wissen Sie, obwohl ich Geschichte studiert habe, ist das Ausmaß der Monstrositäten, über die wir beide gesprochen haben, so groß, dass ich sie nicht begreifen kann. Der menschliche Geist ist für solche Gefühle wohl nicht geschaffen. Wenigstens meiner nicht. Irgendwie sind sie alle verschwunden. Ich muss ein bekanntes Gesicht sehen. Sonst kann ich nichts empfinden. Wenn die Geschichte ein Gesicht besitzt, dann ist es abgenutzt durch die Menschen, die wir jetzt lieben, durch ihr Gesicht.«

Vergeblich wartete ich darauf, dass er *Meine Frau* sagte.

»Kann schon sein, wenn ich auch nicht genau weiß, was Sie da sagen, aber ich wollte etwas über die großen Gemetzel erfahren. Ich hab davon gelesen und denke darüber nach.«

»Verstehen Sie mich nicht falsch, Bäcker. Ich bewundere Ihre Gewissheit. Darum könnte ich Sie sogar beneiden.«

»Ich weiß, dass Sie mich um mein Wissen beneiden.«

»Bäcker, denken Sie an die Deutschen. Wenn Sie eine Münze werfen, landet sie bei den Deutschen auf Hitler oder auf Beethoven. Das Schlimmste und das Beste, das sind die Deutschen. Wahrscheinlich verhielt es sich mit den Kelten ganz ähnlich.«

Ja. Endlich sprach er von etwas Wirklichem.

»Stellen Sie sich den Sonnenuntergang vor einer Schlacht vor. Die Kelten beobachten die Römer, die sich in ihren gepanzerten Legionen unten in den Tälern verteilt haben, zehntausend Feuer, von denen diese Nacht eine Körperlänge über den Boden erhoben wird, und sie träumen von ihren Kindern und Frauen, wie es kaum jemand im normalen Leben tun kann. Das Denken des Soldaten, Bäcker; stellen Sie sich dieses Denken vor, wenn Sie können. Ich glaube nicht, dass ich das aushalten könnte. Vielleicht sollten manche Gefühle nicht voll ausgekostet werden.«

»Was?«

»Wir können diese brennende Einsamkeit des Alleinlebens nicht nachempfinden. Wir sind von unseren Gewohnheiten dick geworden, unser geistiges Leben ist voller Informationen. Inzwischen sind wir ein träges Volk und wissen ziemlich viel. Überall Menschen. Vor uns, hinter uns, über uns in Flugzeugen, unter uns in Tunneln, auf allen sechs Seiten und hinter jedem Riss im Horizont, hinter jedem Vorhang, der bei Sonnenaufgang aufgezogen wird. Menschen leben an Orten, die Sie sich nicht einmal vorgestellt haben, mein Freund, an Orten, die Sie nie besuchen werden. Von morgens bis abends hören Sie Radios, Fernseher, Telefone, Gespräche in den Straßen, wie viel kostet das, Gesang, die schlechten Neuigkeiten, die guten Neuigkeiten, das verlorene Geld, vom ersten Augenblick Ihres Lebens an sehen Sie Menschen, spüren Sie, wie Menschen

Ihre Haut berühren, wie in der Schlange auf dem Postamt eine Schulter an Ihren Rücken stößt. Ein Auto, das hinter Ihnen um die Kurve biegt. Jener gewisse Blick in der Menschenmenge: Leute wie Sie, Bäcker, die viel wissen. Die Ihnen erzählen wollen, was Sie denken. Sie wissen ziemlich viel, stimmt's?«

Ohne Zögern antwortete ich im gleichen Ton: »Ich weiß viel mehr als Sie.«

Er lächelte. »Das ist alles?«

»Das reicht.«

»Und wie lautet Ihr Urteil über die Soldaten, die auf Befehl diese Massaker verübten?«, fragte er. »Wie lautet Ihr Urteil über Herrn Fievez? Na los, Bäcker, klären wir diese belanglose Angelegenheit, hmm?«

Der Lehrer drehte sich um, vermutlich zu den in sechs Reihen wartenden Leuten. Er betrachtete sie eingehend, als suchte er jemanden oder etwas, das er schon sein ganzes Leben gesucht und nie wirklich gefunden hatte.

Auch unten im Loch konnte ich die Leute reden und husten hören.

»Wollen Sie noch eine Zigarette?«, fragte er mich.

»Alle Soldaten haben ihre Befehle«, sagte ich. »Auch Fievez.«

»Und wenn sie diese Befehle nicht ausführen würden, kämen sie als Nächste dran«, ergänzte er.

»Sie mussten an ihre Familien denken.«

»Stimmt«, sagte er. »Man darf die damaligen Gegebenheiten nicht aus dem Blick verlieren.«

»Kriege laufen aus dem Ruder«, erwiderte ich, »selbst wenn es noch gar kein Krieg ist und erst später einer wird, wissen Sie?«

»Natürlich.«

»Die Menschen tun etwas, weil sie irgendwie überleben müssen, und das ist wichtiger als Freundschaft.«

»Ich bin froh, dass Sie mir das erklärt haben«, sagte er.

Ich weiß nicht, warum ich das sagte, aber seine Stimme klang, als würde er mich akzeptieren.

»Dann haben Sie verstanden, warum ich handeln musste?«, fragte ich.

»Ich verstehe Ihren Standpunkt. Ich meine, was ich gerade gesagt habe, war sehr theoretisch, deshalb versuche ich es so zu sagen, wie es ist: Ich finde Freundschaft wichtiger als Überleben.«

»Wie kann das sein?«, fragte ich.

»Ich könnte ohne meine Freunde, ohne meine Liebsten nicht überleben. Ich wüsste nicht, wie.«

»Sie würden es lernen.«

»Ich hätte nicht den Willen, ohne sie zu leben, Bäcker.«

»Sie würden es lernen, glauben Sie mir. Ich weiß es.«

»Und wie sind Sie mit den Invasionstruppen in Verbindung getreten?«, fragte er. »Wann war der erste Tag?«

»Wie so oft lag ich nachts wach, denn ich kann nicht gut schlafen. Ich las Zeitung. Die Unruhen an der Grenze, der Truppenaufmarsch. Die Schwäche unseres Heeres. Und plötzlich machte ich mir im Bett Sorgen um meinen Laden. Meine ganze Arbeit konnte vergeblich gewesen sein.«

»Waren Sie nachts immer allein?«

»Ja, einsame Nächte, kalte, feuchte Abende, an denen ich nichts anderes zu tun hatte, als zu lesen. Aber ich habe gelesen. Und was ich gelesen habe, war nützlich für mich, hat mir das Leben gerettet. Also rief ich an und stellte Kontakt her. Ich bot meine Dienste an.«

»Sie haben Ihre Dienste angeboten?«

»Ich ließ durchblicken, dass ich von Nutzen sein könnte.«

»Somit gestehen Sie endlich, Bäcker.«

»Also gut, ich gestehe. Geht's Ihnen jetzt besser? Aber ich werde mich nicht entschuldigen.«

Ohne den Wind sah der fallende Schnee harmlos aus. Feine, dicke Flocken führten ein kurzes Leben, bevor sie in all dem anderen Schnee verschwanden, der schon gefallen war. Wir hatten uns noch nicht daran gewöhnt, dass wir nicht mehr schreien mussten, und als der Lehrer sprach, hallte seine Stimme so laut in der Grube, dass ich zusammenzuckte.

»Vielleicht steht meine Frau in einer dieser Reihen, aber ich sehe sie nicht, sehe gar keine Frau.« Plötzlich blickte er mich an. »Waren Sie je verheiratet?«

»Nein, nie. Ich habe dafür keinen Grund gesehen«, sagte ich.

Er redete weiter, als wollte er die ganze Stille in seinem Leben ausgleichen. Er sagte irgendwas über Hoffnung, doch ich erwiderte, für Hoffnung sei jetzt keine Zeit mehr.

»Gar keine Zeit?«

»Nur noch sehr wenig«, sagte ich.

Mit Mühe versuchte er, sich noch eine Zigarette anzuzünden. Der Wind brachte noch ein paar Böen zustande, und ich weiß nicht, wie sehr sie ihm zusetzten, denn er war lediglich durch Mantel und Hemd geschützt. Jedenfalls blies der Wind ständig die Streichhölzer aus.

Als es ihm endlich gelungen war, die Zigarette anzuzünden, nahm er einen langen Zug. »Sie haben die Besatzung gut überstanden«, sagte er und zupfte seine Krawatte zurecht, »zumindest bis jetzt.«

»Sparen Sie sich Ihr Urteil. Davon haben wir auf diesem Feld schon genug, danke.«

»Urteile? Hier gibt es keine Urteile«, entgegnete er. »Hier geht es um Staatenbildung. Da dürfen wir nicht im Weg stehen, oder?«

»Von Staatenbildung verstehe ich nichts. Ich bin Bäcker von Beruf.«

»Ich wollte als Erster hier sein«, sagte er. »Ich wollte als Erster mit Ihnen reden, um vielleicht zu verstehen, was in Ihrem Kopf vorgeht.«

»Und was haben Sie gelernt?«, fragte ich, froh, ihm seine eigenen Worte zurückgeben zu können.

»Sie gleichen Ihrem Bruder, wissen Sie das?«

»Nein, das stimmt nicht!«, rief ich.

»Er hatte von Geburt an kein Gramm Mitgefühl in seinem Körper. Jemand hat vergessen, es dazuzugeben.«

»Mein Bruder ist ein angesehener …«

In wenigen Sekunden sagte ich viel zu viel.

Der Lehrer hörte gar nicht zu. Sein suchender Blick wanderte wieder über die Wartenden. »Sie könnte in einer dieser Reihen stehen.«

»Schauen Sie genau hin. Sehen Sie irgendwelche Frauen?«, fragte ich.

»Vielleicht«, sagte er. »Ich habe sie seit zwei Tagen nicht mehr gesehen. Aber gestern hat mir jemand erzählt, er hätte sie gesehen.«

»Gut«, sagte ich.

»Wenn Sie noch einmal *gut* sagen, bringe ich Sie eigenhändig um«, blaffte er.

SICHER IN DER GRUBE

Der Lehrer setzte sich auf seinen Stein und breitete den Mantel über seinen Kopf. Von ihrem Platz aus konnten ihn die Soldaten nicht ausmachen. Er winkte mich mit dem Zeigefinger zu sich, und ich setzte mich in Bewegung, als wäre ich mit einer Schnur daran befestigt. Ich stellte mich vor seine Füße, den Hals zu den dunklen Gesichtszügen in seinem immer wieder im Wind flatternden Mantel hinaufgereckt.

»Sagen Sie mir nach Ihren ganzen Studien eins, Bäcker.«

»Was denn?«

»Was Sie über die Liebe gelernt haben«, erwiderte er.

Ich verschränkte die Arme und schaute mich im Loch um, bis ich mich so wohlfühlte, dass ich antworten konnte: »Nichts, was ich gebrauchen kann.«

»Nichts, was Sie gebrauchen können, sehr interessant.« Der Mantel bewegte sich. Der Schnee fiel. Mehr passierte in jenem Augenblick nicht auf der Welt, so still wirkte alles nach dem Sturm. Auch der Lehrer und ich glichen Statuen in einem leeren Wochenendhaus auf dem Lande oder in einem großen Garten an einem kalten See.

»Sie waren heute sehr freigebig mit Ihrer Zeit«, sagte er. »Und jetzt muss ich Sie um einen Gefallen bitten.«

»Aha. Worum geht's?«

»Bäcker, darf ich Ihnen eine Geschichte über die Liebe erzählen?«

»Was kann die Liebe an so einem Ort ausrichten?«, fragte ich. »Was soll das bringen?« Ich drehte den Kopf. »Schauen

Sie sich doch um. Diese Leute sind nicht hier, um Blumen zu pflücken. Das ist auch keine Cocktailparty. Wir haben die Zeit längst überschritten, Lehrer.«

»Wir haben noch etwas Zeit, wenn auch nicht mehr viel, es ist jetzt halb fünf.«

»Das ist schon spät, sehr spät«, erwiderte ich.

»Sie sind immer noch in dem Loch, stimmt's?«

»Ja, das wissen Sie doch.«

»Tja, bevor Sie nicht aus dem Loch herauskommen, wird nichts passieren. Gar nichts.«

Er hatte recht. Wenn ich hinauskletterte, würde das offiziell heißen, dass die Grube fertig war. Ich hatte nichts zu verlieren. Ich setzte mich mit gekrümmten Schultern an die Seitenwand.

»In Ordnung«, sagte ich, »erzählen Sie mir Ihre Geschichte über die Liebe, aber bitte eine, die wirklich passiert ist.«

»Alles beruht auf Tatsachen, und ich glaube, sogar Dschingis Khan würde innehalten und über ihre Kraft staunen.«

»Setzen Sie sich nicht unter solchen Druck«, sagte ich. »Das ist große Konkurrenz für etwas so Unbedeutendes, das zu nichts führt, zumindest meistens.«

»Es ist eine Liebesgeschichte über meine Frau.« Der Mantel bewegte sich nicht. Der Lehrer hielt den Kopf gerade. Auch ich blieb reglos sitzen, um nicht den Anschein zu erwecken, dass mich seine Liebesgeschichte interessierte.

DAS SOLL DAS WELTBEWEGENDE EREIGNIS SEIN, DAS IHNEN DIE LIEBE ERKLÄRT HAT?

»Was ich Ihnen erzählen will, liegt lange zurück, wir waren damals erst knapp ein Jahr verheiratet«, sagte er. »Wir waren verabredet, nachdem ich die Aufsätze meiner Schüler gelesen hatte, und wollten an einem sonnigen Morgen, an dem uns die warme Luft ins Gesicht blies und im Park Kinder spielten, ein paar Runden auf der Laufbahn drehen. Ich zog meine Trainingssachen an, und als ich auf dem Sportplatz ankam, sah ich die Tüte voll Obst und Gemüse, die meine Frau vom Markt mitgebracht hatte, auf der Bank liegen. Auf dem von der Laufbahn gesäumten Sportplatz stiegen Wasserstrahlen aus den Sprinklern auf, die sich wie silberne Bögen ins Gras senkten, und ich blickte mich nach meiner Frau um, bis ich sah, wie sie mit kleinen, perfekten Schritten, den Bauch entblößt und das blonde Haar wie eine Flamme im Wind, in ihrer Trainingshose um die Kurve bog. Mein Winken beantwortete sie mit einem Lächeln. Ich fiel in Gleichschritt mit ihr, unsere Arme streiften sich, und die Berührung weckte zwischen meinen Beinen ein brennendes Verlangen.

Ich weiß nicht, woher das Gefühl kam, das ich als Nächstes verspürte. Sie war für mich ein Duft ohne Körper, Bewegung ohne Muskeln, eine Seele ohne Zügel, und ich hätte am liebsten vor Liebe geweint, ohne zu wissen, warum. Sie machte mich wieder zu einem Kind. Das war ihre Gabe. Aber nichts hätte mich auf das vorbereiten können, was dann passierte, an diesem gewöhnlichen Tag in einer kleinen Stadt, an dem ich mich auf der Laufbahn zu meiner Frau gesellte.«

Ich stellte mir das Gesicht des Lehrers wie ein unbeschriebenes Blatt am frühen Abend vor. Aber ich sah ihn nicht mehr an. Seine Stimme, die müde klang, wehte in die Grube herab.

»Ich liebte sie schon so lange«, sagte er. »Ich hatte nie begriffen, was Liebe war, ich empfand sie bloß. Aus der Geschichte habe ich nur Fakten und Jahreszahlen gelernt, aber nichts über das, was Männer und Frauen Liebe nennen. Verstehen Sie, was ich meine?«

Ich zuckte stirnrunzelnd mit den Schultern.

»Wahrscheinlich nicht, aber ich gebe die Hoffnung nicht auf, dass Sie es irgendwann verstehen«, sagte er.

»Machen Sie sich da keine zu großen Hoffnungen, Lehrer.«

»Ich war einundzwanzig und noch unschuldig«, sagte er. »Meine Eltern beschützten mich vor der Welt, mit der ich mich so eifrig an der Universität befasst hatte. Die Welt war für mich etwas, das ich sehr gut und doch gar nicht kannte. Ich wusste, wie die Liebe sein sollte. Ich konnte ihre Symptome aufzählen. Schlafmangel, ein Gefühl namens Verlangen, das bei Tag und Nacht den Körper durchströmte, Tränen, unerträgliche Abwesenheit, ein vor Freude und Erwartung zitternder Körper. Und von vielen geschichtlichen Konflikten wusste ich, wenn bei dem Ganzen nichts herauskam, ließen die verschmähten Männer große Schiffe zu Wasser und zogen in den Krieg.«

»Geschichte dreht sich ganz oft um Krieg«, sagte ich.

»Ja, Bäcker. Ich war ein Experte in der Theorie der Liebe, aber ich wusste nicht, wie es sein würde, wenn die Liebe zu mir kam, oder ob sie je käme. Ich musste mehr erfahren, wie das unschuldige Mädchen vom Lande, dem ein schöner Junge versprochen wird, das aber noch nie ein Bild von ihm gesehen hat. Also tat ich, was man mir beigebracht hatte: Ich forschte nach. Ich zog die großen Dichter zu Rate, Donne, Catull, Sappho, las ihre Verse, damit sie mir in Fleisch und Blut übergingen, damit ich Selbstvertrauen und etwas Ähnliches wie Erfahrung gewann, die mich nichts kostete. Ich werde nie den Augenblick vergessen, in dem ich John Donnes Gedicht ›Der gute Morgen‹ entdeckte, wo er mit seiner Liebsten aufwacht und feststellt, dass sich ihm eine ganze Welt erschlossen hat:

Denn Liebe hat, auf was sie liebt, nur acht,
Und macht zum All den allerkleinsten Raum.

Oder die Verse aus seinem ›Nachtstück auf den Tag der Heiligen Lucia‹, den kürzesten Tag, an dem seine Liebste und er das gesamte Universum bildeten:

Oft, in Tränenflut, die wir weinten,
ertrank die ganze Welt, wir zwei.

Ich zog das *Buch der guten Liebe* von Juan Ruiz, einem spanischen Dichter und Musiker aus dem 13./14. Jahrhundert, zu Rate, der dreizehn Jahre im Gefängnis verbrachte, wo er sich an seine früheren Lieben erinnerte und währenddessen sein Meisterwerk überarbeitete. Wie viel Erfahrung ich dem guten Mann zu verdanken habe! All das kostete mich einzig meine Zeit, und die war sinnvoll genutzt, denn ich hatte das Gefühl, einen großen Sprung nach vorn zu machen und mit jeder Minute, in der ich in diesen wunderbaren Liebesgedichten las, ein Jahr voranzukommen.

Bevor ich eine Freundin hatte, hatte ich bereits von Catull, dem größten Lyriker der lateinischen Literatur, der sich wegen seines Verliebtseins Vorwürfe machte, alles über den Beginn und das Ende der Liebe erfahren:

Unseliger Catull, hör auf, verrückt zu sein,
Und was du verloren siehst, laß als verloren gelten.

Jetzt will sie nicht mehr. Du auch, Unbeherrschter, wolle nicht!
Und sie, die flieht, verfolge nicht, noch lebe elend.

Aber ich hatte keine Zeit, die Liebe zu verlieren, so rein war ihre erste Wirkung auf mich, die jegliche Enttäuschung und jeglichen Zynismus überwand. Ich las die Reime von Francesco Petrarca und fand dort die Verse, die meinen eigenen Gefühlen entsprachen:

Die Augen, deren ich so sehr gedacht,
Die Arme, Hände, Füße, das Gesicht,
Die einst mir raubten meines Herzens Licht
Und mich den Menschen scheu und fremd gemacht.

Ich kaufte Blumen und stellte sie in mein Schlafzimmer, damit es vor beiden Fenstern leuchtete und duftete. Ich kaufte Pflanzen, dunkelgrün und voller Erde, richtete mein Bett nach Osten und dann nach Norden aus, um besser schlafen zu können. Aber noch immer erschien sie mir im Traum und raubte mir meine Ruhe. Ihr Gesicht nahm mir den Atem, ihre Schenkel das Sehvermögen, ihre Füße die Finger, bis ich dalag wie ein Kranker, krank vor Verlangen und Gefühl und nichts anderem, denn ich verwandelte mich in reines Verlangen und verlor meinen Körper. Ich wollte nackt auf ihr liegen, ihre weichen Lippen küssen und mit ihren klaren blauen Augen sprechen.

Aber ich konnte mich nicht bewegen, denn in meinen Träumen existierte mein Körper nicht mehr.

Ich wollte mit ihr in einem Landhaus wohnen, das an Felder mit goldenem Getreide und an Wildblumenwiesen grenzte, wollte unsere Tochter spazieren führen und ihr helfen, die Welt mit ihrer Vorstellungskraft zu erfüllen.

Doch das ging nicht, denn in dem Traum war meine Zukunft verschwunden.

Es gab nur die Abwesenheit dieses Mädchens; aber wenn wir uns begegneten, verbrannte mich auch ihre Anwesenheit. Ich war weder zufrieden, wenn sie bei mir war, noch, wenn sie weg war. Es war die Hölle stetigen, unstillbaren Verlangens.

Und mir wurde klar, dass ich um der Liebe willen zu meinen Büchern gerannt war, obwohl ich die ganze Zeit gewusst hatte, dass ich sie dort nicht finden würde. Sie stand hinter mir, trieb mich mit ihrem Versprechen an, erfüllte mich mit ihren Gedanken und machte mich mit ihrem Gelächter und ihren Tränen taub.

Plötzlich wusste ich, dass die Liebe Männer und Frauen verrückt macht, weil sie sich nicht vor sie hinstellt und sagt: *Hier bin ich. Lernt mich kennen.* Sie ist ein Schatten, verändert das Laub an den Bäumen, das Blau des Himmels, den gewohnheitsmäßigen Lauf der Dinge. Die Liebe lief hinter mir her wie ein hungriger Hund in einer Gasse, aber mein Leben wurde schöner durch sie.

Mein Gang war beschwingter. Mir wurde leichter ums Herz, und ich war glücklicher. Meine Freunde kamen mir näher und staunten über meine natürliche Freude und meine neue Unkompliziertheit.

Ich begann wieder mit meinen Studien, aber diesmal jagte ich weder der Wissenschaft von der Liebe nach, noch suchte ich nach ihrer Formel, und so konnte ich mich wieder zu meinen geistigen Fähigkeiten zurückziehen und in Frieden leben.«

Er hielt inne, und ich schüttelte den Kopf. »Sie haben jetzt eine ganze Weile ohne Unterbrechung geredet.«

»Stimmt.«

»Aber Sie haben was vergessen.«

»Was denn?«

Seufzend stützte ich den Kopf in die Hände und sprach so laut, wie ich es wagte.

»Was ist an dem Morgen passiert, an dem Sie Ihre Frau auf der Laufbahn trafen? Was ist passiert, das wichtiger sein könnte als jegliche Philosophie auf der Welt, als alle Fakten, die der Mensch angesammelt hat? Was bloß?« Ich stützte das Kinn auf eine Hand. »Verschweigen Sie mir den letzten, wichtigsten Teil Ihrer Lektion, weil ich hilflos hier unten sitze und Sie redegewandt dort oben stehen? Soll das meine Folter sein?«

So sprach ich, weil ich die großen Redner gelesen hatte. Ich wusste, dass man die Satzmelodie am Ende ansteigen ließ und mit dem Arm gestikulierte.

»Ich werde Sie nicht verlassen, bevor ich Ihre Frage beantwortet habe«, sagte der Lehrer und fuhr fort, als verspürte er nur noch den Wunsch, mir sein Herz auszuschütten.

»Der Tag, an dem meine Frau und ich zusammen liefen, erwies sich als der heißeste Tag des Sommers. Wir liefen langsam und sprachen wenig. Nach drei, vier Kilometern waren wir wegen der hohen Luftfeuchtigkeit völlig durchnässt. Meine Frau rief, sie wolle unter die Sprinkler laufen, und forderte mich auf mitzukommen, mit ihr unter den Wasserstrahlen hindurchzurennen. Lachend streckte sie die Hand aus, ergriff meinen Arm und zog mich mit. Ich ließ sie voranlaufen und beobachtete, wie sie durch das spritzende Wasser hüpfte. Sie tanzte und beugte die Hüften mal in die eine, mal in die andere Richtung, wie eine Blume im Wind. Sie rief wieder nach mir, denn ich war damals schüchtern; und ich rannte durch die kalte, stumpfe Klinge des Wassers auf meinem Rücken und durch einen weiteren Sprinkler zu ihr. Plötzlich, wie aromatisierter Tee an einem frischen Septembermorgen, strömte dieser herrliche Augenblick in mein Leben. Folgendes ist damals passiert, Bäcker.«

Endlich erzählt er es mir, dachte ich.

»Ein Mann mit verkrüppelten Armen, der um die sechzig zu sein schien und die Laufbahn entlanggejoggt war, stieß einen

Freudenschrei aus, das Gesicht verzückt beim Anblick dieser fröhlichen blonden Schönheit, die mit in den Himmel gestreckten Händen das Wasser in Rinnsalen über ihre entblößten Körperteile laufen ließ. Auch ich betrachtete sie fasziniert, bis mich die Stimme des alten Mannes wieder zurückholte. Er war stehen geblieben, sprang auf der Laufbahn umher und schrie: *Es ist bestimmt kalt, eiskalt, oder?*

Ich beobachtete, wie sie ihn anlächelte und ihre rhythmischen Bewegungen seinen Blicken darbot, dann sah ich ihn wieder an.

Ihr Hals streckte sich wie ein Blumenstängel, der Sprühregen ließ das Licht gleißen, um ihr Lächeln strahlte ein barocker Heiligenschein, und der Mann hatte sich, seinen verstümmelten Körper vergessend, ihr vollends zugekehrt, und rief immer noch springend: *Ist es kalt, ist es kalt?* Sein Gesicht glühte vor Freude, ihres vor schlichtem Vergnügen, und plötzlich wusste ich, dass er in den kommenden Jahren im Bett liegen und sich an das erinnern würde, was er voll Freude gesehen hatte, einer Freude, die seine ganzen Besitztümer, falls ihm noch welche geblieben waren, seine ganzen künftigen Jahre, falls ihm noch welche geblieben waren, begleiten würde.«

Der Mantel bewegte sich. Zum ersten Mal seit Beginn der Geschichte sah mich der Lehrer an. Ich sah die Flammen, die sich in seinem rechten Auge spiegelten.

»Das ist damals passiert, Bäcker«, sagte er.

Während ich auf eine Erklärung wartete, die diese Geschichte zusammenband, hätte eine Turmuhr die Zeit schlagen können. Doch er machte keine Anstalten zu sprechen.

»Das ist alles?«, fragte ich.

Er nickte.

»Das soll das weltbewegende Ereignis sein, das Ihnen die Liebe erklärt hat?«

Wieder nickte er.

»Lehrer, Sie lassen mich frieren und die Tiefe dieses Loches spüren. Wo sind Ihre Lehren geblieben? Ich habe absolut nichts Wichtiges gelernt, außer ein paar Sachen über Sie, die ich lieber nicht wüsste.«

»Ich lehre nicht mehr. Ich lebe. Leben ist jetzt meine Aufgabe. Ich habe Ihnen nichts zu erklären, gerade jemandem wie Ihnen nicht.«

Ah, jetzt hatte er mich wütend gemacht. Er nutzte seine Macht aus, um sich über mich lustig zu machen. So kann man mit dem Bäcker nicht umspringen. Ich griff nach der Schaufel. Das Blut strömte schneller durch meine Adern.

»Sachte, sachte«, sagte ich, »passen Sie auf, was Sie sagen. Man könnte diese Bemerkung falsch auslegen. Vielleicht ist es Zeit, die Klasse nach Hause zu schicken.« Ich hob die Schaufel.

Falls ihm das Angst machte, ließ er es sich nicht anmerken. Als er aufstand, kam mir sein Gesicht ganz nah.

Er deutete auf sein Haar.

»Sie ist blond. Haben Sie sie gesehen?«

»Nein.«

»Bäcker, Ihr ›Nein‹ kam zu schnell.«

»Behandeln Sie mich nicht wie einen Ihrer Schüler.«

»Sie blickt einem direkt in die Augen, selbst wenn sie weint.«

»So jemanden hab ich nicht gesehen.«

»Ihre Füße sind zart und rund und ihre Waden vom Tanzen straff.«

»Ich schaue keinen Leuten beim Tanzen zu und sehe nur selten bloße Füße. Ich gehe früh ins Bett, und wenn ich aufwache, schlafen die anderen noch. Ich lebe in der Dunkelheit.«

»Sie würde stehen bleiben, um einem vom Baum gefallenen Vogel zu helfen, einem hinter einem Fenster gefangenen Nachtfalter. Haben Sie das in den letzten Tagen jemanden tun sehen?

Sie zieht auf dem kleinen Feld hinter unserem Haus, wo fast den ganzen Tag lang die Sonne scheint, Enten und Hühner auf.«

»Ich habe weder Enten und Hühner noch Vögel oder Nachtfalter gesehen.«

Er kniff die Augen zusammen, seine Brauen waren mit Raureif überzogen, die entblößte Stirn voll blauer Flecke.

»Bäcker, ich habe sie seit Tagen nicht mehr gesehen. Ich weiß nicht, wo sie ist. Wissen Sie es? Haben Sie ihr etwas angetan?« Seine Augen wurden feucht. Er weinte.

»Ich weiß es nicht«, sagte ich. »Hören Sie, ich weiß gar nicht, wie sie aussieht. Die Stadt ist voller Menschen. Alle ziehen in Gruppen umher. Alle haben Angst, sind hungrig. Das wissen Sie doch besser als jeder andere, Lehrer.«

»Ich spreche nur von einem dieser Menschen, Bäcker, einem einzigen.« Sein Finger zitterte.

Beide Hände an der Schaufel, schüttelte ich den Kopf.

»Hören Sie, in Ordnung«, sagte er schluckend. »Ich kann Ihnen noch mehr Informationen geben.«

»Nein …«

»Bitte …«, flehte er mit erstickter Stimme. »Bezaubernd auf Dinnerpartys, aber schüchtern, wenn sie allein ist. Die Erste, die übers Wetter spricht, wenn betretenes Schweigen herrscht, aber niemand, der einen stillen Moment verplappert, angesichts einer schönen Aussicht oder eines Gemäldes. Weint über vermisste Kinder, über einen Baum, der von Kletterpflanzen umschlungen ist, über eine Pflanze, die den Sommer nicht überstanden hat. Was kann ich Ihnen noch von ihr sagen?« Er hielt den Finger an den Mund und kräuselte die Stirn.

»Nein …«

»Wir wurden in einer weißen Kapelle getraut. Bei der Zeremonie hielt sie meine Hand. Ich habe ihr nicht oft genug gesagt, dass ich sie liebe – dazu bin ich nicht der Typ, wissen Sie, ich bin gegenüber Frauen nicht ganz unbefangen, aber sie hat mein Schweigen verstanden, konnte mich einschätzen.«

»Bitte …«

»Ich habe Ihnen noch so viel zu erzählen.«

»Ich kann Ihnen nicht helfen, Lehrer. Wenn ich es könnte, würde ich's tun.« Ich stieß die Schaufel in den Boden und grub. *Man kann seiner Arbeit immer den letzten Schliff geben.*

»Ich habe nie aufgehört, sie zu lieben«, rief er. »Sie hat jeden Tag meines Lebens als Mann ausgefüllt, jeden Millimeter.«

Vom Rand des Feldes hörte ich Befehle und Rufe. Der Motor des Lastwagens rumpelte. Und über mir und dem Lehrer leuchteten am pechschwarzen Himmel die Sterne durch die breite Öffnung des Loches. Ja, es hatte aufgehört zu schneien. Der Sturm war vorüber.

Doch der Lehrer war noch nicht fertig. Er redete einfach weiter, als ginge nichts anderes vor sich.

»Eines Abends sah ich sie auf der Terrasse – zu unserer Wohnung gehört ein kleiner Balkon. Ich saß mit einem Buch in der Hand im Wohnzimmer und beobachtete, wie sie nach draußen ging, um die Abendluft zu atmen. Es war kühl, die Sonne war gerade untergegangen, und auf ihrer Haut lag das Abendlicht. Nahezu alles an ihr drückte ein Versprechen aus: ihr Mund fast eine Stimme, ihre Fingerspitzen fast eine Berührung, der Duft ihres Haars ringsum eine Liebkosung.

Noch jetzt spüre ich ihre Lippen auf meinen Lippen, selbst an diesem hoffnungslosen Ort, die flüchtige Berührung ihres Körperdufts, der so nah herangeschwebt kam, dass er sich in einen Kuss verwandelte. Den Schmerz, den ich empfand, wenn sie nicht bei mir war. Den Schmerz ihrer Anwesenheit, der auch durch tausend Umarmungen und Versprechen nicht zu lindern war. Ich war nie zufrieden.

Bäcker, ich weiß nicht genau, ob völlige Einheit zwischen zwei Menschen möglich ist. Stets werden sie durch irgendein Gift getrennt, durch eine Elementargewalt, die jede Seele auf sich selbst zurückwirft und sie zu den anderen auf Abstand hält. Selbst die Liebe bewahrt diesen Unterschied.«

»Ich verstehe nicht alles, was Sie gesagt haben«, gestand ich. »Aber ich habe von Tantalus gelesen.«

»Ja, Bäcker, erinnern Sie sich!«

Ich spürte seinen Blick und wusste, dass ich angesichts der Steine, die oben herumlagen, hier unten in der Grube verwundbar war. Fluchend legte er sich flach auf den Bauch und streckte den Kopf über den Rand des Loches.

»Denunziant!«, zischte er. »Sie sind offenkundig ein Lügner und Verräter!«

Das Wort ließ mich zurückweichen, gab mir ein flaues Gefühl im Magen und presste mir die Zähne zusammen.

»Ich habe Ihre Frau nicht gesehen!«, beharrte ich.

DER ANGRIFF

Die Bäume rings um das Feld bildeten jetzt eine eigene, vom Schnee schwach erleuchtete Wand. Ich befand mich in einem Loch mit Wänden innerhalb eines Loches mit Wänden. Der Weg hinauf in die Ewigkeit war eine einzige Wand. Das ganze Universum war ein Trichter, der bei mir endete. Wie ein Teleskop. Doch wer schaute auf der anderen Seite hindurch?

Die Hand des Lehrers fand einen Stein. »Sie haben sie gesehen. Sie haben dabei die Hand im Spiel, Bäcker.«

»Ich hab ihr nichts getan.«

»Meine Frau war meine Freundin, verstehen Sie? Morgens küsste sie mich wach. Aber in den letzten beiden Nächten, in denen ich vor Einsamkeit das Gefühl hatte, die Wände würden auf mich herabstürzen, fehlt mir meine Freundin. Sie war meine Freundin. Um Himmels willen, was haben Sie getan?« Er deutete mit wackligem Finger auf mich. Seine Stimme wurde lauter.

»Ihre Fingerabdrücke sind überall. Und Sie werden dafür büßen. Meine Frau fehlt mir, meine Freundin. Wenn ich spätnachts nicht schlafen kann, starre ich lange in die Dunkelheit. Weil meine Freundin mir fehlt. Und bisher sind es erst zwei Tage. Wie wird ein Leben ohne sie sein?«

Ich wartete auf seinen Angriff, verschränkte die Arme gegen die Kälte und um mich zu verteidigen.

Doch er schien sich zu beruhigen, drehte sich auf den Rücken und sprach zu den Sternen. Ich war froh, dass er mich vergessen hatte, zumindest für den Moment.

»Im Morgengrauen erinnere ich mich an sie«, sagte er.

Schweigen.

»Jeden Augenblick erinnere ich mich an sie.« Er hielt die Hände vors Gesicht und weinte: »O Gott, wo bist du?«

Das verwirrte mich. »Reden Sie gerade mit Ihrer Frau?«, fragte ich.

Ich hätte nichts sagen, hätte einfach den Mund halten sollen.

Er erstarrte. »Wen sollte ich sonst wohl fragen?«

»Ich weiß es nicht«, sagte ich.

Er rollte sich wieder auf den Bauch und legte die Hand auf einen Stein. »Sie wissen es nicht? Nein? Was wissen Sie nicht? Ich sage es Ihnen noch mal, Sie erbärmliche Kreatur. Sie wissen nichts. Alles und doch gar nichts!«

Er schrie noch etwas anderes, vielleicht *Denunziant*, packte mit beiden Händen den Stein und warf ihn ins Loch. Er verfehlte mich. Doch seine Hände griffen schon nach einem anderen, kleineren Exemplar, das er ebenfalls nach mir warf. Ich drückte mich an die Wand der Grube, und der Stein flog ein paar Zentimeter an meinem Kopf vorbei. Dann folgten noch kleinere Steine vom Khan- und vom Fievez-Haufen, und einer traf mich am Kinn, der andere am linken Knöchel. Ich schrie vor Schmerz.

»Ich hab Ihre Frau nicht angerührt. Sie verdächtigen den Falschen.«

»Sie sind der Richtige. Und immer, jedes Mal, ist es einer wie Sie«, rief er und warf den nächsten Stein.

»Vielleicht lebt sie noch. Haben Sie daran schon mal gedacht, Lehrer? Ja?«

Er stand keuchend da, in jeder Hand einen Stein. »Wenn ich daran denke, dass sie vielleicht tot ist, würde ich mich am liebsten rächen, aber der Schmerz ist so unerträglich, dass ich es nicht schaffe. Ich werde es anderen überlassen.«

Ich blieb dicht an der Wand, den Blick auf die Steine gerichtet. »Die Chinesen sagen: ›Wer auf Rache aus ist, der grabe zwei Gräber.‹«

Er stand auf, ließ die Steine fallen und sah mich endlos lange an, während die kalte Nacht ganz sachte die Welt erfüllte und jegliche Hoffnung, Freiheit und Wärme gefrieren ließ. Ihm lief Blut aus Nase und Mund.

»Die sind schon gegraben«, sagte er.

»Ist das mein Loch, Lehrer?«, fragte ich und deutete auf meine Füße. Dann lachte ich. Erst nur leise, aber dann spritzte Speichel zwischen meinen Lippen hervor, rann mir übers Kinn, und ich kratzte mich am Bart, warf den Kopf nach hinten und lachte. Lachte in meinem Loch und deutete lachend mit dem Finger auf ihn.

»Geschichte handelt vom Überleben, Lehrer, und die Überlebenden sind es, die am Ende alles aufschreiben. Sie werden der Beweis dafür sein. Ich werde diese Auseinandersetzung gewinnen.«

»Sie können alle Fakten verdrehen, bis sie dem entsprechen, was Sie glauben wollen. Das ist die Tragödie der Vergangenheit. Dennoch war es falsch, Sie anzugreifen«, sagte er und knöpfte seinen Mantel auf.

»Sie können mir nicht wehtun«, sagte ich und wusste plötzlich, dass er nie wieder versuchen würde, mir wehzutun, weder in der Tiefe eines Loches noch von Angesicht zu Angesicht. Während ich beobachtete, wie er seinen Mantel auszog, bemerkte ich das lästige Gefühl wieder, das ich seit dem Morgen hatte. Er wirkte angespannt und zugleich aufgelöst. Es gab auf der Welt viele Männer wie ihn. Sie zerbrechen langsam von innen, verlieren jeden Tag ein Stück von sich, noch ein dünner Faden zerreißt, vielleicht die Bande zur Kindheit kappend, und dann reißt der letzte Faden, und jemand steigt in einen Zug und kommt nie zurück, macht sich auf den Weg und fährt immer weiter.

Ich fragte mich, wie ich in so kurzer Zeit auf den Gedanken an eine Landstraße gekommen war.

Der Lehrer hielt den Mantel hoch.

»Wenn Sie mir verzeihen, schenke ich Ihnen meinen Mantel.«

Ohne eine Antwort abzuwarten, schwenkte er ihn in der eisigen Luft.

»Was zum Teufel soll ich damit?«, rief ich ungläubig. »Behalten Sie Ihren verdammten Mantel.«

»Nehmen Sie ihn!«

Er warf den Fischgrätmantel, der sich im Wind blähte und über das Loch schwebte, den ganzen Himmel ausfüllte und alles verdunkelte. Ich schlug mit der Schaufel danach, als würde ich bei Sturm mit einem Regenschirm kämpfen. Ich tobte vor Wut.

»Sie fette Made!«, brüllte ich. »Großer Gott!«

Ich traf den Mantel mit der Schaufelspitze genau in der Mitte und schleuderte ihn von uns beiden weg. Er senkte sich wie ein schwarzer Schmetterling auf das hoffnungslose Weiß des Feldes. Obwohl der Mantel den Himmel nicht mehr verdeckte, bekam ich in dem Loch Beklemmungen. Ich musste unbedingt hinausklettern.

Mein Gott, allein die Vorstellung, dass ich in einem Loch enden würde.

DIE HAND

Die Nacht legte sich über das Feld wie zuvor der Schnee und ebnete jede Mulde oder Erhebung ein. Die Welt bestand nur aus Schwarz und Weiß. Die Leute an der Mauer drängten sich in Gruppen zusammen, vermutlich mit den Freunden aus ihrem alltäglichen Leben. Und die Soldaten in ihren schweren Kampfanzügen hielten Zigaretten in ihren wetterfesten Handschuhen und zerrissen die Dunkelheit mit vereinzeltem Gelächter.

Der Lehrer streckte die Hand hinunter. »Nehmen Sie meine Hand«, sagte er.

Ich spürte, wie kräftig sie war. Er ergriff meine Hand und zog mich hinauf. Ich trat heftig gegen die Wand, um Halt zu finden. Das Feld kam in Sicht, seitwärts gekippt, während ich aus der Grube kroch, und wieder senkrecht, als ich mich aufrichtete. Der Lehrer und ich standen zusammen in der Nacht und sprachen eine Weile kein Wort.

Ich sah, wie das Scheinwerferlicht des Lastwagens die aufgereihten Menschen überflutete, die nicht mehr redeten und sich kaum bewegten. Sie starrten geradeaus.

Ich sah, wie die Soldaten an der Feldmauer lehnten und sich unterhielten.

Ich sah den dunklen Horizont der schwarzen Bäume über dem weißen Feld.

Ich sah die Sterne, und ich sah meinen Atem zwischen den Sternen.

»Herrgott«, sagte ich. »Wie spät ist es denn?«

Er neigte den Kopf und blickte auf die Uhr. »Ich glaube, fünf Uhr, kurz vor fünf.«

Die beiden Soldaten in der Geschützstellung zogen die Plastikplane von dem schweren Maschinengewehr. Sie tranken etwas aus einer Flasche.

»Zigarette? Ich habe noch zwei Stück übrig«, sagte der Lehrer.

Ich beugte mich über das Streichholz. In dem flackernden Licht sah ich, dass meine Finger an den Stellen, wo die Handschuhe durchgewetzt waren, ganz blau aussahen.

Er hatte mir vieles zu sagen, und ich ließ ihn reden.

»Wissen Sie, Bäcker, ich war schon oft auf diesem Feld, bei jedem Wetter und in allen möglichen Stimmungen. Meistens als Kind, besonders beim ersten kalten Herbstwind. Hier versammelten sich die Gänse, bevor sie nach Süden flogen. Ich konnte ihr Geschnatter schon von weitem hören. Manche blieben länger als andere, und im Grunde meines Herzens hoffte ich, einige Gänse würden den ganzen Winter bleiben, obwohl ich wusste, dass so etwas noch nie vorgekommen war. Ich fütterte sie jeden Tag, bis ich sie über den Bäumen kreisen sah. Als sie sich so für den Flug nach Süden rüsteten, hatte ich in meinem kindlichen Herzen das Gefühl, ich würde immer allein sein.«

»Wir sind alle allein, Lehrer«, erwiderte ich. »Auch wenn wir uns jetzt ganz nahe sind, sind wir allein. So ist das. Das ist Geschichte.«

Jemand rief etwas. Die Reihen rückten vor, auf das Loch zu. Die Soldaten nahmen ihre Gewehre und folgten den Leuten. Der Lehrer starrte seine Zigarette an. Meine war zur Hälfte geraucht. Ich hatte keine Lust mehr darauf.

»Manchmal«, sagte er, »habe ich kurz das Gefühl, es gibt ein Leben, das ich gerade erst geführt habe und zu dem ich nicht zurückkehren kann. Als wäre das Leben, das ich führen sollte, ganz nah, wie ein schmaler Weg auf dem Lande, aber ich bin falsch abgebogen, habe keine Landkarte, und die Leute verstehen meine Sprache nicht oder haben sich selbst verirrt. Seltsam, Bäcker, dass ich ausgerechnet Ihnen so was erzähle, etwas, das ich nicht …«

»Was? Was?«

»Etwas, das ich nicht mal meiner eigenen Frau erzählt habe.«

»Dass Sie sich verirrt haben?«

»Dass das richtige Leben und ich uns verloren haben. Ich habe irgendwo ein Boot verpasst und bekomme kein anderes. Aber ich höre die Rufe der Glücklichen, die über die Felder oder vom Fluss kommen. Das ist meine Folter. Ja, vielleicht ist es so, Bäcker. Vielleicht wird es nicht besser.«

»Mit Sicherheit nicht, Lehrer.«

»Das ist immer die Frage. Die Treue Ihrer Frau, Ihre Arbeit, Ihr genaues Todesjahr, die Gesichter Ihrer künftigen Kinder. Immer ein Geheimnis.«

»Manches weiß man genau«, erwiderte ich.

Er redete einfach weiter, als hätte ich nichts gesagt, als wäre ich gar nicht da, und die Worte sprudelten nur so aus ihm hervor.

»Manchmal glaube ich, Gott ist nur eine sehnsüchtige Erinnerung aus der Zeit, als man noch jung und glücklich war und keinerlei Sorgen hatte. Was meinen Sie dazu?«

Ich wusste, dass er mich ansah, und starrte geradeaus. Für einen derartigen Blickkontakt standen wir zu dicht beieinander.

»Ich weiß nicht, wovon Sie reden«, sagte ich, aber das unterbrach seinen Redefluss nicht. Er war jetzt nicht mehr zu bremsen.

»Dann wird man erwachsen und merkt, dass man sich nicht

mehr richtig an diese glücklichen Momente erinnern kann, und ein schleichendes Entsetzen flüstert dem eigenen Unbewussten zu, dass man diese Erinnerungen woanders bewahrt – der Weihnachtsmann, die Feen, ein Sonnenuntergang, eine Melodie, die toten Freunde, das Elternhaus, in das man nicht mehr zurückkehren kann, das Gesicht der Mutter. Ihre Stimme, die einen morgens weckt.«

»Was?«, fragte ich.

Er zog wieder an seiner Zigarette. Sein weißes Hemd leuchtete im Dunkeln.

»Ohne den Mantel frieren Sie doch bestimmt«, sagte ich.

»Der Mantel gehört Ihnen.«

»Danke«, sagte ich, »aber ich brauche ihn nicht.«

Er zitterte. Die Nachtluft war abgekühlt. In dieser Nacht würde es besonders kalt werden.

»Ich habe immer von Mänteln geträumt, in allen wichtigen Träumen, meine ich«, sagte er.

»Was haben die Mäntel in Ihren Träumen gemacht?«

»Ich wollte immer eine Tochter haben. Meine Frau und ich hatten es geplant. Seit meiner Jugend hatte ich einen Traum. Darin ging ich mit einem vielleicht acht- oder neunjährigen Mädchen durch ein Weizenfeld. Die Abendsonne, wir gehen schweigend Hand in Hand. Ich trage einen Tweedmantel und eine ausgebeulte Hose. Die Kleine hat blondes Haar, und meine Hand birgt für sie das Ausmaß der ganzen Welt. Sie ist ein stilles Kind, aber das ist gut, denn ich bin selbst kein großer Redner.«

»Darüber ließe sich streiten«, sagte ich. Dieser Mann konnte einen in Grund und Boden palavern.

»Als ihr Vater wäre ich eher zurückhaltend; in der Angst ein verlässlicher Freund, in der Hoffnung eine geöffnete Hand.«

»Ich hab Ihre Frau nicht umgebracht. Das schwöre ich«, sagte ich.

Seine Hand streifte meine Schulter. »Ich glaube Ihnen. Und vielen Dank. Sie hätten nichts sagen müssen. Ich bewundere das.«

Dann streckte er die Hand aus.

Ich ließ die Hände am Körper.

»Das sollten wir nicht tun«, sagte ich. Hätte ich ihm die Hand gegeben, hätte mich das in eine sehr schwierige Lage gebracht. Zu viele Zeugen. Die Berichte.

Während er neben mir stand, begann er plötzlich zu weinen, dieser gebildete, stolze Mann, dieser allwissende Historiker, der meinen Bruder jahrelang eingeschüchtert und gedemütigt hatte. Weinte aus dem Bauch wie ein Baby. Mit bebenden Schultern, das Gesicht in den Händen verborgen. Er schniefte und grunzte wie ein Ferkel, drehte sich um und wischte sich das Gesicht ab, warum, werde ich nie erfahren.

Schluchzend hielt er eine weitere Rede, wobei ich mir nicht sicher war, ob er nicht ein Selbstgespräch führte oder mit jemandem sprach, den nur er sehen konnte.

»Bäcker, ich bin ohne Gott aus dem Mutterschoß gekommen. Er rief mir etwas nach, aber ich hatte keine Lust, im Schoß zu bleiben, von dieser Brühe zu leben und von all den winzigen Parasiten gebissen zu werden. Ich wollte Luft atmen. Der winzige Keim seiner Stimme verschwand, und ich konnte ihn nicht finden. Ich versuchte mir vorzustellen, was Gott gewesen sein mochte oder sein könnte. Ein Kind, ein Mädchen, das mein Inneres durchstreifte, manchmal ein Schrei. Ein Gespür für das, was richtig und gut ist. Ein Gefühl irgendwo in mir drin, dass so jemand existiert, aber ich kann nicht auf ihn warten. Vielleicht ist Gott ein Kind und will gehört werden. Ja. Wenn Gott dieses Mädchen ist, dann habe ich sie oft gesehen.

Eines Tages wird eine Hand in meine Hand gleiten, und eine Stimme wird sagen: *Ich habe dich gefunden.*«

Die Leute blieben auf einen Befehl hin stehen und bildeten eine Schlange, der Erste von ihnen, zu unserer Linken, nur knapp fünfzehn Meter vom Loch entfernt. Der Lastwagen drehte, bis sein Scheinwerferlicht sie erfasste. Ihre Haut leuchtete, genau wie das weiße Hemd des Lehrers und genau wie die Sterne.

Etwas zerteilte in der Nähe meiner Füße den Schnee. Ich tastete mich durch den milchigen kalten Schnee und entdeckte ein Plastikrohr. Als ich es hochhielt, sah ich den matten Schimmer von Glas, drückte auf den Schalter und leuchtete dem Lehrer mit der Lampe ins Gesicht. Er blickte hinter sich in die Grube und sah danach mich an; dann betrachtete er die Leute.

Die beiden Soldaten hinter dem schweren Maschinengewehr legten den Hebel um und führten den ersten Patronengurt ein.

»Ich hab eine Frage«, sagte ich zum Lehrer.

Er zitterte vor Kälte oder vor Angst.

»Warum sind Sie hergekommen, Lehrer?«

»Ich wollte der Erste sein«, erwiderte er und starrte geradeaus.

»Vor Ihnen hat es schon andere gegeben«, sagte ich.

»Ich wollte heute der Erste sein.«

»Warum?«, fragte ich.

Er blickte in das grelle Licht der Taschenlampe. Ich glaubte zu sehen, wie sich seine Lippen bewegten: »Man wird auch Sie erschießen.« Doch ich kam zu dem Schluss, dass es nur der Nachtwind war, eine Bö in den Bäumen, dass mich das Licht getäuscht hatte.

»Ich habe lange genug gelebt«, sagte er.

Ich ging etwa zehn Schritte und schwenkte die Taschenlampe. Die Soldaten ließen das Maschinengewehr zwei Sekunden rattern. Der Kopf des Lehrers wurde zurückgeschleudert, sein Mund weit aufgerissen, und seine Knie knickten ein. Noch mehr Schüsse, und diesmal warfen ihn die Kugeln rückwärts in die Grube.

Ich wartete, bis sich das Echo der Schüsse im Wald zerstreute und verhallte, wartete darauf, dass sich das Gewehr auf mich richtete. Einer der Soldaten zündete ein Streichholz an, hielt es an seine Zigarette, und das Ganze sah aus wie eine langsame Explosion, orange im schmutzigen Schnee. Das Streichholz erlosch, und in der Stille tastete ich nach Löchern.

Sie hatten mich nicht erschossen. Das ist das Schöne daran, wenn man erst nach Einbruch der Dunkelheit fertig wird. Wenn sie mich erschießen wollten, hätte ich die Gelegenheit, in den Wald zu flüchten.

Ich schwenkte wieder die Taschenlampe und ging zum Loch, wo ich den Lehrer fand; wahrscheinlich war er die Wand hinuntergerutscht und verdreht auf dem Nacken gelandet, schon tot, bevor er auf dem Boden aufkam. Ich ließ das Licht über ihn gleiten, ein Stück Fleisch, zerfetzt, rauchend, wo sich die Kugeln in seinen Körper gebohrt hatten, eine im Kinn, eine im Zeigefinger und mehrere in seiner Brust.

Die hatten ihn getötet.

Ich nahm seinen Mantel und warf ihn neben statt über ihn, denn ich hatte ihm noch etwas zu sagen.

»Lehrer, die Geschichte hat Ihnen nichts genützt«, rief ich so laut, dass die Leute mich hören konnten. »Sie sind bloß ein Schwätzer!« Und dann sagte ich, in leiserem Ton, zu seiner Leiche: »Sie haben nichts gelernt. Sie hätten entkommen und im Wald leben können. Sie hätten wissen müssen, was mit Ihnen passieren würde. Sie sind dumm. Sie kennen alle Fakten,

Sie haben behauptet, Sie wüssten, warum so was passiert, und doch haben Sie es nicht fertiggebracht zu überleben. Ihre Frau ist allein. Vielleicht ebenfalls tot. Das heißt, dass Sie dumm sind. Ich habe genug gelernt, um zu überleben. Und ich bin kein Lehrer.«

In der Schlange schrie jemand auf. Jemand anders sagte: *Scht*.

»Was wollten Sie, Lehrer?«, flüsterte ich. »Erinnern Sie sich noch an Ihre ganzen Fragen? Was wollten Sie? Das hier wird Ihre Schlaflähmung heilen. Wetten, dass Sie sich jetzt auch nicht bewegen können?«

Es sah jämmerlich aus, wie er ausdruckslos ins Licht der Taschenlampe starrte.

»Sie werden nicht mehr leben, Lehrer. Sie sind der Erste, wie Sie es sich gewünscht haben. Aus diesem Grab werden Sie nicht herauskommen.«

Ich drehte mich zu den Soldaten um und schrie: »Bringt sie in Vierergruppen her.«

Ich hörte Leute weinen. Kein Einziger von ihnen versuchte wegzulaufen, bis auf einen Jungen, der von seinem Vater am Hemdkragen zurückgehalten wurde.

Um Viertel nach fünf war das Loch nahezu voll. Manche Leute stürzten gerade hinein, manche verkrümmt. Noch eine halbe Stunde, um alle zurechtzuzerren und hineinzustopfen und in der Dunkelheit und Kälte Kalk über die Leichen zu streuen. Ich bot an, alles aufzufüllen, doch die Soldaten sagten, ich solle nach Hause gehen. Darum salutierte ich und marschierte ungelenk los, teils weil ich es noch nicht richtig beherrschte, aber auch weil der Schnee zum Marschieren zu tief war.

Wir ließen keine Wachen am Grab zurück. Wer sollte schon einen Fluchtversuch unternehmen? Es ist so einfach. Die Toten können einen nicht angreifen. Man braucht niemanden, um die Toten zu bewachen.

VIERTER TEIL

18:00 Uhr

Irgendwer sagte, wir sollten allmählich von dem Feld verschwinden. Jemand anders sagte, wir seien erst nach sechs Uhr zurück, das Ganze habe viel zu lange gedauert. Als die beiden Soldaten das Maschinengewehr auf den Lastwagen geladen hatten, waren wir abfahrbereit.

Als Bäcker werde ich um diese Tageszeit immer müde, aber ich weigerte mich, im Lastwagen zu fahren, und ging zu Fuß zurück in die Stadt. Ich saß nicht gern so dicht bei anderen Leuten.

Bei der Abfahrt warf mir einer der Soldaten von der Ladefläche einen Mantel zu.

»Den hab ich für dich aus dem Loch geholt. Guter Mantel!«, rief er lachend und zog die Stoffplane herunter.

Auch wenn er zerfetzt und voller Blut sein musste, legte ich ihn mir um die Schultern.

Es hatte aufgehört zu schneien, und auf dem Boden war alles gefroren. Die kleinen Flocken knisterten unter meinen Stiefeln, und weiter vorn brannten die gelben Lichter der Stadt. Auf halbem Weg zwischen der Stadt und dem Feld blieb ich an einer Wegbiegung stehen, von der aus man den Ort nicht sehen konnte. Die Bäume erhoben sich steif aus dem schimmernden Schnee. Ich blickte mich um. So still. Ich hätte der einzige Mensch auf Erden sein können.

Am Stadtrand kam ich am Basketballfeld der Schule vorbei, wo die Frauen und Kinder untergebracht waren. Ich ging vorsichtig am Maschendrahtzaun entlang. Nach ein paar Tagen Haft kann man sehen, wie sich das Verhalten der Leute ändert. Keine spielenden Kinder, kein leeres Gerede, als hätte es keinen Sinn, sich zu unterhalten. Die Leute saßen größtenteils auf dem Boden und teilten sich Decken.

Eine Frau starrte mich unter schmutzigblondem Haar hervor an. Ich blieb stehen, legte die Hände an den Zaun, umklammerte mit den Fingern den Draht. Dann ging ich weiter und schaute mich um. Ihr starrer Blick folgte mir, war anscheinend auf den Mantel gerichtet, vielleicht aus Verzweiflung oder vor Kälte, vielleicht auch ohne jeglichen Grund. Ich habe gehört, dass man in der Haft in so einen Zustand verfallen kann.

Ich ging zurück, winkte sie heran, und als sie sich weigerte, mich zur Kenntnis zu nehmen, winkte ich noch mal.

»He, du da, die Blonde … komm mal her.«

Was Frauen antreibt, ist mir zu hoch, aber ich bin mir sicher, dass es, je nach Erfordernis, ihr Vorteil oder ihr Unterhalt ist.

Das habe ich irgendwo gelesen.

Sie kam mit aufrechtem Gang an den Zaun, wo ich wartete, vermutlich aus Stolz, um zu zeigen, dass sie sich trotz ihrer Blässe und des Drecks und Gestanks auf dem Hof, und all das schon nach wenigen Tagen, immer noch zu bewegen wusste. Man sollte meinen, dass die Leute besser auf sich achteten. Sie waren ja noch nicht lange dort untergebracht.

Ich bot ihr durch den Drahtzaun eine Zigarette an. Ihr Blick blieb auf meine Augen geheftet, während sie kurz den Kopf schüttelte. Dann schnellte ihr Blick wieder zu dem Mantel. Ich betrachtete sie, zündete ein Streichholz an und hielt es an die Zigarette zwischen meinen Lippen. Ich sah, was einem Mann an ihr gefallen würde, was viele Männer in ihrer Jugend wahrscheinlich an ihr begehrt hatten, wenn sie unter ihrem Fenster entlangging oder ihnen auf der Straße begegnete: ein rundes

Gesicht mit kräftigen Wangenknochen, große blaue Augen und ein langer Hals. Gute Zutaten bei einer Frau.

»Sind Sie verheiratet?«, fragte ich leise.

Sie verzog das Gesicht und wich einen Schritt zurück.

Lachend zuckte ich mit den Schultern. Ich wusste, dass ich nicht besonders gut aussah, und die meisten Frauen, die ich anspreche, weisen mich zurück oder schenken meinen Annäherungsversuchen keine Beachtung, hoffen, dass ich einfach verschwinde. Die Frauen in der Stadt lachen hinter meinem Rücken, selbst die unansehnlichen, die es sich normalerweise nicht leisten könnten, so stolz oder wählerisch zu sein. Jetzt konnte ich über sie lachen. Ich lachte mit weit offenem Mund, meine schlechten Zähne entblößt, und rief noch mal: »Sind Sie verheiratet?«

Natürlich wandte sie sich ab; völlig vorhersehbar, doch niemand konnte ihr diese kleine Genugtuung in ihrer Lage verwehren. In diesem Lager mit all den anderen, ohne Nachricht von ihren Männern. Das musste schwierig, geradezu unerträglich sein.

Die Zigarette glühte mehrmals rot auf, ich schnippte die Asche über den Zaun in den Hof und ließ den Blick über den Beton wandern. Ein paar Leute fegten den Schnee mit Stöcken weg. Die anderen Insassen lagen auf dem Rücken oder auf der Seite und versuchten sich warm zu halten. Bunsenbrenner, Wolldecken, Töpfe zum Wasserkochen. All das nahm ich schweigend zur Kenntnis, und erst dann vollendete ich meine Frage.

»Mit dem Lehrer?«

Sie wirbelte so heftig herum, als hätte ein Stein sie getroffen, und kam zurück, in ihrem Gesicht lag sowohl Hoffnung als auch Hass. Sie packte den Zaun und rief mit heiserer Stimme: »Wissen Sie etwas?«

»Scht!« Ich legte den Finger an die Lippen. »Kommen Sie

näher, ich kann Ihnen das nicht sagen. Man darf nicht sehen, dass ich mit Ihnen rede.«

Sie sog scharf die Luft ein, lächelte, zitterte, weinte. Sie beugte sich zum Draht vor, bis unsere Gesichter sich fast berührten und ihr Atem mein Ohr wärmte.

»Wissen Sie etwas?«, flüsterte sie.

Ich sagte mir: *Überleben. Nichts zu verlieren. Lass dir was einfallen, Bäcker. Los, Bäcker. Lass dir was einfallen.*

»Dann sind Sie also die Frau des Lehrers?« Ich blickte mich verstohlen um.

Ihr Gesicht öffnete sich, und wie Erbsen aus einer offenen Dose strömte Hoffnung hervor.

»Ja, ja, haben Sie ihn gesehen? Wo ist er? Ich bin krank vor Sorge, wenn Sie bloß helfen könnten.« Sie verschränkte die Hände und löste sie wieder. Eindeutig erotisch. Kamasutrisch.

Sie wirkte so offen, dass ich mich gezwungen sah, ihr, entgegen meiner Gewohnheit, das Gesicht ganz zuzuwenden. Blickkontakt. Die Leute wollen alles wissen, und die Augen verraten viel, vieles, was an Frauen falsch oder an Männern sonderbar ist. Ich sah, wie die Hoffnung, ihren Mann zu finden, sie erfüllte, als wäre sie ein durchsichtiges, sauberes Glas, in das jemand Wasser goss.

»Ja, ich habe ihn gesehen«, sagte ich.

»Vor einer Weile haben wir Schüsse gehört – Sie auch?«, fragte sie. »Wir wissen nicht, was da los war. Uns erzählt man nichts.«

DER ASTRONOM

Wenn ich nicht Bäcker geworden wäre, wäre ich bestimmt Astronom, denn ich bin fasziniert vom Licht und seiner Abwesenheit. Ich weiß, dass die Erde, ja sogar das Sonnensystem, für das Universum nicht einmal der millionste Teil eines Sandkorns in einer noch unentdeckten Wüste ist. Ich habe im Morgengrauen oft neben meinen Backöfen gesessen und den verblassenden Nachthimmel betrachtet, habe gespürt, wie sich die Erde mit meinen Broten unter der Hitze der Sonne drehte, und darauf gewartet, dass ein Komet oder Asteroid ein kleines Loch in die Erde bohrt und uns unter Staubspiralen vernichtet. Ich habe gelesen, dass der Gesteinsbrocken, der die Erde auslöschen wird, bereits unterwegs ist, dass er sich vielleicht schon vor Millionen von Jahren aus dem Asteroidengürtel oder aus der Oortschen Wolke gelöst hat, die außerhalb des Sonnensystems liegen soll. Dieser Gesteinsbrocken, der ein, zwei Kilometer breit sein könnte, dürfte sich erst ein paar Tage vorher ankündigen. Oder gar nicht.

Und wenn das passiert, dann wird es Zufall sein. Wie bei mir und dieser Frau.

Ein Asteroid. Man stelle sich bloß das Chaos vor. Kreidebleiche Reporter. Menschen, die ihr Geld vergraben, die vergewaltigen, alle Rechnungen beglichen, verstörte Männer, die sich in Gräber verkriechen und beten, dass es ein Leben nach dem Tod geben möge, und die wahre Natur des Menschen bahnt sich den Weg ans Licht, vorbei an einem Leben voll Zaudern, voll Schlankheitskuren, Mathematik, Schüchternheit, Mädchen wie Jungen, Schwänze und Brüste, Nacht und Tag, die bedeuten, dass die Erde sich dreht, ja, das ist das Ende und sonst gar nichts. Wo bist du, Gott? Keine Antwort. Das kannst du uns doch nicht antun! Keine Antwort. Zum Teufel mit dir. Keine Antwort.

Die Dichter werden ihre Gedichte verbrennen. Jegliche Romantik wird zerstört, jegliche Umgangsform aufgegeben, Politik wird ein Drängen und Hauen und Stechen und Schreien sein. Ah, ja, alles wird innerhalb eines Tages zusammenbrechen, genau wie bei einem Verkehrsstau, wo alle anfangen, das Gesetz zu brechen, über die Gehsteige fahren und sich gegenseitig beschimpfen, um voranzukommen, ja, es wird die prächtige Abschlussveranstaltung der ganzen Menschheit sein. Gott sagt: »Das habe ich geschaffen. So handeln sie nach allem, was sie getan und aufgeschrieben haben. So und nicht anders.« Die Alten fallen vor Angst auf die Knie und sagen sich: »*Der Stein aus dem All wird uns verfehlen*, es gab schon andere, es ist eine Warnung, nur eine einzige, ja, ist in Ordnung, ich nehme sie ernst, ich werde mich gut benehmen, bitte lass mich leben, kann ich da noch irgendwie herauskommen, oder sind die Zinsen und alles schon zu hoch?«

Und die Statuen, die sie anbeten, werden voller Bosheit antworten, alle gleichzeitig, aber leicht verzögert, wie in einem schlecht synchronisierten Film: »Ich habe euch all das gezeigt, und ihr habt euch nichts genommen. Unter diesem Felsen werde ich eure Kirche zermalmen. Die Schwachen werden schwach sein, die Letzten werden die Letzten sein, das Nadelöhr ist ein Nadelöhr, die Nadel ist voller Gift und steckt in eurer Ader, ich bin Gott, und ihr seid tot.«

Tot. Etwas berührte meine Hand. Ich sah, dass es die Hand der Frau war. Ich zitterte bei der Berührung, schauderte zurück, wischte mir die Hand am Hemd ab.

»Mein Mann. Sie wissen von ihm?«, fragte sie.

»Ich glaube, ich habe ihn heute gesehen«, erwiderte ich.

»Mein Gott, dem Himmel sei Dank, danke, danke.« Ich sah, wie die Jahre von ihr abfielen. Wie ein Kind lachte sie und weinte zugleich.

Ich hatte nie gelernt, wie das ging. Ich wich nicht zurück, obwohl ich es am liebsten getan hätte.

»Meine Mutter hat mich mal berührt, als ich schon erwachsen war«, sagte ich. »Sie wollte mir durchs Haar streichen, und ihre Finger lagen schon auf meinem Kopf, aber sie tat es dann doch nicht und zog die Hand wieder weg. Sie war meine Mutter.«

Die blonde Frau schüttelte den Kopf. »Das tut mir leid.«

»Wenn mein Vater nach Hause kam, unterhielten wir uns nicht. Ich sah ihm beim Essen zu, dem großen, weißhaarigen Mann, und wusste nicht genau, wie ich ein Wort hervorbringen sollte, auf das er antworten würde. Ich lernte, in kurzen Sätzen zu sprechen und mir im Voraus darüber klar zu werden, was ich sagen wollte, um Kritik zu vermeiden und die Chance zu vergrößern, dass er meine Worte gelten ließ. Er schmatzte, den Blick auf Teller und Löffel gerichtet, und die Wörter, die ich nicht sagen konnte, sammelten sich in meinem Bauch, und ich konnte nicht mehr richtig atmen. Ich lernte, mit mir selbst zu reden und das Gespräch zu verfolgen, als wäre ich jemand anders. Ich zog mich ein Stück aus meinem Körper zurück, nur ein paar Zentimeter. Ich kann mich noch an den Tag erinnern, als es passierte: Einen Augenblick kam mir alles ganz seltsam vor, mir wurde schwindlig, die Bäume verschwammen vor meinen Augen, mir schoss fremdes Blut in den Kopf, und plötzlich wurde ich aus meinem Innern vertrieben und durch ein lebloses Abbild von mir ersetzt. Ich hörte auf, so zu leben wie vorher. Zu Hause aßen und tranken wir schweigend. Ich wusste, dass sich die Eltern der anderen Jungen anders verhielten. Schließlich wurde mein Bruder geboren, ich wartete, bis er größer war, und dann spielte ich mit ihm und hörte auf, Selbstgespräche zu führen, aber ich gelangte nie in mein Inneres zurück. Ich bekomme schnell Angst. Das wollte ich eigentlich sagen.«

Ich glaube, ich habe nichts davon ausgesprochen. Aber ich sagte es erstmals mir selbst. Vielleicht habe ich es auch ihr gesagt.

Sie klang verzweifelt. »Tut mir leid, habe ich Sie erschreckt? Es tut mir wirklich leid.«

»Ja, das haben Sie. Ein Brief wäre vielleicht am besten«, erwiderte ich.

»Ich habe nichts, womit ich schreiben kann, und auch kein Papier.«

»Hier.« Ich fand im Mantel des Lehrers einen Füller und riss eine Seite aus dem kleinen Notizheft in meiner Tasche. »Schreiben Sie hier drauf. Ich sorge dafür, dass er es bekommt. Versprochen.«

Sie biss sich auf die Lippe, trat einen Schritt zurück und starrte mit Tränen in den Augen das Blatt an.

»Wir haben keine Zeit«, sagte ich. »Man wird uns bemerken. Los, schreiben Sie schnell!«

Sie schüttelte den Kopf und lachte erleichtert. »So schnell kann ich das nicht.«

»Gut, schreiben Sie das Wichtigste. Sie haben eine Minute Zeit. Hören Sie …«

Sie kehrte mir den Rücken zu.

»Hören Sie. Sie haben eine Minute Zeit.« Ich äugte in beiden Richtungen den Zaun entlang. In der Innentasche des Mantels glaubte ich irgendwelche Papiere gespürt zu haben, beschloss aber, die Taschen erst zu durchsuchen, wenn ich nach Hause kam.

Sie legte sich auf den Boden, schrieb offenbar vier Zeilen, faltete das Blatt zusammen und schob es durch den Zaun. »Ich kann Ihnen nicht genug danken«, sagte sie. »Wenn das hier vorbei ist, können mein Mann und ich Sie vielleicht besser kennenlernen. Wenn alles wieder normal ist.«

Als ich ihr das Blatt aus der Hand nahm, streichelte sie meine Finger – so wie sich mein Magen zusammenkrampfte, hätten ihre Finger auch Messer sein können.

»Ich kenne Sie, oder?«, sagte sie.

Ich drückte die Hände an meine Jacke und senkte den Kopf.

»Nichts ist unverzeihlich«, sagte sie.

Ich sah ihr in die Augen. »Nichts?«

»Nichts«, sagte sie lächelnd.

Ihr Gesicht wirkte weicher, ein Teil ihrer Sorge war aus ihr herausgeströmt, ihre Haut schimmerte durch den Schmutz. »Ihre Worte sind für mich eine große Erleichterung«, flüsterte ich.

»Das freut mich für Sie.«

»Tja, es ist nicht so, wie Sie denken. Man hat Ihren Mann heute Abend erschossen. Ich musste dabei zusehen. Natürlich konnte ich nichts dagegen tun.«

All das flüsterte ich. Wir schauten uns weiter an, und ich beobachtete, wie ihr Blick in die Sorge und Trauer zurückkroch, die ihre Klauen nach ihr ausstreckten und sich in ihr Gesicht krallten.

Sie versuchte, meine Hand zu packen, doch der Brief war bereits sicher auf meiner Seite des Zauns.

»Geben Sie mir den Brief zurück.«

Seltsam, ich hatte nicht gesehen, dass ihr Mund sich bewegte. Wenn ich es nicht besser wüsste, hätte ich gesagt, irgendwo in ihrem Kopf nistete Hass. Frauen sind manchmal so und spielen mit den Männern das Maskenspiel. Ich habe nie geheiratet, man muss zu viel lernen, um das richtig hinzubekommen, und hat sowieso nicht genug Zeit, wenn man sich um vier Uhr früh aus dem Bett quälen oder allein bleiben muss, wenn die anderen ausgehen oder fernsehen. Der Spieß wird umgedreht, aber plötzlich ist es ungerecht, dass ich, der einsame Bäcker, der die Stadt ernähren musste, mich jetzt von der Stadt ernähre. Man kann nicht beides haben. Ein bisschen Macht geht in andere Hände über, und plötzlich ist alles falsch, auch wenn es niemand offen sagt.

Ich wedelte mit dem Brief, den ich sicher in der Hand hielt. »Und, Lehrersfrau, was nun? Sie hätten in dem anderen Lager sein sollen, dessen Insassen heute zu dem Feld gebracht wurden. Macht nichts, morgen werden Sie auch dort hinkommen.«

»Wo …« Sie brachte die Worte nicht hervor, wirkte am Boden zerstört.

Langsam schüttelte sie den Kopf, so langsam, dass es vielleicht keine Bedeutung hatte.

»Was ist los mit Ihnen?«, fragte sie.

Wieder bewegte sie nicht den Mund dabei, und das wirkte beunruhigend, als würde jemand anders aus der Ferne sprechen.

Ihr Hass war zu groß für ihren eigenen Körper. Diese Erklärung legte ich mir jedenfalls auf die Schnelle zurecht.

Ich habe von folgendem Kriegsphänomen gelesen: Nach einer Explosion laufen die Leute händeringend umher, und zwanzig Minuten später setzen sie sich hin und sterben. Andere reden mit einem, nachdem sie einen Unfall hatten oder schwer verletzt wurden, doch plötzlich sagen sie ganz beiläufig, dass sie gleich sterben werden, und so kommt es dann auch. Wieder andere haben zu viel gesehen und können die Last ihrer eigenen Gefühle nicht tragen, also verlieren sie den Verstand, um damit fertigzuwerden, sie lassen eine Leere zurück, ein mit Brettern vernageltes Mietshaus, einen Menschen, der schon bessere Zeiten gesehen hat. Und manche überstehen alles unbeschadet und drehen erst zehn, fünfzehn Jahre später durch, verschanzen sich in einem Supermarkt oder zielen mit ihrem Gewehr von einem Uhrenturm in die Menge.

Ich habe gelesen, dass einen der Feind nie ganz verlässt. Wie eine Droge, die man genommen hat, oder die erste ernsthafte Freundin. Zehn Jahre später taucht er aus einer Gehirnzelle auf und fragt: *Erinnerst du dich an mich?*

Ich ließ sie am Zaun stehen und war innerhalb von fünf Minuten an meiner Haustür, das ist das Schöne an einer kleinen Stadt. Ich duschte und zog mich an.

Um halb sieben saß ich in meinem Sessel und las ihren Brief.

Seltsam. Keine Ortsangaben. Nichts wie *Hier bin ich, wo bist du?* Sie hatte sechzig Sekunden Zeit gehabt, und was schrieb sie? Später, als ich im Bett lag und auf den Schlaf wartete, während meine Stiefel und Socken vor dem Holzfeuer trockneten, las ich das Ganze noch mal. Die Worte und die Satzstellung konnte ich verstehen, doch irgendwas schien nicht zu stimmen. Ihr Mann, der Lehrer, sein Name fehlte. Sie hatte nur mit dem Anfangsbuchstaben ihres Vornamens unterschrieben. Es war, als hätte sie an sich selbst geschrieben. Dass sie von seinem Tod wusste, bevor ich ihr davon erzählt hatte. Nicht an ihren Liebsten zu schreiben, sondern über die Liebe, eine Definition, die aus etwas bestand, was sie vor langer Zeit zusammen erlebt hatten – was tat sie da? Meine Beine verhedderten sich in der

Bettdecke, und ich strampelte mich frei, rollte mich aus dem Bett und stellte den Kessel auf den Herd. Was hatte sie vor? Als das Wasser kochte, machte ich Erdbeertee und beobachtete von meinem Balkon aus, wie der Halbmond sein Licht über die Kirchtürme und leeren Häuser der Stadt breitete, über den Schnee, der alles einebnete und übersichtlich machte.

Ich dachte an den Lehrer und seine Frau und ihr seltsames Verhalten. Die beiden gehörten wirklich zusammen. Er schien zu glauben, dass die Geschichte, das Thema, dem er sein ganzes Leben gewidmet hatte, nicht nur aus Jahreszahlen, Persönlichkeiten und Orten bestand, was ich bis zu einem gewissen Grad akzeptieren konnte, weil es sein Testament war. Er wusste, dass er sterben würde; aber was sollte das ganze Gerede? Wir hätten eine Vereinbarung treffen können. Lehrer haben viel Geld, und man kann nicht nur tot, sondern auch lebendig in ein Grab stürzen. Wir hätten eine Vereinbarung treffen können.

Der Letzte, auf den geschossen würde. Warten, bis wir weg wären, aus dem Loch kriechen und in der Nacht verschwinden. Ich würde nichts verraten und eine hübsche Stange Geld einstreichen.

Und was sie betraf, sie schrieb sich selbst einen Brief. Wenn der wirklich für ihn bestimmt war, warum gab sie ihm dann keine Informationen, die ihm halfen, sie zu finden?

Mein Bruder hatte mir erzählt, der Lehrer habe sie im Unterricht mal aufgefordert, sich vorzustellen, dass sie vor Hunderten von Jahren lebten. Jeder in der Klasse suchte sich einen Ort und eine Zeit aus. Nach der Diskussion habe der Lehrer gesagt, es sei unmöglich, sich das Ganze richtig auszumalen, weil die Zeichen und Vorstellungen der Zeit das Verstreichen der Zeit nicht überstünden. Natürlich hatten wir auch über diesen idiotischen Gedanken des Lehrers gelacht, aber jetzt stellte ich mir vor, dieses Experiment durchzuführen.

Ich spulte die Nacht zum vorigen Tag zurück, schneller, immer schneller, die Nächte und Tage dauerten jeweils nur eine Sekunde, und dann verstrichen zehn Tage in einer Sekunde, die Straßen erst voller Menschen, dann menschenleer, Rasenflächen und Bäume sprossen und verdorrten unglaublich schnell, in einem einzigen Atemzug. Die Stadt in Luft aufgelöst, dann nur noch Felder und schließlich Gras. Die Farben in neue Farben verwandelt. Der Gesang der Vögel anders (obwohl ich inzwischen seit Tagen keine Vögel mehr in der Stadt gehört hatte). Kinder liefen rückwärts ihrer Geburt entgegen, die Toten waren noch ungeboren. Vielleicht kommt die Zukunft von hinten herangerollt wie der Wind und weht die Vergangenheit in den vor uns liegenden Horizont. Ehen verwandeln sich in erste Verabredungen, Getreide verwandelt sich in Samen, Musik in Tinte, in Gedanken. Aber das Seltsame war, wenn die Zeit weiter zurückgespult wurde, würde ich von dem Lehrer und seiner Frau nur zu sehen bekommen, was ich schon wusste: Sie würden ihre Gräber verlassen, er zuerst, sie würde an dem Morgen auf der Laufbahn unter den Sprinklern hindurchlaufen, zurück zu der Zeit, als sie sich kennenlernten. Ich sah nur, was ich bereits wusste. Wozu musste ich mehr erfahren? Ich konnte nichts damit anfangen.

Der Lehrer hatte darauf gewartet, dass die Geschichte zu ihm käme und sagte: *Hier bin ich, die Vision aus deinen Träumen, deinen jahrzehntelangen Studien, ich bin gekommen, um dir zu sagen, dass es mich wirklich gibt*. So was wie: »Dein Mitgefühl ist nicht vergeblich. Du wirst nicht verschwinden. Die Liebe wird irgendwie überleben und dich finden. Du wirst deine Eltern wiedersehen. Du wirst mit deiner Frau zusammen sein. Mit Marco Polo Tee trinken. Heidegger fragen, was er eigentlich sagen wollte.«

Es gab noch ein Problem. Als der Lehrer den Mantel ausgezogen hatte, hatte ich gesehen, wie muskulös er unter dem Hemd war. Der Lehrer, ja, kräftig und wohlproportioniert; er hätte mich schlagen, mich in der Grube umbringen können, wenn er gewollt hätte. Doch aus irgendeinem Grund hatte er es nicht gewollt.

Weil er zu viel nachgedacht hatte, das war's. Zu viele Wahlmöglichkeiten wirken sich lähmend aus.

Plötzlich bekam ich einen Schrecken.

Moment mal, der Mantel.

Was hatte ich darin gespürt? Ich nahm ihn vom Garderobenständer und durchsuchte die Taschen. Drei Umschläge, ich wusste doch, dass ich etwas gespürt hatte.

Ich goss heißes Wasser auf den Tee und setzte mich vor den Kamin, die Zehen dicht an den Flammen. Dann öffnete ich den ersten Umschlag. Ein maschinegeschriebener Brief, der mit der Anrede »Lieber Schüler« begann.

Dein Aufsatz über Schopenhauers *Die Welt als Wille und Vorstellung* ist für einen jungen Mann ziemlich bemerkenswert. Ich erinnere mich noch an die Zeit, als ich in deinem Alter war, und kann viele deiner Erfahrungen nachvollziehen, aber mit siebzehn war ich nicht so begabt wie du. Fünf Jahre lang hatte ich das Vergnügen, mit ansehen zu können, wie du dich als Denker und Schreiber verbessert hast, und du musst mir verzeihen, wenn ich mir die Bemerkung erlaube, dass du in letzter Zeit bekümmert und zurückhaltend bist, nicht nur im Unterricht, sondern auch zwischen den Zeilen der ausgezeichneten Aufsätze, die du in diesem Halbjahr geschrieben hast.

Es ist ein herrlicher Abend. Meine Frau ist in der Oper. Ich bin zu Hause geblieben, habe gerade einen herrlichen Apfelkuchen aufgewärmt und mir frischen Tee eingegossen.

Ich bin leicht zufriedenzustellen! Ich wollte dir und vielleicht auch mir schreiben. Lass mich einmal so egoistisch sein, dir ein paar Sachen zu sagen, die ich gelernt habe. Ich bin mehr als doppelt so alt wie du, und wenn man älter wird, stößt man auf ein paar nützliche Wahrheiten, obwohl ich nie genau weiß, was die Wahrheit ist. (Ich weiß, dass dein geliebter Schopenhauer dazu etwas zu sagen hätte.)

Was für ein Kummer dich auch befallen haben mag, er wird vorübergehen. Ja, er wird von neuem Kummer abgelöst werden, großem oder kleinem, und doch geht alles vorüber wie der Kater nach einem Rausch, der einem die unsterblichen Worte »Nie wieder!« entlockt. Jedes Unglück bringt den Wunsch hervor, keinen Schmerz mehr zu erleben. Aber das Leben geht weiter, und Schmerz lässt sich nicht vermeiden. Als ich noch ein ganz kleiner Junge war, starb eine Frau, die mit einem jungen Mann aus dem Ort verlobt war, an einem Blutsturz. Ganz plötzlich, keine Zeit, sich zu verabschieden oder darauf vorzubereiten. Sie starb einfach. Völlig außer sich, schlief ihr Verlobter zwei Tage lang an ihrem Grab und ließ sich weder von seinen Freunden noch von seiner Familie überreden, nach Hause zu gehen. Schließlich kamen sie und schleiften ihn weg. Er wehrte sich den ganzen Weg bis zum Auto. Fünf Monate später heiratete er eine andere junge Frau. Hatte er aufgehört, seine Verlobte zu lieben? Natürlich nicht. Er fügte seinem Leben nur eine neue Liebe hinzu. Trauer und Freude: Das eine widerspricht dem anderen nicht. Die Welt ist nicht schwarzweiß, und, bitte, widerstehe all jenen, die dir das weismachen wollen. So ein Glaube bringt dir nur Verwirrung und Leid. Sei bereit, dich zu ändern, dann wirst du dich auch ändern. Denn jeder Atemzug, den du ausstößt, wird, ohne dass du darüber nachdenkst, von einem neuen ersetzt. Genauso kümmert sich das Leben um dich, selbst wenn du schläfst. Du brauchst weder wachsam noch besorgt zu sein. Ein Füller schreibt, egal, ob du ihn fest umklammerst oder ganz locker hältst.

Vielleicht hast du dich verliebt. Wunderbar! Lass das Licht der Liebe auf deinen Verstand scheinen und deine Gedanken aufhellen. Gib nicht vor, etwas zu sein, was du nicht bist. Spiel kein Theater. Widersprich dir! Sei aufrichtig, auch wenn du dann schwach wirkst. Sei stark, auch wenn du dann überheblich wirkst. Vermeide die Mittelmäßigkeit: Sie ist die dunkle Seite der Masse. Bemühe dich, nicht in Klischees zu sprechen, auch wenn wichtige Personen sie billigen. Was Gefühle betrifft, bin ich zu der Überzeugung gelangt, dass die Menschen überall gleich sind. Alle haben dieselben Probleme. Du bist nicht allein. Wahrscheinlich können deine Freunde diese Erfahrungen und Gefühle bloß nicht in Worte fassen, und deshalb wachst ihr alle auf, ohne zu begreifen, wie ähnlich ihr seid. An jeder Ecke tut sich eine neue Welt der Liebe auf. Und ohne Liebe ist die Geschichte und alles, was darin vorkommt, nur trockener, verstaubter Unsinn, mein lieber Schüler. Vielleicht beruht die Liebe wirklich nur auf chemischen Prozessen und hat nichts mit göttlichem Eingreifen oder einem Engel mit Pfeil und Bogen zu tun. Aber du solltest sie mit ganzem Herzen auskosten.

So ein langer Brief! Ja, ich habe ihn ebenso an mich wie an dich geschrieben. Vielleicht werde ich ihn noch nicht absenden. Ich könnte Stillschweigen bewahren und warten, bis du die Schule abgeschlossen hast und zur Universität gehst, und könnte mich dann in dem Café mit dir treffen, das wir beide so gut kennen. Dann können wir als Männer über das Leben sprechen. Und dann nehme ich dich mit nach Hause, wo meine Frau gekocht hat. Sie kocht gern, und das ist ein wahrer Segen, denn es ist nur eins ihrer Geschenke an mich, von denen ich keins verdient habe. Kein einziges. Aber auch das ist Freude.

Unsere Provinz hat in letzter Zeit viel Leid erlebt, aber es wird vorübergehen. Dieser Krieg wird sich totlaufen. Die Sonne wird wieder scheinen. Und der Wille, wie dein Philosophenfreund vielleicht sagen würde, der Wille, am Leben teilzunehmen, wird neu erblühen. Hab keine Angst vor dem Leben. Geh neben ihm her, erzähl ihm deine Träume, erzähl ihm deine Ängste. Das Leben kann alles ändern. Du wirst glücklich sein. Benutze das Teleskop. Verstehst du, was ich meine? Richte das Teleskop aus.

Ich las den Brief des Lehrers zweimal durch und schüttelte den Kopf. Redet da ein Mann? Was für ein wirres, unlogisches Zeug. »Dann können wir als Männer über das Leben sprechen«? Wahrscheinlich war er in einen Schüler vernarrt. Einen männlichen Schüler. *Natürlich*. Alle Intellektuellen sind so gepolt. Das hab ich jedenfalls gelesen. Und ich kann nur sagen, wenn du dein verdammtes Teleskop ausrichtest, wirst du einen großen dunklen Fleck sehen, den man Leere nennt. Das All.

In der Stadt war es viel zu still. Ich zog die Vorhänge vor, legte ein weiteres Scheit in den Kamin und fest zusammengeknülltes Papier daneben, damit das Holz Feuer fing. Sieben Uhr. Eigentlich hätte ich hungrig sein müssen. Normalerweise wäre ich um diese Zeit ins Bett gegangen. Warum hatte ich keinen Hunger?

Ich dachte, der Lehrer habe vielleicht den Druck des ständigen Denkens nicht mehr ausgehalten und die Grenze zum Wahnsinn überschritten. Ich hätte es ihm sagen können. Ich hätte ihm vor seinem Tod sagen sollen, dass mein Bruder ihn mochte, er fand nur, dass er sich stärker von seinen Gefühlen leiten ließ, als ihm guttat. Ja, mein Bruder mochte ihn.

Der zweite Brief war mit »Meine liebe Nichte« überschrieben:

An meinem elften Geburtstag bekam ich Orca geschenkt, eine Katze mit einer Schleife am Halsband, die auf dem Bauernhof lebte und jeden Tag viel Zeit vor dem Holzofen verbrachte. Ihr Besitzer war gestorben, und sie brauchte ein neues Zuhause. Meine Eltern sagten, es würde mir guttun, wenn ich lernte, mich um ein Tier zu kümmern. Orca gab nie einen Laut von sich und spielte auch nicht besonders oft. Das gehörte zu ihrem Wesen. Sie saß auf meinem Schoß, und mehr wollte sie nicht. Wir akzeptierten einander. Als ich ein paar Monate später eines Tages nach Hause kam, erfuhr ich, dass sie im Nachbargarten Rattengift gefressen und meine Schwester sie bereits begraben hatte. Ich war unglaublich traurig, tagelang völlig erledigt.

Ich bin mit Katzen aufgewachsen; in meinem Elternhaus gab es immer Katzen. Wenn sie verschwanden, suchten wir tagelang, ließen alles stehen und liegen und suchten, bis wir sie fanden. Sie lebten viele Jahre bei uns, und wenn sie starben, war es, als würde man einen lebenslangen Freund verlieren – niederschmetternd. Was uns an verlorenen Haustieren den größten Kummer bereitet, ist ihre Einsamkeit, ihre Stille. Sie können nicht mit uns reden, und sie bringen diese Stille mit, wenn sie sterben. Ich weiß, dass du traurig bist. Aber deine kleine Katze ist auf ihrer Reise. Lass deine Trauer zu und versuche nicht, sie zu verbergen.

Das war sein Brief an seine Nichte. Eine Katze. Was hatte dieser Mann bloß im Kopf? Ich öffnete den letzten Umschlag. In diesem Brief hatte er auf jegliche Anrede verzichtet:

Schon zwei Tage, und ich weiß nicht, wo du bist. Ich glaube, heute holen sie mich. Aber ich habe aus der fernen Zukunft durch das Teleskop geschaut und sehe dich immer noch, jetzt und für alle Zeit, in meinem Herzen. Das ist alles, was ich sehe, alles, was ich sehen will. Ich kann den Gedanken nicht ertragen, dass der Tod unser Ende ist. Das Teleskop wird mir helfen, dich zu finden. Ich habe mich in der Zukunft postiert und warte dort. Und ich werde dich finden.

Alles ganz rührend, aber keinerlei Informationen. Nichts, was ich gebrauchen konnte. Ich warf die Umschläge ins Feuer und spürte die größere Wärme an den Zehen.

Ich schloss die Balkontür wegen der bitterkalten Nachtluft und sprang wieder ins Bett, dankbar für die verbliebene Wärme auf der Matratze, dankbar, dass ich noch in meinem Haus schlafen konnte. Die Besatzer begriffen, dass auch im Krieg die alltäglichen Dinge funktionieren mussten. Sie wussten, wie der Hase lief. Es gab die nützliche Seite und die unnütze Seite. Ich befand mich auf der nützlichen Seite. Gott, bei diesen Temperaturen auf einer Decke auf dem Beton des Basketballfelds liegen zu müssen.

Und noch etwas machte mir Sorgen: Ich hatte mit der Frau des Lehrers über meine Eltern gesprochen. So was hatte ich noch nie getan.

Ich musste vorsichtiger sein.

Ich nahm ihren Brief und las ihn noch mal:

Mein lieber Schatz, lauf mit mir wieder unter den Sprinklern hindurch, erinnerst du dich? An jenem Tag wusste ich, dass wir für immer zusammen sein würden. Versuch an mich zu denken, so wie ich mit ganzem Herzen an dich denken werde. Ich werde warten. Aus der Ferne, über die Zeit hinweg. Ich habe dich noch nie so geliebt, mein Liebster. S.

Ihr Name? Ich blickte auf den Zettel. Plötzlich konnte ich mich an sie erinnern. Sie war einmal mit dem Lehrer in den Laden gekommen. Eigentlich nach ihm. Irgendwann Anfang Oktober letzten Jahres, ein klarer, windiger Tag, der Markt war gerade vorbei. Sagte, sie habe ihm ein Geschenk besorgt. Hielt es ihm mit leuchtenden Augen vors Gesicht. Eine geblümte Porzellantasse. Die Tasse war recht hübsch. Die habe ich auf dem Markt von einem reisenden Händler gekauft, sagte sie. Sie hielt die Tasse hoch, und plötzlich stutzte ich, das Brot erst halb eingepackt. Sie hielt die Tasse dem Lehrer hin. Der Lehrer lächelte und wollte die Tasse nehmen, doch seine Frau wich kopfschüttelnd einen Schritt zurück. Sie deutete kichernd auf ihre Lippen und führte ihm die Tasse an den Mund.

Sie dampfte.

»Ich habe darin Tee aufgegossen«, sagte sie.

Jetzt hielt ich gänzlich inne und starrte die beiden an. So was hatte ich noch nie gesehen oder gelesen.

Sie drehte sich zu mir und sagte: »Mein Mann hat heute Geburtstag. Er ist für sein Alter schüchtern.«

Und was machte ich, der Bäcker? Ich beugte mich über das Packpapier, weil sie mich anlächelte und mich so lange ansah, dass ich mich unbehaglich fühlte. Ihre Knochen verliehen ihrem Gesicht etwas Porzellanhaftes. Plötzlich dachte ich – und das jagte mir Angst ein –, ich könnte das Leben selbst aus ihrem Gesicht trinken. Der Gedanke war mir aus heiterem Himmel gekommen, und das entsetzte mich noch mehr.

Ihr Name? Ihr Name stand in dem Brief, den sie geschrieben hatte. Ein einziger Buchstabe.

Ich faltete den Brief zusammen, überlegte, ob ich ihn wegwerfen, ihn verbrennen sollte. Ich beschloss, ihn auf dem Tisch neben meinem Bett aufzubewahren.

Seine drei Briefe verbrannte ich.

Morgen oder übermorgen werden sie die Frauen vom Lager zu dem Feld führen, werden das letzte Loch auffüllen und mich danach, wie versprochen, freilassen, aus dem Dienst entlassen.

Ich werde wieder backen, mich um meine eigenen Angelegenheiten kümmern, dicht an der Stadtmauer entlang zur Arbeit gehen. Aber jetzt musste ich schlafen. Sie werden sich daran erinnern, dass ich von Beruf Bäcker bin, und in harten Zeiten, in denen viel marschiert und viel geschleppt werden muss, ist das etwas Nützliches. Sie werden jemanden brauchen, der Brot backen kann, und daran werde ich sie erinnern, wenn der letzte Tote zu Boden stürzt und meine Schaufel nutzlos in den Schnee fällt.

QUELLEN

Kurz nach den in diesem Roman geschilderten Ereignissen verschwand der Bäcker. Neugierige Nachbarn fanden in seinem Schlafzimmer Leihbücher und Notizhefte. Er hatte sich *Storm Across Asia* von Henry Wiencek und Robert Marshalls *Sturm aus dem Osten* ausgeliehen, die beide von den Eroberungen der Mongolen handeln. Nähere Einzelheiten über König Leopolds Herrschaft im Kongo hatte er vermutlich in *The World's Worst Atrocities* von Nigel Cawthorne gefunden. Und was das Massaker von Wounded Knee betrifft, so hat er, neben anderen Quellen, anscheinend das Buch *Moon of Popping Trees* von Rex Alan Smith zu Rate gezogen. Er besaß mehrere Übersetzungen von *Die Kunst des Krieges* und hat wohl selbst noch manches hinzugefügt, und die Informationen über Graf Fulk und das Leben im europäischen Mittelalter hat er höchstwahrscheinlich in William Manchesters *A World Lit Only by Fire* entdeckt. Sein Wissen über Erfindungen dürfte aus dem Band *The Timetables of Technology* stammen, herausgegeben von Bryan Bunch und Alexander Hellemans. *Wahnsinn. Eine kleine Kulturgeschichte*, herausgegeben von Roy Porter, war höchstwahrscheinlich seine Quelle für David Humes Brief.

Die erste anschauliche Schilderung der Bombardierung von Dresden bekam ich von dem deutschen Kräutersammler Dipfel zu hören, der Ende der siebziger Jahre im Bayerischen Wald Pilze sammelte. R. H. S. Crossmans im November 1963 im *Esquire Magazine* erschienener Essay »Apocalypse at Dresden« ist ein ausgezeichneter Bericht über die Geschehnisse.

EINIGE GEDANKEN ZU »EIN BITTERKALTER NACHMITTAG«

Was würden Sie tun, wenn Sie sich entscheiden müssten, entweder Ihre Freunde zu verraten oder zu sterben? In der relativen Sicherheit unserer Tage ist die Frage leicht zu beantworten. Nun stellen Sie sich aber vor, dass ein Bürgerkrieg tobt, dass Ihnen diese Frage von Soldaten gestellt wird, und zwar mit einem Gewehr im Anschlag. Was würden Sie tun? Falls es bei einem Roman so etwas wie ein zentrales Thema geben kann, dann beschäftigt sich dieser Roman mit der Antwort und ihren Konsequenzen.

Fünf Jahre bevor ich »Winter in Maine« geschrieben habe, saß ich in demselben Zimmer in meiner Blockhütte, schaute an einem sehr kalten Wintermorgen in den Wald hinaus und begann eine Szene zu schreiben, die mir nicht mehr aus dem Kopf ging: Ein Mann marschiert auf ein Feld, gefolgt von einem anderen Mann, und vor ihnen liegt eine Schaufel im Schnee. Ich weiß noch, es war so kalt, daß ich am Tisch saß und bibberte, ich konnte meinen Atem sehen, während ich tippte, und ich trug Handschuhe ohne Fingerspitzen. Ich war der Meinung, dass ich am Beginn einer Short Story stand, und schrieb jeden Tag ein bisschen weiter, bis ich plötzlich feststellte, dass es schon sechzig Seiten waren. Mir kam der Gedanke, dass daraus möglicherweise ein Roman werden könnte. Aber ich hatte noch nie einen Roman geschrieben.

Ich hatte keinen Plan, auch nach sechzig Seiten nicht. Es gab kein Handlungsgerüst, keinen vorgegebenen Weg, kein Thema, also folgte ich einfach der Geschichte, und die Geschichte sagte mir, ich dürfe das Feld nicht verlassen, das Feld sei eine Bühne mit nur zwei Personen, und sie hätten nur ein paar Stunden Zeit, um die Handlungen auszuführen, die mir noch ein Rätsel waren. Ich fragte mich, wie ich eine Geschichte schreiben sollte, deren Ende ich nicht kannte, geschweige denn den Hauptteil, und wie ich mit den Beschränkungen von Zeit und Ort umgehen sollte, mit der Handlungsarmut – die gleichen Probleme, mit denen Menschen in einer Krisensituation konfrontiert werden: was tun und wohin gehen. Ich schrieb blindlings drauflos. Vielleicht ist es so, wie eine Romanfigur einmal sagt, dass Literatur eine kostenlose Form der Erfahrung ist, man lernt aus Büchern, ohne die Erfahrung selbst machen zu müssen. Lange konnte ich mich nicht entscheiden, welcher der beiden Männer der Erzähler sein sollte. Zweifelsohne lag das daran, dass ich mich mit beiden Männern identifizierte. Als Schriftsteller stand ich also mitten im Chaos. Die vorherrschenden Gefühle waren Trostlosigkeit, Verwirrung und Ziellosigkeit. Was mir die Geschichte gab, nahm sie mir auch wieder weg, und diese Trostlosigkeit hat sich auf die Seiten des Buches niedergeschlagen.

Am Ende fand ich den Bäcker interessanter. Die Perspektive eines Mannes, der bis zu diesem Tag die Kunst des Überlebens perfektioniert hat, zog mich an: jemand, der alles tun wird, um am Leben zu bleiben, selbst wenn das für andere den Tod bedeutet. Er glaubt daran, dass jede Handlung auf Eigeninteresse beruht, auch Freundschaft und Ehe, und meidet daher Letztere. Die Menschheitsgeschichte ist für ihn ein Überlebenshandbuch, und er setzt seine Weltsicht aus Teilen dieser Geschichte zusammen, genau wie Dr. Frankenstein sein Monster aus Teilen toter Menschen zusammensetzt. Das Resultat ähnelt einem menschlichen Wesen, aber ist es deswegen menschlich? Der Bäcker kennt die Geschichte gut, aber ist es deswegen noch Geschichte? Oder, speziell auf diesen Roman bezogen, ist Eigeninteresse der wesentliche Instinkt des Menschen?

Frankensteins Monster ist ein Adam, der Erste seiner Art, und es sieht sich in der Welt ringsum widergespiegelt und glaubt, dass es werden muss, was es sieht. Vielleicht hat es keine andere Möglichkeit. Dieser Roman steckt voller Geschichte, und der Bäcker benutzt sie; unbeholfen versucht er, mit geschichtlichen Versatzstücken zu illustrieren, warum er auf diesem Feld gelandet ist. Da er mit Geschichte auf solch plumpe und fast lächerliche Art umgeht, habe ich die Geschichtsbrocken, die auf den Seiten herumliegen, nicht für den Leser aufbereitet. Sie sind eine tote Last mitten im Roman, schwer zu lesen, sie vermitteln Monotonie und das Gefühl, dass die Zeit langsamer verstreicht – so wie ich mir vorstelle, dass sich Menschen in Kriegszeiten fühlen müssen, eine schreckliche, unbarmherzige Langeweile, kombiniert mit unterschwelliger Furcht und einem überwältigenden Verlangen, allem zu entkommen. Ich wollte, dass der Roman, während er gelesen wird, genau dieses Gefühl vermittelt. Wenn die Entscheidung einmal getroffen ist, ein Opfer gebracht wurde, landet der Leser auf den ganz einfachen letzten Seiten, für einen der beiden Männer läuft die Zeit ab, und ein anderer Instinkt übernimmt – die Liebe. Denn am Ende könnte die letzte Frage des Romans lauten: Ist der Instinkt zu lieben stärker als der Instinkt zu überleben? Der Zeit entkommen oder in ihr gefangen bleiben. Es gibt keinen bequemen Standpunkt, von dem aus der Leser die Situation bewerten und die Handlungen der Figuren beurteilen kann. In England hat ein Rezensent vermutet, der Roman drehe sich um den Holocaust. Das stimmt nicht. Das hätte seine Intention zerstört; es geht darum, den Leser moralisch im Stich zu lassen. Außerdem habe ich etwas dagegen, Unglück als Tapete zu verwenden.

Würde ich den Roman anders strukturieren, wenn ich ihn heute schriebe? Möglicherweise schon, da ich mit Sicherheit versucht wäre, die Handlung zu straffen. Aber dann wäre es nicht mehr dasselbe Buch. Genau wie Frankenstein würde ich scheitern, wenn ich die Dinge anders zusammensetzen wollte, komplett scheitern. Bei einem ersten Versuch nimmt man sich unbeschwert Freiheiten heraus, es gibt noch keinen Vertrag mit der Leserschaft: Zum Beispiel habe ich den Roman im Quellennachweis beendet. Es hat ein paar Jahre gedauert, bis es jemand gemerkt hat.

Ich habe das Werk am 11. September 2001 fertiggestellt, was dem Bäcker ein Lächeln entlocken würde. Und während ich über Afghanistan und eine Million Leichen rund um Baghdad geschrieben hatte, über die Art, wie Nachrichten entstehen und weitergegeben werden, fanden diese Ereignisse in New York statt, und die Geschichte schickte sich an, aus den Seiten des Buches herauszumarschieren. Der Lehrer würde sagen, dass dieser Katalog vergangener und moderner Katastrophen für diejenigen, die von besseren Zeiten träumen, keinen Wert hat, denn die Geschichte lehrt uns, dass die Vergangenheit in der Zukunft auf uns wartet.

Und so, lieber Leser, bleibt nur noch die Frage: Sind Sie der Bäcker oder der Lehrer?

Gerard Donovan
Juli 2010